U0143596

清华21世纪高等职业经济管理专业系列教材

企业管理信息系统

秦树文　肖桂云　主编

清华大学出版社

北京

内 容 简 介

本书共分 8 章。详细阐述了企业管理信息系统的基本概念、基本原理、开发方法和企业管理信息系统的规划、分析、设计、实施和维护工作,以及企业管理信息系统的发展趋势。本书内容丰富,选材适当,以理论为指导,并运用大量图表和实例进行讲解,力求理论与实际相结合,注重培养学生在理论指导下解决实际问题的能力。本书编写的目的是使读者学习企业管理信息系统的基本原理,初步掌握企业管理信息系统的开发方法,并了解企业管理信息系统的应用情况。

图书在版编目(CIP)数据

企业管理信息系统/秦树文,肖桂云主编 . —北京:清华大学出版社,2008.10
(清华 21 世纪高等职业经济管理专业系列教材/刘进宝主编)
ISBN 978-7-302-18664-9

Ⅰ. 企…　Ⅱ. ①秦… ②肖…　Ⅲ. 企业管理-管理信息系统-高等学校-教材
Ⅳ. F270.7

中国版本图书馆 CIP 数据核字(2008)第 149752 号

责任编辑:徐学军
责任校对:宋玉莲
责任印制:何　芊

出版发行:清华大学出版社　　　　　　　　　地　　址:北京清华大学学研大厦 A 座
　　　　　http://www.tup.com.cn　　　　　　邮　　编:100084
　　　　社　总　机:010-62770175　　　　　　邮　　购:010-62786544
　　　　投稿与读者服务:010-62776969,c-service@tup.tsinghua.edu.cn
　　　　质 量 反 馈:010-62772015,zhiliang@tup.tsinghua.edu.cn
印 装 者:清华大学印刷厂
经　　销:全国新华书店
开　　本:185×260　　　印　张:15　　　　字　数:337 千字
版　　次:2008 年 10 月第 1 版　　　　　　印　次:2008 年 10 月第 1 次印刷
印　　数:1~5000
定　　价:26.00 元

本书如存在文字不清、漏印、缺页、倒页、脱页等印装质量问题,请与清华大学出版社出版部联系调换。联系电话:010-62770177 转 3103　　产品编号:031344-01

清华 21 世纪高等职业经济管理
专业系列教材编写委员会

丛书主编　　刘进宝
编写委员会成员
　　　　　　刘进宝　　张思光　　刘建铭　　乔颖丽
　　　　　　潘　力　　申松涛　　秦树文　　陈宝财

总　序

　　在21世纪中国经济走向全球的时代,我们不但需要大批高素质的理论人才,更需要大批高素质技能型人才。高等职业教育是我国高等教育的重要类型,主要培养生产、建设、管理、服务等第一线亟需的高素质技能型人才,具有周期短、实用性强、针对性强、文化层次与我国国民经济发展水平拟和度高、教育投资效率高等优势。

　　教材建设是高等学校基本的教学建设之一,是学科建设的主要组成部分。教材作为体现教学内容和教学方法的知识载体,无疑是承载教学改革种种思路并传导至教学对象的主要方面,因此是体现高等职业教育特色可选择的首要改革路径。对于此,一线教师在多年的教学实践中深有感触。长期以来,在教学中使用本科教材或本科院校编写的高等职业教育教材时,深感现有教材不能适用教学工作的实际需要,教材上的许多内容教学当中不需要,需要讲的内容不在教材当中,主讲教师需要进行多本教材的综合提炼,极大地影响了教学效率和教学效果。由于高等职业教育是我国高等教育当中的一个新的类型,教材建设成为一个瓶颈问题。

　　基于以上认识,我们开始探索高等职业经济管理类专业教材建设。在清华大学出版社的大力支持下,包括原张家口农业高等专科学校、郑州牧业工程高等专科学校、洛阳农业高等专科学校等14所高等职业院校共同合作,2002年由清华大学出版社出版了"高职高专经济管理类系列教材",教材出版发行后,受到教材使用单位的普遍好评,其中《管理学原理》一书截至2006年6月印刷、发行60 000册。由于首次教材编写获得成功,2007年年初,和清华大学出版社共同协商,决定对前次出版教材进行修订,同时再新编一批教材。

　　本套教材主要满足高等职业教育相关专业的教学需求,同时也可以用于实际工作者的技能培训。教材编写以先进性、适用性、针对性为主导原则,突出了高等职业教育培养技术应用人才的办学特色,教材体系简明精练,理论选择深浅适度、范围明确,不求面面俱到;内容削枝强干,强化应用性、实践性、可操作性,削减抽象的纯概念阐述和繁复的模型推演。在此基础上,教材具有如下特色:

　　1. 摒弃"本科压缩型"教材模式,构建高职高专教材自成体系。我国高等职业教育发展历史短,其教材长期以来由本科院校的教授们编写,具有较高的理论水平、完善的理论体系和系统的知识结构,和本科教材在形式上、结构上和内容上没有太大的差异,不适应高等职业教育教学的需要。本系列教材以培养学生的实际操作技能为主线,教材编写上要求理论和实践相结合,以实践为主,强调理论够用;一般内容教学和案例教学相结合,加强案例教学内容;课堂教学和课外练习思考相结合,强化课外思考。

　　2. 教材内容简明易懂。针对目前我国的高等教育由传统的精英教育转向大众化教育后,高职高专学生素质的变化,高等职业教育教材建设努力做到理论简明且通俗易懂,实际操作技能过程程序化,以便于学生更好地接受和掌握。

3. 适应快速变化的国民经济环境对教材建设的要求。经济管理在我国各学科专业当中是一门新兴专业学科,它与我国政治经济的发展紧密相关联。最近20多年是我国政治经济发展最快的一个时期,我国由传统的计划经济体制转向了全面建设社会主义市场经济体制,这就要求经济管理专业的教材建设必须与之相适应;我国加入 WTO 以来,经济、文化快速融入国际经济体系,这就要求我们在编写教材时将国际规则融入其中。

为出版本套教材,清华大学出版社的编辑人员和相关人员付出了极大辛苦,在本套教材编写组织过程中得到了河北北方学院领导的大力支持,在此表示衷心感谢。

前　言

随着信息技术的迅猛发展,管理信息系统作为一门新兴学科越来越受到人们的重视,对管理信息系统的理论研究和实际应用也日趋普遍。管理信息系统因而也成为高等院校经济类和管理类专业的核心课程之一。

本书是根据教育部高等学校管理科学与工程类学科教学指导委员会制定的《管理信息系统教学基本要求》,针对高等专科学校《企业管理信息系统》的教学特点而编写的。本书可作为高职、高专经济类和管理类专业的教材,也可以作为自学用书或参考资料,还可以作为企业管理信息系统开发者的参考书籍。

本书主要介绍了企业管理信息系统的基本概念和管理信息系统的分析与设计方法。着重介绍了系统的开发和实施过程。本书各章开头有引例,结尾有案例分析,便于读者结合实际掌握企业管理信息系统的相关知识和方法。本书的主要特点是通俗易懂、由浅入深、循序渐进。在内容方面强调普遍性与实用性,用实际的实例去化解抽象的概念。

本书由秦树文、肖桂云老师担任主编,郭颖丽、任喜雨老师担任副主编。参加本书编写的有秦树文(第一、二、三章)、肖桂云(第四、五、六章)、郭颖丽(第七章)、任喜雨、高飞(第八章)。全书由秦树文、肖桂云分别整理总纂。

由于编者水平有限,书中难免有不当之处,恳请广大读者不吝赐教,我们将不胜感激。

编写过程中参考了大量相关教材和论著,在此一并致谢。

编　者

2008 年 8 月

目 录

第一章

企业管理信息系统概述

引例：海尔公司企业管理信息系统应用

20 世纪 90 年代，信息系统集成、互联网技术，已经显著地改变了企业的生产与管理方式。信息技术不再只是简单的一种辅助执行办公事务的技术，而已经成为许多企业改进绩效和取得竞争优势的一个战略部分。当企业安装了周密的能够使公司每一个员工共享组织信息资源的网络信息系统时，呆板的、等级森严的企业管理结构开始瓦解。网络全球化使信息的交流在几秒钟内就可以环游世界，在公司开拓市场的过程中，距离和时间的决定性作用已变得越来越小。另外，信息已成为一个主要的经济商品，频繁地进行交易，就像实体的商品和服务一样，甚至在一定程度上替代了它们。

2001 年年初，海尔推出一种"迈克冷柜"，这时距美国的代理人迈克提出生产一种不必探身取物的冷柜的建议，仅仅过了 17 个小时。目前，迈克冷柜占领了美国小型冷柜的大部分市场。是什么使海尔获得了如此大的收益？海尔总裁张瑞敏说："海尔通过信息化手段，实现了全球化的设计，全球化的采购，可以随时响应客户的需求。信息化使海尔实现了与客户的零距离，海尔为订单生产，全部做到了现款现货，不会打价格战。"

经过 5 年的努力，海尔完成了连接海内外终端市场，贯通采购、设计、生产、销售和财务等计算机化的企业管理信息系统工程。海尔目前在全国有 42 个配送中心，每天配送的产品大概是 5 万多件，要配送到 1550 个海尔专卖店、9000 多个营销点。现在所有的配送都通过计算机系统指令来进行，到货及时率由 95% 提高到 98%，实现了与用户的零距离。

海尔采用网络化信息管理系统实现订单的实时处理。目前海尔每周接到外贸公司订单 461 个，定制的品种平均为 960 个，订单的产量为 40 多万台，平均每天出口 300 个标准箱。订单信息流在网上一出现，物流、资金流以及所有的支持流程都同时准备到位。不必再召开会议，每个部门只要知道订单上与本部门有关的数据，做好自己的工作就行了。

海尔工业园物流中心采用了 SAP 软件管理系统的红外线无线扫描，工作人员只须扫描物料周转箱上的条形码，就可以轻松完成收货程序；如果物料不在订单范围内，信息终端就会自动报警，避免了人为因素导致的库存增加。整个物流中心只有 20 多个工作人员，自从 1999 年 10 月使用以来，节约费用数千万元。仓库的任务已经不再是用来储存物资，而是过站物流的一个中转点，它只是暂时存放各种零部件，然后由计算机进行配套，把配置好的零部件直接送到生产线。

此前，海尔的组织结构已经经历了两个阶段：第一阶段是直线职能式的金字塔式结构；海尔在进入多元化战略阶段之后，又实施了事业本部制结构，设 6 个产品事业部。事业本部与集团总部的财务、销售、科研、设备等八大处室是传统的行政关系。这两种结构都是自上而下的，信息是一级级传递的，企业与市场和客户是断开的。从1999年7月起，海尔决定实施以"市场链"为纽带，通过企业管理信息系统对业务流程实行管理重组。海尔把原来各事业部的财务、采购、销售业务全部分离出来，整合成商流推进本部、物流推进本部、资金流推进本部，实行全集团统一营销、采购、结算。"三流"是海尔的主流程，原来的职能部门都变成了支持流程。商流搭建全球的营销网络，从全球的客户资源中获取订单；物流本部利用全球的供应链资源搭建全球采购及配送网络；资金流搭建全面预算系统。这样就形成了横向网络化的同步业务流程。流程的入口连接着全球供应链网络，出口连接着全球的客户（销售商）网络。商流获得的订单信息是全部流程运行的中心，订单信息流带动着物流、资金流以及支持流程同步运动，最终实现零库存和与客户的零距离的目标。

海尔大力推进企业信息化的根本目的就是创世界名牌。通过企业信息化追求采购、制造、营销、设计和资本运作5种业务的全球化，在全球化采购方面，现在海尔物流每年的采购额超过了200亿元，来自近1000多个供应商，全部是在通过网上招标系统完成的，得到真正价廉物美的产品。全球最大的电机供应商——美国爱默生，一开始给海尔供应电机，现在干脆到胶州工业园投资6000万美元建厂生产电机。通过信息交流，该公司能给海尔匹配最适应产品的电机，装备在市场上最有竞争力的产品，实现双赢。在全球化设计方面，海尔的产品开发管理系统通过互联网和世界各地的研究机构进行交互式的设计。2001年年初海尔与瑞典爱立信总部商定了一个项目，开发蓝牙技术网络家电。双方采取了接力式的开发，开发速度大大加快，到6月10日，蓝牙技术网络家电就完成了，而过去这种开发项目的周期至少需要2年，这使海尔在网络家电领域占有领先地位。在全球化制造方面，海尔现在国外有12个工厂、美国和巴基斯坦两个工业园。通过公司的网络化企业管理信息系统，海尔能随时获悉工厂的运行情况。在全球化营销方面，海尔目前在海内外共有53 000个营销网点，海外38 000个网点占总数的一半以上，这些网点每天都是靠公司的信息网络系统来管理。

（资料来源：中国家电在线 http://www.eaonline.com.cn/）

管理需要信息，现代企业管理需要信息系统的支持。企业管理信息系统是一门综合了管理科学、行为科学、系统科学、信息科学和计算机科学的新兴边缘学科。信息技术在过去的20年中的飞速发展，使企业管理信息系统的概念、理论、内容、技术和方法发生了很大的变化，与信息技术和信息系统相关的管理问题在国内外得到了广泛关注，企业管理信息系统已经成为现代企业管理科学理论体系中一个不可分割的重要部分。

第一节

信息与系统

一、信息的基本含义

信息、能源、物质已经成为人类社会赖以生存和发展的三大资源。在不同的时代，人们所依赖的核心资源有所不同。在信息社会,核心资源是信息。信息资源已成为综合国力竞争中极为重要的战略资源。信息资源不仅有很大的经济价值和丰富的文化价值,还具有很重要的战略价值。如何有效地管理信息以及相关活动,如何有效地开发利用信息资源,都是企业管理信息系统研究关注的问题。

(一)信息的定义

"信息"一词在英文、德文、法文和西班牙文中均指 information,日文中为"情报",我国古代指的是"消息",我国港台地区称为"资讯"。

"信息"一词在我国具有悠久的历史,从我国的文学作品中可见一斑。比如,南唐诗人李中曾在《暮春怀古人》中写下"梦断美人沉信息,目穿长路倚楼台"的佳句,这是汉语中"信息"一词最早的文字记载。唐朝诗人许浑也在《寄远》中喟叹"塞外音书无信息,道傍车马起尘埃"。古人所说的"信息"是指消息、音讯,侧重于书面或口头传递的内容。

我们日常所指的信息不是一个确切的术语,随着社会的发展和现代科学技术的进步,信息的概念在逐步渗透、扩展和运用到自然科学和社会科学的许多领域,其外延和内涵也发生了变化。

什么是信息? 有多种理解和说法:
- 信息是表现事物特征的一种普遍形式。
- 信息是系统有序的度量。
- 信息是数据加工的结果。
- 信息表现物质和能量在时间、空间上的不均匀分布。
- 信息是数据的含义,数据是信息的载体。
- 信息是帮助人们做出决策的知识。

信息论的奠基人香农(C. E. Shannon)认为:"信息是人们对事物了解的不确定性的减少或消除。"而控制论之父维纳(N. Weiner)则认为:"信息既不是物质也不是能量,信息是人与外界相互作用的过程、互相交换的内容的名称。"我国学者钟义信认为:"信息是事物存在的方式或运动的状态,以及这种方式/状态直接或间接的表述。"我国著名的信息系统专家薛华成教授认为:"信息是经过加工过的数据,它对接收者有用,对决策或行为有现实或潜在的价值。"

在这里,我们不去研究哪一种定义更为确切,但关于信息定义有两点要明确:

(1)信息在客观上是反映客观事物的现实情况的。

(2)信息在主观上可以利用、可接受的,并指导我们的行动。

从本质上讲,信息不是物质的、不是能量的、更不是精神的,它普遍存在于自然界和人类社会,是事物的内在联系、属性和含义的表征。

信息可以从不同角度来进行分类。

(1)按重要性分类:战略信息、战术信息、作业信息等。

(2)按加工顺序分类:一次信息、二次信息、三次信息等。

(3)按应用领域分类:管理信息、社会信息、军事信息等。

（4）按反映形式分类：数字信息、图像信息、光信息等。

（5）按产生方式分类：自然信息、人工信息、综合信息等。

（二）信息、数据、知识的区别

数据、信息、知识这几个紧密联系的概念是有区别的。客观事实是人类思想和社会活动的客观反映，数据是客观事实的数字化、序列化、编码化和结构化，数据是对客观事实记录下来的、可以鉴别的符号，这些符号不仅指数字，而且包括文字、字符、图形等；信息是数据在信息媒介上的反映，是经过加工具有特定含义的数据，对接受者的决策具有价值，它对接受者的行为产生影响；知识是对信息的加工、提取、吸收、评价的结果。总之，数据是信息的原材料，而信息是知识的原材料，数据的涵盖范围最广，信息次之，知识最小。它们之间关系如图 1.1 所示。

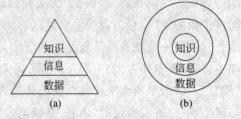

图 1.1　信息、数据与知识的关系图

从应用的角度看来，信息和数据是不可分割的一对矛盾体。信息来源于数据，又高于数据；信息是数据的灵魂，数据是信息的载体。信息与数据的关系表明，信息具有相对性，根据接受对象的不同，信息和数据二者是可以相互转换的，第一次加工所产生的信息，可能成为第二次加工的数据；同样，第二次加工所产生的信息，可能成为第三次加工的数据。从这个意义上讲，信息与数据两个概念之间的一一对应关系，就如同在物质生产中制成品与原材料之间的关系一样。

（三）信息的基本特性

所谓信息的特性，就是指信息区别于其他事物的本质属性。

（1）共享性。信息区别于物质的一个重要特征是它可以被共同占有，共同享用，即共享性。信息的共享有其两面性。一方面可能造成信息的贬值，不利于保密；另一方面它有利于信息资源的充分利用。因此在信息系统的建设中，既要利用先进的技术手段以利于信息的共享，又需要具有良好的保密保安手段，以防止保密信息的扩散。

（2）真伪性。信息的真伪性是指信息对客观事物属性反映的准确度、真实性。信息是客观事物的属性在人脑中的一种映射。如果信息的这种主观虚拟存在与反映客观事物属性的客观存在相一致，那么这一信息就是对客观事物属性的真实反映，因而是正确的，反之就是错误的。错误的信息有可能给接收者的决策活动带来不利影响，因此在信息的收集过程中，要保证信息的真实性。

（3）层次性。系统、管理、决策和控制等都涉及层次问题，信息的层次性是对其的反映。因为管理有层次性，不同层次的管理者有不同的职责，需要的信息也不同，因而信息也是分层的，并与管理层次相对应。信息可分为战略级信息、战术级信息和作业级信息 3 个层次。

不同层次的信息在信息系统中所表现出来的特征也有所不同，如表 1.1 所示。

表 1.1 不同层次信息的特征

属性 信息类型	信息来源	信息寿命	加工方法	使用频率	加工精度	保密
战略级信息	大多外部	长	灵活	低	低	高
战术级信息	内外都有	中	中	中	中	中
作业级信息	大多内部	短	固定	高	高	低

（4）时效性。信息的时效是指从信源发送信息，经过采集、加工、传递和使用的时间间隔和效率。信息经历的时间间隔与使用价值成反比：信息经历的时间越短，使用价值就越大；反之，经历的时间越长，使用价值就越小。因此，要充分重视信息的时效性，及时发挥信息的作用。

（5）可加工性。亦称可处理性。人们可以对信息进行加工处理，把信息从一种形式变换为另一种形式，并保持一定的信息量。如果在信息加工过程中没有任何信息量的增加或损失，并且信息内容保持不变，那么这个信息加工过程是可逆的；反之则是不可逆的。现实中信息加工都是不可逆的过程。

（6）可存储性。信息的可存储性即信息存储的可能程度。计算机技术为信息的可存储提供了条件。信息的形式多种多样，它的可存储性表现在要求能存储信息的真实内容而不畸变，要求在较小的空间中存储更多的信息，要求贮存安全而不丢失，要求能在不同形式和内容之间很方便的进行转换和连接，对已贮存的信息可随时随地以最快的速度检索所需的信息。

（7）可传输性。信息可通过各种各样的手段进行传输。信息传输要借助于一定的物质载体，实现信息传输功能的载体称为信息媒介。

（8）价值性。信息作为一种资源是有使用价值的。信息的使用价值必须经过转换才能得到。管理者要善于转换信息，去实现信息的价值。

信息的价值有两种衡量方法。一种是按所花的社会必要劳动时间来计算；另一种按信息的使用效果来计算。

前一种方法称为内在价值。用于生产信息的单位。计算公式为：

$$V = C + P$$

其中：

V——信息产品或服务价值；

C——生产信息所花成本；

P——利润。

后一种方法称为外延价值。其计算方式为在决策中用了信息所增加的收益减去所花的费用（即信息成本）。

（9）无限性。信息作为事物运动的方式和状态，以及作为关于事物运动状态和方式的知识，是永不枯竭的。信息的无限性表现在两个方面：一是主体利用信息的能力具有无限性；二是客体产生信息具有无限性。

（四）信息的生命周期

信息和其他资源一样是有生命周期的。

信息从产生到消亡,经历需求、获得、服务和退出 4 个阶段。

需求:根据设定目标,构思和确定需要信息的结构和类型。

获得:将信息收集、传输及加工转换成所需要的合用的状态,达到使用的要求。

服务:把信息存储起来,保持最新的状态,供使用者随时使用。

退出:将失去保存价值的信息进行更新或销毁。

信息的生命周期由信息的收集、传输、加工、存储、维护和使用等环节组成。

1. 信息的收集

信息收集首先要解决信息的识别。即从现实世界千变万化的大量信息中识别出所需的信息。信息识别的方法有 3 种:

(1) 由管理者识别。管理者最清楚系统的目标和信息的需求。向决策者调查可采用交谈或发调查表的方法。

(2) 信息系统分析人员识别。信息系统分析人员亲自参加业务实践活动,通过观察、了解和研究信息的需要。

(3) 由管理者、系统分析人员共同识别。管理着提出信息需求,系统分析人员进行识别,然后再将识别出的信息交与管理人员共同讨论,进一步补充信息,采用这种方法了解全面准确的信息。

其次是信息的收集。信息的收集通常采用 3 种方法。

(1) 自下而上广泛收集。如历次全国人口普查是自下而上进行收集信息的。

(2) 有目的的专项收集。根据特定的目的需要,围绕决策主题收集相关信息。如某企业了解新产品市场销售情况。

(3) 随机积累法。没有明确目标,只要是"新鲜"的信息,就把它积累下来,以备后用。

如何将收集到的信息表达出来是信息收集的最关键的问题。常规的信息表达有文字、数字、表格和图形等形式。文字表达要简练、确定、准确完整,避免使用过分专业化的术语,避免使用双关和容易引起歧义的语句,避免让人误解;数字表述要严密,但是要注意数字的正确性,注意数字表达方式会引起的误解;图形表达方式是目前信息表达的趋势。具有整体性、可塑性和直观性等特点,可以反映出发展的趋势,使人容易做出判断。图形表达的主要缺点是准确性相对较差;表格表达能给人以确切的总数和个别项目的比较。

2. 信息的传输

信息的传输受信息系统的时空分布、规模约束、所采用的信息传输技术与设备等因素的影响。信息传输的模式一般采用香农模型,如图 1.2 所示。

图 1.2　信息传输的香农模型

信息的传输过程是从信息源发出信息。信息源可以是自然界,也可以是人类社会。数据库也可以作为信息源,但这只能作为第二信息源。信息源发生的信息,通常由某种信号(电波、声波、语言等)或某种符号(图像、文字等)表示出来,这些信号或符号称为信息的载体。

信息源(如发电报人)发出的信息由发送器的编码器进行编码,变为可传输的信号(如将电报内容译成电码),通过信道发送出去。信道是信息传输的通道,是构成信息传输系统的重要组成部分。信道的关键问题是信道容量有限,要求以最大的速率传送最大的信息量,同时又要避免和减少信号失真,这对信道提出了更高的要求。为此,在信息论中信息的编码成为重要课题之一。为了防止噪声干扰,还可采用信号的调制和解调技术等。信息经信道传输到接收端,先在译码器里进行译码,将信号还原成可理解的信息,再送到接收器(如收报人)。目前的信息系统大都是基于计算机网络的,信息是在网络上进行传输,因此在网络的选型上主要是从信道容量大,传输时间短,抗干扰能力强,能够进行双向传输并且保密性好等方面来考虑。信息传输是信息系统的重要一环,也是衡量信息系统效率的一个重要标准。

3. 信息的加工

信息处理不仅包括对已录入的数据进行加工,获得信息,而且包括对加工过的信息进行查询、选择、排序和归并,直到复杂模型调试及预测等。

数据通常经过加工以后才能成为人们所需要的信息,信息加工的一般模式如图1.3所示。

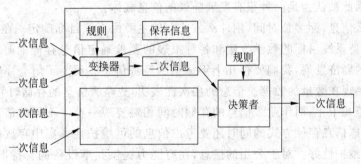

图 1.3　信息加工的一般模式

一般来说,信息加工处理有批处理和实时处理两种方式。

(1)批处理:指在预先确定的时间将数据收集起来进行统一的加工处理。比较典型的例子是会计核算中进行报表编制或凭证汇总。

(2)实时处理:指在对于产生需要处理的数据,就会按照预先设定的加工程序立即被加工处理。比较典型的例子是在电子商务业务处理中,订单被实时接受并立即进入供货程序。

由于信息处理和信息收集需要耗用时间,因此批处理和实时处理均存在信息处理的时滞问题。

4. 信息的存储

信息的存储是将信息存放在某种信息载体上,并且将这些载体按信息的内容和特征组织成为系统的、便于人们检索的信息库,以备将来使用。信息存储有如下作用:

(1)提供信息检索服务。

（2）建立信息库，实现信息共享。

（3）延长信息寿命。

（4）便于信息重复利用，增大使用价值。

（5）便于信息的更新、删除和修改。

（6）有利于信息的积累和系统化。

信息的存储的载体主要有 3 种：计算机存储器、书刊和声像存储媒体。

计算机存储器形式很多，作为信息长期存放主要是利用计算机外存设备，其中包括计算机软磁盘、硬磁盘、磁鼓和磁带等。计算机存储信息的优点是存储量大，便于计算机进行加工和处理，存取方便。近年发展起来的多媒体计算机技术，将声像存储技术与计算机技术相结合，是今后信息存储的发展方向。

文字纸张作为一种传统的存储介质。自从文字纸张发明以后，书刊作为信息存储的手段一直为人们所运用。纸张存储数据的主要优点是存储量大，携带方便，可长久保存。缺点是检索和查找困难，信息传送慢。随着信息提供量和需求量的迅速增长，人们开发出新的信息存储技术，但纸张存储仍将在相当长的时期中继续发挥作用。

声像存储是将信息通过录音或录像记录存储的过程，这里包括录音、录像及光盘存储等技术。这些技术体现了信息的动态过程，声像合一，特别是光盘存储密度高，又有随机存储功能。因此被认为是一种很有发展前景的信息载体。

存储什么信息、存多长时间、用什么方式存储主要由系统目标确定。在系统目标确定以后，根据支持系统目标的数学方法和各种报表的要求确定信息存储的要求。如为了预测国家长远的经济发展，我们要存几十年每年的经济信息。而要了解仓库物品的数量则要存每种产品现在数量的数据。信息的层次性表明，战略级信息的存储时间较长，有的长达十几年甚至几十年，而作业级信息的存储时间相对要短一些。不同的信息有不同的存储方式，在考虑信息存储方式的同时还要考虑信息的可维护性。集中存放的信息可以减少冗余，且可维护性好。对于公用的信息，在有能力提供共享设备的支持下应集中存放。如图书馆的过期书籍就可以只存一份，应用电子数据库技术更可以减少存储信息的冗余量。分散存放的信息有冗余且共享性、可维护性差，但使用起来方便。在没有设备和非公用的数据情况下，分散存储是合理的。系统中的信息存储既有集中也有分散，确定合理的集中与分散的关系是信息存储研究的重要内容。信息存储是信息系统的重要方面，但要注意并不是存储的信息越多越好，只有正确地舍弃信息，才能正确地使用信息。

5．信息的维护

信息维护的目的是保证信息的及时、准确、安全和保密。

（1）保证信息的及时性。把常用信息放在易取位置，各种设备状态良好，操作人员技术熟练，及时提供信息。

（2）保证信息的准确性。首先要求保证信息是当前最新的信息，其次要保证数据的误差在允许的范围内，这要求信息维护人员随时更新数据，同时加强输入计算机的数据校验，通常采取双人工作台互校，加校验码等。既要保持数据的准确性，也要注意保证数据的唯一性。采用数据库可以保证数据的唯一性。否则，仅应用文件系统，同一个数据存放在不同文件中，当某文件修改后，可能造成数据不唯一。因此，采用数据库技术是保证数据唯一的有效手段。

（3）安全性是防止信息受到破坏，要采取一些安全措施，在万一受到破坏后，较容易地恢复数据。为了保证信息的安全，首先要保证存储介质的环境，要防尘，要干燥，并要维持一定的恒温。为了防止信息的丢失，要保持备份，如软盘要定期复制。其次，一旦信息丢失或遭到破坏，应有补救的措施。为了考虑特殊情况的发生，如水灾、火灾、地震等，对于一些重要的信息应双备份，并分处存放。

信息作为一种无形的财富，人们越来越重视信息的保密性问题。而目前信息被盗或者被非法用户查阅的事件越来越多，防止信息失窃是信息维护的重要问题。机器内部可采用口令（password）等方式实现信息的保密。在机器外部也应采取一些措施，如应用严格的处理手续，实行机房的严格管理，加强人员的保密教育等。

6. 信息使用

信息的使用重要的是如何将信息转化为价值。信息转化为价值是概念上的深化，可分为以下 3 个阶段。

（1）提高工作效率阶段。这一阶段中信息使用的目的主要在于提高工作效率，节省人力。

（2）信息及时转化为价值阶段。这一阶段信息已被作为管理的目标，管理者已认识到信息的及时掌握可以产生价值。这个阶段是企业管理信息系统阶段。

（3）获取决策信息阶段。这一阶段通过预测和决策技术，对信息加以综合分析，寻求对管理者有价值的决策支持信息。这个阶段是决策支持系统、专家系统等新技术应用阶段。

信息系统的发展反映了信息转化为价值的深化过程，从发展过程来看，诺兰的阶段模型把信息系统的成长过程分为如下 6 个不同的阶段，如图 1.4 所示。

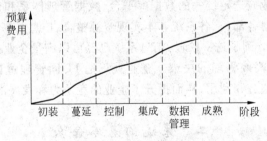

图 1.4　诺兰模型

第一阶段：初装。是指单位购置第一台计算机并初步开发管理应用程序。该阶段，计算的作用被初步认识到，个别人具有了初步使用计算机的能力。

处于该阶段的信息系统的特点是：人们对数据处理费用缺乏控制；信息系统的建立往往不讲究经济效益；用户对信息系统也是抱着敬而远之的态度。

第二阶段：蔓延。随着计算机应用初见成效，信息系统从少数部门扩散到多数部门，并开发了大量的应用程序，使单位的事务处理效率有了提高，这便是所谓的"蔓延"阶段。

该阶段中的数据处理能力发展得最为迅速，但同时出现了许多有待解决的问题，如数据冗余性、不一致性（相同产品在不同部门有不同的产品代码）、难以共享等。可见，此阶段只有一部分计算机的应用收到了实际的效益。

处于这个阶段的信息系统应注意避免的问题：容易出现盲目购机、盲目定制开发软件的现象，缺少计划和规划，应用水平不高，IT的整体效用无法凸显。

第三阶段：控制。一方面企业进行信息化的预算增加而回报却不理想；另一方面企业对计算机应用的经验不断丰富，但却发觉对计算机的应用及其发展失去控制，并开始寻求利用数据库技术解决蔓延阶段的数据共享问题。这时，严格的控制阶段便代替了蔓延阶段。第三阶段将是实现从计算机管理为主到以数据管理为主转换的关键，一般发展较慢。

虽然在这一阶段，一些职能部门内部实现了网络化，如财务系统、人事系统和库存系统等，但各软件系统之间还存在"部门壁垒"、"信息孤岛"。信息系统呈现单点、分散的特点，系统和资源利用率不高。为此，管理者应召集来自不同部门的用户组成委员会，以共同规划信息系统的发展。最好是使企业管理信息系统成为一个正式部门，以控制其内部活动。同时应启动项目管理计划和系统发展方法。

第四阶段：集成。所谓集成，就是在控制的基础上，对子系统中的硬件进行重新连接，建立集中式的数据库能够充分利用和管理各种信息的系统。

在这一阶段，企业IT主管开始把企业内部不同的IT机构和系统统一到一个系统中进行管理，使人、财、物等资源信息能够在企业集成共享，更有效地利用现有的IT系统和资源。不过，这样的集成所花费的成本会更高、时间更长，而且系统更不稳定。

第五阶段：数据管理。"集成"之后，会进入"数据管理"阶段。但20世纪80年代时，美国尚处于第四阶段，因此，诺兰没能对该阶段进行详细地描述。在数据管理阶段，不仅有了数据库，而且要建立统一的数据管理体系和数据库管理方法，真正做到对整个机构的数据进行统一的规划和应用。

这一阶段中，企业应选定统一的数据库平台、数据管理体系和信息管理平台；统一数据的管理和使用，使得各部门、各系统基本实现资源整合、信息共享。

第六阶段：成熟。到了这一阶段，信息系统已经可以满足企业各个层次的需求，从简单的事务处理到支持高效管理的决策。企业真正把IT同管理过程结合起来，将组织内部、外部的资源充分整合和利用，从而提升了企业的竞争力和发展潜力。

二、系统的基本含义

企业管理信息系统本身就是用于支持管理者管理和决策的"系统"。系统的思想和方法贯穿于本课程始终。因此有必要先了解系统的基本含义。

(一) 系统的定义

系统一词最早出现于古希腊语中，意为"部分组成的整体"。一般系统论的创立者路德维希·冯·贝塔朗菲(L. V. Bertalanffy)把系统定义为"相互作用的诸要素的复合体"。我国科学家钱学森认为：系统是由相互作用和相互依赖的若干组成部分结合成的具有特定功能的有机整体，且该系统本身又是它所从属的更大系统的组成部分。这也是目前大家普遍认同的定义。

具体来讲,这个概念包含了3个方面内容:

(1)系统是由若干部分(要素)组成的。这些要素可能是一些元件、零件、个体,也可能本身就是一个系统(称为子系统)。生产、销售、人事、财务和后勤等元素组成了企业管理系统。而这些元素本身又都是一个系统,如财务管理子系统中包含资金、出纳、账务和成本等部分。同时,企业管理系统本身又是企业的一个子系统。

(2)系统具有一定的结构。所谓结构是指系统组成各要素间相互联系、相互作用的内在方式,系统的各要素之间相对稳定地保持某种秩序。例如,钟表系统是由齿轮、发条和指针等零部件按一定方式装配而成的,把它们随意堆放在一起却不能构成钟表。企业系统中的人、财、物等各种资源必须按照某种秩序协调动作,才能保证生产活动的正常进行。

结构是系统之间相互区别的一个重要标志,即使系统的构成要素完全相同,但其组合方式存在区别,那么它们也会呈现出不同的特征和属性。比如,拥有同样数量的工人、设备等资源条件的企业,会因人员结构、设备布置等分工协作的方式不同,呈现出不同的生产和竞争能力;同样数目的棋子和同样形式的棋盘,不同的棋手去利用,会形成不同的布局。

(3)系统有一定的功能。系统的功能是指系统在存在和运动过程中所表现的功效、作用和能力。要实现某一目的,就需要一定的"功能"。从某种意义上讲,功能是系统存在的社会理由。在自然界和人类社会中,某一系统之所以能存在,是因为它表现出某种功能,对自然界或社会的其他系统发挥着某种作用。可以认为,没有功能的系统是不存在的。如呼吸系统的功能是进行体内外的气体交换;企业管理信息系统的功能是进行信息收集、传递、储存、加工、维护和使用,辅助管理和决策,帮助企业实现目标。

(二)系统的特性

根据系统的含义可归纳得出系统的如下特征。

1. 目的性

任何一个系统都有明确的目的性,不同系统的目的可以不同。系统的结构都是按系统的目的建立的。例如,高校的目的是培养高级专门人才和多出科研成果。制造企业的目标是生产出高质量、适销对路的产品,提高经济效益。因此在建设系统的过程中,首先要明确系统目的,然后选取达到它的若干途径,从中找出一种最好的途径,实施并监控、修正,最后达到目的。

2. 整体性

系统是由若干要素组成的具有特定功能的有机体。系统内各个部分互相联系、互相制约,这个整体不是部分的简单累加。要素在组成系统之后,就会有各组成要素孤立状态下没有的属性。系统第一定律认为:从质的方面看,系统的属性总是多于组成它的各个要素在孤立状态时的属性之和。从量的角度看,系统对可累加或不可累加的某一具体属性的数量既可起放大作用,也可以起缩小作用,或者既不放大也不缩小,属性的本质、系统的结构以及系统内协同作用的强弱决定了其作用方式。比如钢筋混凝土结构的强度就大于钢筋、水泥、沙石的强度之和。

因此,一个系统如果每个部分都追求最好的结果而不考虑整体利益,也不一定会是最好的系统;反之,即使每个部分并非最完善,但通过综合、协调,仍然可使整个系统具有较好的功能。系统的整体目标要靠系统的各个部分的共同作用才能实现。比如,企业要实现目标,不仅要筹措符合一定质量和数量要求的原材料,而且要求利用先进的技术和手段对这些材料进行正确的转换,同时还要适时地将加工成的产品销售给适当的用户。离开了任何一个环节的有效工作,企业目标就难以实现。

3. 相关性

相关性是指系统内的各部分相互影响、相互制约、相互依存的关系。构成系统的各个部分虽然是相互区别、相互独立的,但它们并不是孤立地存在于系统之中的,而是在运动过程中相互联系、相互依存的。这里所说的联系包括结构联系、功能联系和因果联系等。整个系统的目标正是通过各部分的功能及它们之间合理的、正确的协调而达到的。例如,一个制造型企业,计划部门依据企业的生产能力、市场需求等因素制订出生产计划;而生产部门则要根据生产计划及库存资源情况安排生产,其生产能力又是计划部门制订计划的依据;供销部门按照生产计划、生产状况及原材料、零部件、产品等的库存情况提供供应服务和销售管理。由此可见企业的计划子系统、生产子系统、供销子系统和库存管理子系统按一定的分工完成其特定的功能,但彼此是相互联系、相互制约的。因此,分析系统的相关性是构筑一个系统的基础,在实现一个系统的过程中不仅仅要考虑如何将系统分解成若干子系统,而且要考虑这些子系统之间的制约关系。

4. 层次性

系统是由要素组成的。一方面,要素有可能是一个子系统,同时,这一系统本身有可能是它所从属的更大系统的组成部分;另一方面,要素是由低一层的要素组成的,低一层的要素是由更低一层的要素组成的。依此推导,体现出系统的层次性(如图1.5所示)。

图 1.5　系统的层次性

由于系统的层次性,使得人们在实现一个系统中可以采用系统分解的方法,先把一个系统合理、正确地划分为若干层次。从较高层进行分析可以了解一个系统的全貌,从较低层分析,则可以深入一个系统每一个部分的细节。例如我们在研究企业管理信息系统时就是这样做的。另外,系统的层次性还表现在系统各层次功能的相对独立性和有效性上,破坏各层次的独立性和有效性,最终会降低系统的效率。

5. 环境适应性

任何系统是由若干部分所组成,同时又从属于更大的系统,大系统的其他部分就是该系统的环境。从这个角度讲,一切不属于系统的部分统称为环境。

系统处于环境之中,系统与环境间必然要相互影响、相互交流,产生物质的、能量的、信息的交换,以保持适应状态。从环境中得到某些信息或物质、能量,称为系统的输入;向环境中输送信息、物质或能量,称为系统的输出。系统的基本功能就是把环境的输入进行加工处理转换为输出,如图 1.6 所示。

系统与环境的这种输入、输出关系亦称为输入接口和输出接口,统称为接口。

图 1.6　系统与环境

任何一个系统的存在和运行都受到环境的约束和限制,同时系统又通过对环境的输出而对环境施加影响。系统与环境的影响是交互的,适应性应该是双向的。比如,企业要根据市场需求的变化来调整生产经营的方向和内容;反过来,企业技术水平的提高,具有新功能的产品开发,再加上必要的营销宣传,也会对消费倾向的变化产生某种引导作用。

系统的边界是指系统与环境的分界线。它把系统与环境分开,其实系统与环境间并无明显的分界线。确定边界,只是为了研究的方便,对系统的范围、规模及所要解决的问题加以限制。如在企业管理系统中,也必须建立各子系统的边界。销售经理职责是负责管理、监督并考核企业销售活动,这种职责范围就是销售管理系统的边界。

(三) 系统的类型

系统形态各异,可以从不同角度将系统分类。

1. 按照系统的复杂程度分类

按照系统的综合复杂程度,我们可以把系统分为 9 个等级,具体分别是框架、钟表、控制、细胞系统、植物、动物、人类、社会、超越系统,如图 1.7 所示。从中可以看出,从下往上,复杂性依次增加。

图 1.7　系统复杂性等级

这 9 种系统可以归为 3 类,前 3 个是物理系统,中间 3 个是生物系统,最后 3 个是最复杂的系统。系统的复杂程度主要取决于系统内部所包含的组成部分的个数,以及各个组成部分之间的关系。企业管理信息系统就属于社会系统,系统内部包含的组成部分十分庞大,相互间的关系也是纷繁错综,所以它是最复杂的系统。

2. 按照系统的抽象程度分类

按照系统的抽象程度可以将系统分为实体系统、逻辑系统和概念系统。实体系统又称为物理系统,是最具体的系统,其组成部分是完全确定的存在物。实体系统是已经存在或完全实现的系统,所以又称为实在系统。概念系统是最抽象的系统。它是人们根据系统目标和以往的知识构思出来的系统雏形,它是将要实现的系统的高度概括和艺术化的抽象,表述了系统的主要特征,描绘了系统的大致轮廓。逻辑系统是介于实体系统与概念系统之间的系统,它描述系统是什么的问题。对系统的这种划分方法可以帮助我们在构造系统时由浅入深,阶段明确,步骤清楚。研制与开发系统的过程是一个"具体——抽象——具体"的过程。

3. 按照系统的起源分类

按系统的起源的不同,可以将系统分为自然系统和人工系统。自然系统是进化形成的、不可还原的整体。如物理学中描述的亚原子系统、生命系统等都是自然系统。只要宇宙的式样和规律不发生根本性的变化,这些系统就不可能是别的样子,这是自然系统的显著特征。人工系统包括人工物理系统、人工抽象系统和人类活动系统 3 种系统。人工物理系统起源于人类的某个目的,是为某个目的设计出来的。它的存在也是服务于该目的的,如火车、飞机和汽车是人工物理系统。这些都是为了运输而发明和制造的,它有一定的物理形态,而且一旦形成后不易改变。人工抽象系统是人类有序、有意识的系统,如数学、文学、软件和哲学,它们本身比较抽象,必须借助于书、磁带、图纸和计算机等人工物理系统作为载体再能为人们所把握。人类活动系统(human activity system)是有目的的人类活动的集合。这类活动起源于人的自我意识。人类活动系统与自然系统、人工系统的根本区别在于后者一旦显现出来就再也不能是别的样子,而人类活动系统往往不会有唯一的(可检验的)认识,观察者可根据世界观不同而有不同的理解。人类活动系统离不开其他一些系统,如铁路是人类活动的场所,就与人工物理系统铁路网、火车站和铁轨等联系在一起。

4. 按照系统与环境的关系分类

按照系统与环境的关系可将系统分为封闭系统与开放系统。开放系统是指其与环境之间有物质、能量或信息交换的系统,如生命系统、社会系统都是开放系统。封闭系统是与环境之间没有任何物质、能量或信息交换的系统。系统的开放与封闭是相对的,绝对的封闭是不存在的。

5. 按照系统的状态与时间的关系分类

按系统的状态与时间的关系,系统可分为静态系统和动态系统。静态系统指系统的状态和功能不随时间的推移而改变,即系统的输入量的变化可以瞬时决定其输出量的变化的系统。如一条自动生产作业流水线系统。动态系统指系统的状态和功能随着时间的变化而变化,即系统的输入量的变化对其输出量的变化不能在瞬时决定,而是要经过一段时间以后才能完成的系统。因此,这样的系统又称为惯性系统。如运动中的物质、经济体系中的价格系统、社会体系中的道德系统等。

系统都是绝对动态的,静态系统仅是相对的。因为任何系统随着时间的推移都会发生变化,都有一个连续的变化过程,但在一定时间(短时期)内,动态的系统变化也可以看成静止不变的,从而可以用静态的方式予以处理。

6. 按照系统的功能分类

按照系统的功能可以把系统分为社会系统、经济系统、军事系统和企业管理系统等。不同的系统服务于不同的领域,有不同的特点。系统工作的好坏主要看这些功能完成的好坏,因此这样的分法是最重要的分法。

7. 按照系统的内部结构分类

按系统的内部结构分,可把系统分为开环系统和闭环系统。开环系统又可分为简单开环系统和前馈开环系统;闭环系统可分为单反馈闭环系统和多重反馈闭环系统。

此外,还可以按照系统的规模将系统分为小型系统、中型系统、大型系统和巨型系统等等。

第二节

企业管理信息系统的概念

一、企业管理信息系统的定义

企业管理信息系统(management information system,MIS)的概念起源很早。20 世纪 20～30 年代,柏德就写书强调了决策在组织管理中的作用。20 世纪 50 年代,西蒙提出管理依赖于信息和决策的概念,同一时代维纳发表了控制论与管理。1958 年盖尔写道"管理将以较低的成本得到及时准确的信息,做到较好的控制"。企业管理信息系统一词最早出现在 1970 年,由瓦尔特·肯尼万(Walter T. Kennevan)给它下了一个定义:"以书面或口头形式,在合适的时间向经理、职员以及外界人员提供过去的、现在的、预测未来的有关企业内部及其环境的信息,以帮助他们进行决策。"很明显,这个定义强调了用信息支持决策。

1985 年,企业管理信息系统的创始人、美国明尼苏达大学卡尔森管理学院的著名教授高登·戴维斯(Gordon B. Davis)给出了信息系统一个较为完整的定义:"企业管理信息系统是一个利用计算机硬件和软件,手工作业,分析、计划、控制和决策模型,以及数据库的用户-机器系统。它能提供信息,支持企业或者组织的运行、管理和决策功能。"这个定义说明了企业管理信息系统的目标、功能和组成,也反映了企业管理信息系统当时已达到的水平。1996 年,劳登(Laudon)教授在其所著《企业管理信息系统》(第 4 版)一书中写道:"信息系统技术上可以定义为支持组织中决策和控制的进行信息收集、处理、存储和分配的相互关联部件的一个集合。"从这句话我们很容易看出,信息系统就是企业管理信息系统。现代企业管理信息系统越来越偏向于管理,而不是偏向计算机。

在国内企业管理信息系统的概念最早出现于 20 世纪 70 年代末 80 年代初,结合了国内信息系统的发展实践,许多学者都曾经按照各自的理解从不同的角度给信息系统下过定义。薛华成教授曾经给出一个较为系统的定义:"MIS 是一个以人为主导,利用计算机硬件、软件、网络通信设备以及其他办公设备,进行信息的收集、传输、加工、储存、更新和维护,以组织战略竞优、提高效益和效率为目的,支持组织高层决策、中层控制、基层运作的集成化的人机系统。"

这个定义也说明企业管理信息系统绝不仅仅是一个技术系统,而是把人包括在内的人机系统,因而它是一个管理系统,是个社会系统。

企业管理信息系统正在形成为一门学科,它引用其他学科的概念,把它们综合集成为一门系统性的学科。它面向管理,利用数学的方法、系统的观点和计算机应用三大要素,形成自己独特的内涵,从而形成系统型、边缘型、交叉型的学科。

二、企业管理信息系统的基本结构

从不同的侧面深入地分析信息系统的基本成分和结构,能够很好地为信息系统提供了一个清晰的视图。

(一)概念结构

从信息系统的概念内涵来看,企业管理信息系统由 4 部分组成:信息源、信息处理器、信息用户和信息管理者。信息源产生信息;信息处理器负责信息的收集、加工、存储、检索和传输;信息用户是信息的使用者;信息系统的设计、实施和维护由信息管理者负责。它们之间的关系,可以用经典的企业信息系统的概念结构(如图 1.8 所示)来描述。

图 1.8　企业管理信息系统的概念结构

从信息系统概念的管理功能层次来看,信息系统还是一个层次系统。R. N. Anthony 提出了一个分析管理层次的模型,即把管理活动分为战略计划层、战术计划与管理控制层、运行作业计划与控制层,由此为管理活动服务的 IS 也相应地划分为 3 个层次(如图 1.9 所示)。战略计划层的系统主要是提供给组织的高层管理者使用,目的在于帮助确定组织的目标、制定长远的政策和发展方向;而战术计划与管理控制层的系统则辅助组织中层的领导执行实施组织目标,目的在于有效利用组织内部的各种资源,对组织的基本活动进行计划控制,同时帮助制订预算和例外情况控制等;作业计划与控制层是提供作业执行人员具体管理活动的相关信息,从而保证具体业务活动的履行。

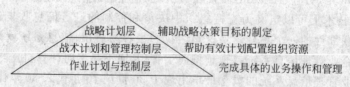

图 1.9　信息系统概念的层次结构

(二)功能结构

一个企业管理信息系统从使用者的角度看,它总是由多种功能组成的,这些功能通过信息的使用和产生形成联系,并构成一个有机的整体,表现出系统的特征,在这个整体中功能之间的组成方式就称为企业管理信息系统的功能结构(如图 1.10 所示)。

在企业管理信息系统的功能结构中,标明了企业管理信息系统各功能子系统及各功能模块之间的联系方式。图 1.10 中"原材料采购计划制订"这个功能模块是参考"主生产计划制订"产生的"主生产计划"与技术子系统中"技术数据管理"模块提供的"产品/原材料消耗指标"通过综合平衡完成的。

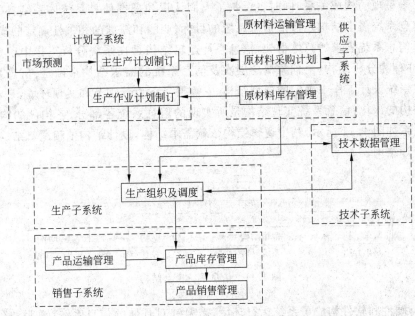

图 1.10　企业管理信息系统的功能结构

企业管理信息系统的功能结构是企业各种管理过程的一个缩影。在图 1.10 给出的企业管理信息系统功能结构中描述的管理过程为：计划子系统中的"市场预测"模块通过市场预测制订主生产计划（有时称为产品产量的总量计划），并进一步制订生产作业计划。供应子系统的"原料采购计划制订"模块依据主生产计划及技术子系统的"技术数据管理"模块产生的产品/原材料消耗指标数据（包含生产单位产品所需要某些原材料的数量指标）计算并汇总整个企业在计划时间期间内所需的全部原材料的数量，并以此为参考制订得到整个企业的原材料采购计划，且据此进行原材料库存管理。

生产子系统依据计划子系统提供的生产作业计划、供应子系统提供的"原材料库存数据"及技术子系统的技术数据（如"能源及材料消耗指标"、"技术标准"）组织生产。销售子系统负责产品的库存管理、运输管理和销售管理。

企业管理信息系统的功能结构是企业管理信息系统规划、系统分析和系统设计的主线。企业管理信息系统的功能结构描述的是企业管理信息系统的功能构成及功能联系，因此它是企业管理信息系统开发过程中的重要关注对象，对现有管理系统的分析及对未来系统的设计都离不开企业管理信息系统功能结构的描述工作。

（三）模型结构

在信息系统开发过程中，信息系统具有多种描述模型。每一种模型都是从某一认识程度和某一角度对信息系统的抽象描述。在每种模型中，模型元素都呈现出明确的构成关系。在不同的模型中，信息系统模型结构具有 4 种不同的内涵和形式。信息系统的模型主要有需求模型、逻辑模型、设计模型和实现模型 4 种模型。

在这 4 种模型中,信息系统模型结构的 4 种形式分别是信息系统的需求结构、分析结构、设计结构和实现结构。4 种结构反映了在信息系统开发的不同阶段和不同方面信息系统各要素呈现的构成关系,同时也反映了人们认识和把握信息系统体系结构的程度和过程。信息系统需求结构是按照信息系统的目标、职能和需求的相关性确定的模型结构,它反映了信息系统需求的总体框架;信息系统逻辑结构是在系统分析工作中确定出的模型结构,亦称为分析结构,由抽象概念层次及信息系统的需求结构来确定;信息系统设计结构是在系统设计工作中确定的模型结构,它需要考虑设计细节和实现环境,是对信息系统逻辑结构的深化;信息系统实现结构是所实现的信息系统各部分、各构件的构成关系。它们的关系如图 1.11 所示,其中逻辑结构依赖需求结构,设计结构依赖逻辑结构,实现结构依赖设计结构。

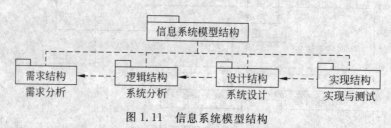

图 1.11　信息系统模型结构

此外,硬件和软件构成了系统运行环境,需要针对具体的信息系统,说明和分析它的硬件结构和软件结构。由于这些通常同计算机硬件、网络结构以及软件系统联系在一起,所以在此对这些信息系统的技术基础不再赘述。

三、企业管理信息系统的发展历史和趋势

（一）企业管理信息系统的发展历史

企业管理信息系统的发展历程可以大体上分为 4 个阶段。

1. 20 世纪 50 年代到 70 年代的事务处理阶段

1954 年,美国通用电气公司首先使用计算机进行工资和成本会计核算,也开始了现代信息系统发展的第一个阶段。在这一段时间里,计算机及其相关技术的出现与发展大大提高了数据处理效率,降低了数据处理和存储的成本,因此信息系统也是首先应用于以计算机为基础的数据处理和存储,以支持管理工作中的统计计算、制表以及文字处理等。

20 世纪 60 年代以前的信息系统以体积庞大、计算能力低的单机应用为主。到 60 年代中期出现了主从式系统,即以一台大型主机为中心,连接多台终端机的系统。对过去单机分散的处理方式来说,主从结构是一个巨大的进步。它可以把数据集中起来,从而使信息系统可以对业务过程的多个环节进行综合处理,大大提高了工作效率。

该阶段的目标是代替繁重的手工事务处理,提高组织运营的效率以及数据的准确性。这个阶段主要的典型系统有电子数据处理系统（electronic data processing,EDP）和事务处理系统。

2. 20 世纪 60 年代中期到 70 年代末的系统处理阶段

随着数据库技术的发展、分布式系统技术的出现,中型机、小型机和终端机组成的网络被应用于企业管理实践中,并形成了传统结构化的企业管理信息系统。这个阶段的目标主要是提高系统处理的综合性、系统性和时效性,使之能从企业全局出发,通过数据的共享,发挥系统的综合能力,帮助管理者分析、计划、预测和控制企业信息。主要的核心技术是以数据库技术(data base,DB)、通信网络技术如电子数据交换技术(electronic data interchange,EDI)等为基础,典型的系统是传统结构化的企业管理信息系统。

这个阶段的理论界已经普遍采用系统论的观点和方法分析信息系统,相关的理论研究也走向进一步深入。但是,尽管企业管理信息系统的理论和实践都得到了飞速发展,由于缺乏灵活性以及对管理者决策的支持,也有很多企业管理信息系统失败并受到了很多的质疑。从另一个意义上说,这也可以看做企业的管理者对技术有了进一步的要求——要求信息系统能够适应企业环境变化的需求并为管理者提供更多的帮助。

3. 20 世纪 70 年代到 80 年代的决策支持阶段

这个阶段的信息技术发展很快,个人计算机的普及为终端设备提供了强大的终端计算能力;关系数据库模型提供了简单、直观、易于处理、使用方便的数据库系统;网络技术的发展也很快,在企业层面先后出现了文件服务器/工作站结构和客户机/服务器结构的内部网络。

这个阶段的目标改变了以往只注重运营活动效率改善的情况,而更加强调组织决策的有效性,因而这一阶段的核心技术是以人机对话、模型库和人工智能等为基础的技术,以这些技术构建的信息系统的典型是现代的企业管理信息系统和决策支持系统(decision support systems,DSS),它们主要用于解决非结构化和半结构化的问题。

4. 20 世纪 90 年代至今的综合应用阶段

20 世纪 90 年代的信息技术有了革命性的发展,集中体现在图形界面技术、网络技术和人工智能技术。这一阶段的主要目标是帮助组织实现业务的转型变革、提供良好的工作环境、寻求高素质人才等,并以高速网络传输技术、多媒体技术、人工智能技术的新发展以及系统的应用集成技术等为手段,借用 Internet、WWW、中间件技术以及电子商务技术(E-Business)等具体实现新型高度集成的应用系统,主要以 ERP、SCM、CRM 等商业通用和专用系统为代表,它们标志着信息系统应用的高级阶段。这使得组织的经营从最初的简单的局部的事务处理转变到更大范围更高层次的经营计划控制上来。

(二) 企业管理信息系统的历史演进

企业管理信息系统在企业中的应用大致可以划分为以下几个阶段。

(1) 20 世纪 50 年代的自动化数据处理(automatic data processing,ADP)。

(2) 20 世纪 60 年代的集成数据处理(integrated data processing,IDP)和物料需求计划(material requirement planning,MRP)

(3) 20 世纪 70~80 年代的一般 MIS、办公自动化(office automation systems,OA)、闭环 MRP、制造资源计划(manufacture resources planning,MRPⅡ)、决策支持系统和高层主管信息系统(executive information systems,EIS)。

(4) 20 世纪 90 年代的企业资源计划系统(enterprise resources planning,ERP)、战略信息系统(strategic information systems,SIS)以及业务流程再造思想(business process

reengineering,BPR),发展到今天更加高级的跨组织级的供应链管理系统(supply chain management systems,SCM)、电子商务系统(E-Business)以及客户关系管理系统(customer relation management systems,CRM),这些信息系统的推广应用不仅能够帮助组织完成底层业务的自动化处理,而且能够帮助组织实现业务的变革转型,从而在组织内外的各个层次中得到深入的最佳应用,这在一定程度也反映出信息技术与管理融合代表着信息系统的发展趋势。

以上这些典型的信息系统模式的发展演进,也说明了信息技术与信息系统应用层次的递进。因而,根据时间和应用层次两个维度,可以用图1.12所描述的情况概括与总结信息系统发展的这种历史演进。

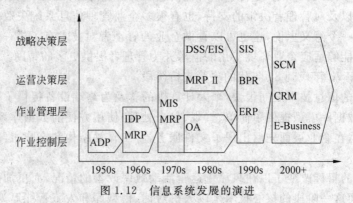

图 1.12　信息系统发展的演进

第三节

企业管理信息系统的研究对象及学科体系

企业管理信息系统不仅是一个应用领域,而且是一门边缘性、综合性、系统性的交叉学科。目前,信息系统不仅被广泛地应用于企业生产活动的各个方面,还受到众多学者的关注,逐步形成了诸多研究方向,建立了独具特色的理论体系和学科体系。

一、企业管理信息系统的研究对象

企业管理信息系统涉及的应用领域很广,涵盖的内容也很多,所以对于企业管理信息系统理论的研究也非常的丰富,这些研究主要侧重于3个方面:企业管理信息系统的相关理论基础、技术基础和开发实施方法。从对国内外研究情况的总结来看,归纳起来,这些研究和探索集中在以下几个方面。

(一)信息用户需求研究

企业管理信息系统必须要满足用户的信息需求,因此正确了解用户需求是开发信息系统的前提。用户需求各异,思想水平、知识经验存在着区别,研究有效的与用户沟通、获取用户信息需求的方法,为信息系统的开发和建设提供指导。

（二）信息系统自身研究

从企业管理信息系统处理对象和处理方法的角度,研究企业管理信息系统的概念、框架、结构及具体方法和技术。

（三）系统开发方法研究

从企业管理信息系统研制和开发角度研究认识客观事物和企业管理信息系统开发的规律,研究系统分析和设计的理论、方法及其开发工具等。早期重视建造高质量的信息系统,以提升组织的竞争力;随着信息技术的进一步发展和商品化软件市场的形成,信息系统实施及相关的管理问题也开始得到广泛关注。比如,探讨 ERP 系统在组织的具体实施过程中的问题。

（四）企业管理信息系统评价研究

从企业管理信息系统的评价、管理的角度研究企业管理信息系统的评价指标和方法、研究企业管理信息系统的日常管理和监理审计制度、企业管理信息系统的品质评价体系、企业管理信息系统经济学以及企业管理信息系统在组织和在社会中的地位、作用和影响等。

二、企业管理信息系统的学科体系

企业管理信息系统是一门综合了管理科学、信息科学、行为科学、计算机科学、决策科学、系统科学、数学和通信技术的一门边缘性学科。企业管理信息系统与多种学科有着密切联系,如图 1.13 所示。

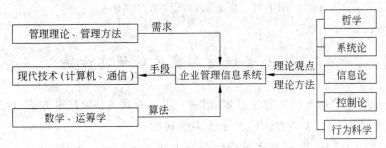

图 1.13　企业管理信息系统与其他学科的关系

数学方法、系统的观点和计算机技术是企业管理信息系统学科的三要素。数学方法就是用定量技术研究对象,采用各种数学模型和运行模型分析系统;系统观点即把研究对象作为整体而不是局部来考虑,着眼于整体的优化;计算机技术则是建立模型、分析模型、实现优化的工具,如图 1.14 所示。

企业管理信息系统学科以服务于管理功能的信息系统为中心,涵盖多层次、多方面的内容:

（1）从信息系统理论和方法的角度来看,包括信息系

图 1.14　企业管理信息系统
学科的三要素

统信息系统建模、结构与行为理论、优化与仿真、信息系统建设的理论与方法等。

（2）从信息系统的应用层面来看，信息系统学科的研究方向（亦即信息系统发展的分支）主要有电子数据处理系统、事务处理系统、企业管理信息系统、决策支持系统、办公自动化、商务智能、电子商务、企业资源规划、虚拟企业和电子政务等。

（3）从信息系统建设的角度来看，信息系统学科的研究在规划、建模、分析和设计等多个环节上展开，每个环节中都有着丰富的研究内涵，在信息系统的战略规划上，有企业系统规划（business system planning，BSP）、关键成功因素（critical success factor，CSF）等；在企业建模上，分别在静态建模、动态建模、企业过程建模和商务规则等方面都有着广泛的研究；在分析、设计方法上，已经发展出生命周期法、原型法和面向对象法等方法。

（4）从信息系统的运行管理、效益及信息系统与社会方面的关系的角度来看，包括信息系统的运行与管理、信息系统与组织关系、供应链管理、信息技术经济学、信息技术与未来研究等。如图1.15所示。

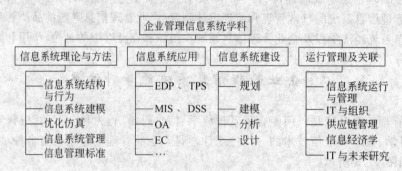

图1.15　企业管理信息系统学科体系

三、企业管理信息系统的研究方法

研究企业管理信息系统的方法很多，通常有以下几种方法：技术方法、行为科学方法和社会技术系统方法。这些方法借鉴了很多学科的方法体系，如图1.16所示，涵盖多方面的研究方法，信息系统的研究方法就是这些方法体系综合应用的体现。

图1.16　信息系统研究方法

（一）技术方法

技术方法借鉴计算机科学、管理科学和运筹学的方法体系，重视研究信息系统规范的数学模型。目前，信息系统的技术方法已经借鉴计算机科学的可计算理论、计算方法和高效数据存储和访问方法；管理科学的决策制定和管理业务模型的开发方法；运筹学的优化组织中的选择参数（如运输、库存控制和交易成本）的数学方法等。

（二）行为科学方法

信息系统的研究关注系统与组织的关系,关注信息系统与信息用户的相互作用。社会学重视信息系统对组织、群体和社会的作用,它认为信息技术在转变组织上不具备独立的力量,同时它强调人和组织对信息系统的影响,组织内重要的团体有意或者无意地决定组织中将发生何种变化,组织采用符合组织中关键的下属单位、部门的利益的信息技术;经济科学也在研究信息系统的经济影响和用途,他们认为信息技术是一种政治经济资源,信息系统是组织内部下属单位为了影响组织的政策、组织的工作程序和资源而竞争的结果;心理学家关注个人对信息系统的反应和人类推理的认知模型。行为方法并不排斥技术方法。

（三）社会技术系统方法

信息系统不仅是一个技术系统,更是一个社会系统。社会技术系统方法是把计算机科学、管理科学和运筹学的理论工作同建立系统和应用的实践结合起来的同时也注重行为问题。它有助于避免对信息系统采取单纯的技术方法。技术部分和行为部分都需要被注意,必须对信息技术进行改造和设计以使它能够适应组织和个人的需要。

四、管理信息系统学科设置

我国许多综合性大学都在管理学院或经济管理学院设置了信息管理或信息系统专业,其他管理类专业也都开设有各类学校系统课程。信息管理与信息系统作为管理科学与工程学科下面的二级学科,具有很大的发展潜力。信息管理与信息系统专业的目标是培养信息系统分析、设计、开发的技术人才,企业信息化管理的人才,企业信息资源开发利用的人才。这类人才应当善于帮助组织分析组织环境,确定组织目标,抓住关键因素,改进组织系统;善于提出计算机系统的解决方案,选购系统硬件,选购或开发应用软件,管理信息资源。该专业人才不仅应具有"管理＋IT"的复合型知识,而且应具有创新精神、主动精神、协作精神和刻苦钻研的精神以及良好的素质。图1.17给出了信息系统专业人才应具有的能力模型。

图 1.17 信息系统专业人才的能力模型

本 章 小 结

本章介绍了管理信息系统基础知识,通过本章的学习,读者应对管理信息系统的相关概念有一个基本的了解。

信息(information)是现代社会中人们所广泛使用的一个概念。从本质上讲,信息不是物质的、不是能量的,更不是精神的,它普遍存在于自然界、生物界和人类社会,是事物的属性、内在联系和含义的表征。

信息的概念不同于数据和知识。数据是客观事实的数字化、编码化、序列化和结构化,它是对客观事实记录下来的、可以鉴别的符号,这些符号不仅指数字,而且包括字符、文字和图形等。信息是数据在信息媒介上的映射,是经过加工具有特定含义的数据,它对接受者的行为产生影响,对接受者的决策具有价值;知识是对信息的加工、吸收、提取和评价的结果。

信息具有共享性、真伪性、层次性、时效性、可加工性、可存储性、可传输性、价值性和无限性等特征。

信息和其他资源一样是有生命周期的。从产生到消亡,经历需求、获得、服务和退出4个阶段。信息的生命周期由信息的收集、传输、加工、存储、维护和使用等环节组成。

系统是由相互作用和相互依赖的若干组成部分结合成的具有特定功能的有机整体。系统具有目的性、整体性、相关性、层次性和环境适应性等特性。

企业管理信息系统正在形成为一门学科,它引用其他学科的概念,把它们综合集成为一门系统性的学科。它面向管理,利用系统的观点、数学的方法和计算机应用三大要素,形成自己独特的内涵,从而形成系统型、交叉型和边缘型的学科。

企业管理信息系统是一个以人为主导,利用计算机硬件、软件、网络通信设备以及其他办公设备,进行信息的收集、传输、加工、储存、更新和维护,以组织战略竞优、提高效益和效率为目的,支持组织高层决策、中层控制、基层运作的集成化的人机系统。

企业管理信息系统的基本结构包括概念结构、功能结构和模型结构。企业管理信息系统涉及的应用领域很广,涵盖的内容也很多,其研究对象主要包括信息用户需求研究、企业管理信息系统自身研究、企业管理信息系统开发方法研究和企业管理信息系统评价研究等。

企业管理信息系统学科以服务于管理功能的信息系统为中心,涵盖多层次、多方面的内容。研究信息系统的方法很多,一般说来主要有以下几种方法:技术方法、行为科学方法和社会技术系统方法。

思考与训练

1. 什么是信息?信息有哪些特性?
2. 什么是系统?系统有哪些特性?
3. 什么是企业管理信息系统?
4. 分析企业管理信息系统的发展历程。
5. 简述企业管理信息系统研究对象及学科体系。

课 外 阅 读

1. 斯蒂芬·哈格等.信息时代的管理信息系统.北京:机械工业出版社
2. 中国制造业信息化门户 http://www.e-works.net.cn/

案 例 分 析

日常生活中的企业管理信息系统

某公司销售主管李庆,经过两天的休息后,周一精神抖擞地准备去上班。他的住所与公司只有 20 分钟步行路程,李庆一般喜欢步行上班,临出门前,他打开手机,立刻出现了定制的气象预报,说今天中午以后可能会下雨,于是李庆决定开汽车去公司。

进入公司大门时,李庆习惯性地将自己的公司身份卡在门禁的打卡机上刷了一下,李庆进入公司的时间立刻被人力资源管理系统记录在案了。

进入办公室后,李庆立刻打开办公桌上的计算机。由于是周一,上午要召开公司业务汇报会,李庆首先进入销售管理系统,要求系统立刻将上一周的销售报表打印出来,然后查看计算机桌面上等待处理的电子邮件,其中两份是外地代理商要求增加发货的信函,李庆立刻将它们转发给成品库主管并同时利用系统的短信发送功能通知成品库主管有邮件给他。此时上周的销售报表已经打印出来,李庆在去开会之前要求秘书拟订一份应对销售卜降的报告。

公司业务汇报会议后,公司生产经营副总经理召集了生产部和信息部等部门主管会议,讨论如何实现生产计划系统、销售系统、库房管理系统与采购系统的信息沟通问题。由于目前公司的销售系统便于销售人员在任何地方输入、查询客户资料和库存资料,可以很快汇总销售数据,已经能够满足销售部门的需要,因此李庆对将销售系统与其他系统的集成并不感兴趣。李庆回到办公室后,秘书已经将报告拟订好。李庆修改后,要求秘书再将销售系统中的一些代理商资料及代理成本的分析添加进计划,并将报告制成明天公司专门讨论销售情况会议的幻灯片。

下午,李庆与销售部中的几个业务骨干接待了某管理咨询公司的专家,专家向大家演示了一套营销管理决策支持软件,该软件提供了一些可以支持广告决策的营销模式,选择新产品市场开发方法的模式及各种对销售情况进行分析的程序。大家对此很感兴趣,但是 10 万的售价使他们不能立刻做出决定。李庆询问是否可以将软件留在公司试用,专家说可以,但是只能试用 3 个月。

专家走后,李庆上网搜索了与公司产品有关的市场及竞争对手情况,将一些重要的信息摘录下来,准备明天讨论会使用。接着又看了一下当天的一些重要新闻和已经收盘的股市情况。

下班后,在回家的路上,李庆到超市去买了一些食品和日常用品。结账时候,POS 机直接从商品的条形码上读取了价格数据,汇总后,李庆用长城卡结了账。

(资料来源:中国高等学校教学资源网 http://www.cctr.net.cn/)

思考题:

1. 在李庆一天的工作生活中,他遇到、使用了哪些管理信息系统?你能从这些系统的信息处理方式分析它们有哪些特点?请设想一下,如何对其中的一些系统进行改进增加它们的功能?

2. 你能否再举一些在日常生活和工作中所遇到的管理信息系统?

第二章

企业管理信息系统的开发方法

引例：C 公司 EIS 的失败

比利·皮瑞——C 公司信息系统的副总裁,积极倡导一套"执行经理信息系统"(EIS)的开发,以满足公司高层经理们的信息需求。从商业性文章、会议中,以及与其他信息系统经理们的交谈中,皮瑞已听说了 EIS 在多家公司中成功的先例。皮瑞相信,EIS 不但能够帮助高层管理人员,还能够提高信息系统部的形象。多年来,在公司经理们通过同意的数百万美元的预算中,没有对信息系统给予多少支持。然而,EIS 将改变这种状况。

皮瑞安排了一位 EIS 的销售人员给总经理及其他高级经理作了演示,收到了非常好的反响。通过触摸一下屏幕,表格和报告就迅速地以各种各样的格式和颜色出现。各级经理们对 EIS 印象深刻,于是经过一个短会后,就拍板投资 25 万美元开发 EIS 系统。

下一个步骤是组成一个小组开发 EIS。山姆·约翰逊,被吸收为项目的负责人,他在 C 公司的多个部门工作了 20 年。约翰逊是一个好的人选,因为他对公司业务、经理职能以及组织的政策有充分了解。皮瑞还为该项目配备了两位最好的系统分析师。

经过审查备选的软硬件设施,EIS 小组选择了他们认为是最好的方式。一套 EIS 主销售商的软件将被采用。该产品是围绕共享概念而设计,其中由 PC 执行图形功能,大型机进行数据存储。经理们将拥有 IBMPC-2 系统,它们通过"环标"网络与一台 IBM4381 大型机相联。主要的硬件设施已经到位。

让经理们具体描述他们的信息需要却很成问题。EIS 工作人员发现,由于经理们出差等工作的需要,很难安排与他们的谈话时间。即使双方见了面,经理们对其信息需求也表达得含糊不清。结果是,经理们身边的工作人员成了决定 EIS 应包含哪些内容的重要因素。

3 个月后,5 位经理用上了最初的系统。50 屏的信息可提供主要的财务报告,过去这些报告都是以纸上的表格形式出现的。该系统还提供了反映公司绩效的主要指标方面的信息,这些指标一直在 C 公司战略计划制订过程中发挥作用。通过自动调用数据库中的数据,屏幕上的信息总是最新的。

经理们对系统的最初反应总体上是积极的。一位经理说:"过去我从未这么快就获得这些信息。"一些经理们看来为他们最终能够使用一台计算机而感到骄傲。只有一位年龄较大的经理似乎对 EIS 不感兴趣。

系统交付使用后,重点转向了维护。约翰逊被委以另一个项目。系统分析师负责开发一套新的、重要的应用系统。两位维护程序员承担了 EIS 的升级、扩展使用者范围以及开发新功能的任务。

随后的几个月中，围绕 EIS 系统什么也没有做。维护程序员花了一段时间去学习如何使用 EIS 软件。即使是当他们学会了如何扩展 EIS 的功能后，程序员们仍发现这一活动较之其他的应用显得并不重要。此外，经理们很少有扩展功能的要求。在某种程度上，维护程序员将 EIS 视作"经理的玩具"。

引进 EIS 9 个月了，基本上没有系统的升级。没有新的使用者，而且使用跟踪软件揭示出，5 位经理中的 3 位根本没有使用该系统。系统也没有增加新的功能。

就在这个时候，C 公司开始面临财务困难。为了维持正常运转，一些不重要的支出项目被砍掉了。在一次重要会议上，从未使用过 EIS 的经理建议该系统也应被砍掉。"我们已为这一系统投入了大量的时间和金钱，但我并未看到我们从中得到什么好处。"他说，"实事求是地讲，我们所获得的所有东西就是我们过去所获得的东西，只不过它们是以美妙的图画和颜色出现在屏幕上而已。抛弃这一系统能够节省金钱，而又不会失去太多。"经过讨论，经理们达成一致——这一系统令人失望，应被砍掉。

当皮瑞得知这一决定时，他极为震惊。EIS 曾经是如此地有前景，一切都曾非常顺利。哪里出了错？他获得了经理的支持，成立了一个好的工作班子，挑选了合适的软硬件设备，而且迅速交付了第一期系统。这些通常都是成功的关键。也许经理们只是没有准备好应用计算机。然而，皮瑞能够肯定的一件事，是他及他的部门因 EIS 的失败而蒙羞。

（资料来源：中国人民大学工商管理/MBA 案例：管理信息系统卷）

企业管理信息系统的开发是一项复杂的系统工程，它涉及面广，包括管理业务、技术、组织和行为。它不仅是科学和技术，而且是艺术。近几十年，人们探索和发展了许多指导管理信息系统开发的理论和方法。虽然至今还没有一种完全有效的方法来很好地完成系统的开发，但有一些方法在系统开发的不同方面和阶段仍然带来了有效地帮助。

第一节

概　述

一、企业管理信息系统开发方法的历史回顾

20 世纪 50 年代计算机开始应用于管理工作。当时应用于管理的目的主要是为了提高数据处理的效率，因而可以说是面向处理的。这时的系统通常称为数据处理系统。数据是依赖于程序的，即针对一个处理程序，就有一个专为它提供数据的数据文件。这就是最原始的开发方法，即先了解处理功能，然后编写程序，再编写依赖于它的数据文件。到了 20 世纪 60 年代出现了数据库。信息系统的建设方式也有改变，先建立数据库，然后再围绕数据库编写各种应用程序，这种方法可以说是面向数据的。在早期的这个阶段并没有注意到开发方法的研究。当时人们进行系统开发工作好像在做手工艺品。程序员根据

自己的经验和偏好,编出各种各样的程序,同样一个业务程序,有人要用一百多条指令才能完成,而有人只用十几条指令即可完成。程序难懂、难写,更难以维护,因而标准化成为软件开发公司的愿望。

从20世纪60年代开始,系统越来越复杂,人们已经开始注意到信息系统开发的方法和工具。到了20世纪70年代,系统开发的生命周期(life cycle)法诞生了。它较好地给出了过程的定义,也大大地改善了开发的过程。然而,问题的积累、成本的超支、性能的缺陷,加深了系统开发的困难。这时系统开发方法依据著名的"瀑布模型",并产生了结构化的开发方法。

结构化的意思是试图使开发工作标准化,因而它可以减少随意性。结构化开发的目标是高效、有序、高可靠性和少错误。有序是按部就班,按规矩办事,相同情况得出相同结构,减少程序员的随意性,从而达到有纪律、标准化。结构化还要求建立标准的文档。当然结构化有其负面的影响,它可能妨碍程序员的创造性。

20世纪80年代以后,出现了一些新的程序设计语言和开发工具,一是第四代语言(fourth generation language,4GL);二是原型法(prototyping)。原型法和生命周期法是完全不同思路的两种开发方法。20世纪80年代末期,计算机辅助软件工程(computer aided software engineering,CASE)和面向对象(object-oriented,OO)的开发方法得到很大的发展。面向对象的方法在20世纪80年代初已用于计算机科学,20世纪80年代末开始用于企业系统。20世纪90年代初,面向对象的分析与设计和面向对象的语言(如C++)开始实际应用。

20世纪90年代利用模块化和模块连接技术,大大降低了维护成本,提高了开发者的劳动生产率。20世纪90年代中期,由于Web技术的出现,开发方法又出现了新的机遇,许多工作可以让用户去做,这是一种很好的趋势,但系统工作仍然很多,需要信息部门自己完成或借用外力去完成。

如上所述,20世纪60～70年代是结构化系统分析和设计时代,20世纪80年代初是原型法时代,20世纪80年代末是CASE和OO时代,而20世纪90年代至今,则到了客户/服务器的时代,或基于Web的开发时代。这时客户宁愿买现成的软件包,甚至是整个系统,而不愿自己开发。用户买来许多软件部件,自己或请顾问公司把它们集成起来,这就是系统集成或基于部件的开发,在20世纪90年代中后期这种趋势越来越明显。

二、企业管理信息系统开发的任务和特点

(一)开发的任务

企业管理信息系统开发的任务,就是开发一个高效并有力支持管理决策目标的、具有先进技术的、能满足用户需要的企业管理信息系统。

具体包括以下四个方面的任务:

(1)满足用户需要。由于原来没有企业管理信息系统或旧系统存在问题,制约着组织的发展,不能满足用户的需要,因此新系统必须保证其最终系统能够被用户接受,实现用户的初衷。

（2）功能完整。功能是否完整,表现在各部分接口是否完备,数据采集和存储格式是否统一,各部分是否协调一致,表现在系统能否覆盖组织的主要业务管理范围。

（3）技术先进。根据组织的实际情况和未来发展将其合理地运用到企业管理信息系统开发中去。尽量采用成熟的技术,不去采用最新的未经考验的技术。

（4）实现辅助决策。许多组织的决策任务非常复杂、耗时,而决策关系到组织的兴衰。因此,所有的组织都需要能够帮助他们做出最佳的决策支持系统。

（二）开发的特点

（1）需求牵引是企业管理信息系统的开发动力。随着国内外市场竞争的加剧,信息必然成为组织的战略资源,组织必须运用先进的手段和方法来获取和利用信息资源,提高组织的竞争力。组织的这种潜在需求,必然推动和加速企业管理信息系统的开发。

（2）科学合理的管理是企业管理信息系统开发的前提。MIS的开发有"三分技术,七分管理,十二分数据"之称,可见管理重要性。只有在合理的管理体制、完善的规章制度、稳定的生产秩序、配套的科学管理方法和完整准确的原始数据的基础上,才能有效地开发MIS,避免"Rubbish in,Rubbish out"（进来的是垃圾,出去的也是垃圾）。

（3）因地制宜的开发策略。MIS的开发受到组织经营现状、财力情况、管理基础、管理模式和生产组织方式等多个因素的影响,不可能在短期内达到理想化水平,必须根据组织的实际情况,制定符合组织要求的开发策略。

（4）企业的管理模式和运行机制决定企业管理信息系统的功能和结构。不同的企业、不同的时期,其企业管理信息系统的具体形式、功能需求及运行机制是不同的。例如,生产企业的功能可分为生产计划管理、生产能力、材料计划管理、人事劳资管理、财务管理、销售及客户管理、市场预测与决策支持等。娱乐休闲型酒店的功能分为接待登记、点单、餐饮、财务、查询、部门及人员管理等。开发人员就要深入组织,调查分析,系统地了解用户的需求,才能开发出符合用户预期目标的系统。

（5）投资巨大。开发一个企业管理信息系统必须投入大量的资金。投入费用包括购买计算机、网络通信设备等硬件费用,购买软件或开发系统费用等软件费用,以及运行与维护费用等。

三、企业管理信息系统的开发原则和条件

（一）开发的原则

开发企业管理信息系统的最终目的是以经济合理的投资在较短的时间和较少消耗的前提下,获得一个强功能、高质量、可靠、适用、易维护的系统。为此有必要借鉴过去成功的经验,在建设系统之初制定出正确的开发企业管理信息系统的指导思想和原则。

1. 稳定性原则

当前我国企业的经营机制已是市场经济体制了,企业的组织结构、生产模式、管理机制和运行方式都要随着这种转变调整。作为为其服务的企业管理信息系统应该具有较大的应变能力,从而确保企业管理信息系统的建设有一个相对的稳定性。

2．先进性和实用性原则

目前国内企业管理信息系统开发应用过程中普遍存在着低水平重复性开发和片面追求高档次硬件设备的问题，系统建设成功率低和建立起的系统使用价值不高。因此，在系统开发过程中必须要把实用性放在第一位，注重信息系统与现行管理的使用关系，使系统目标明确，功能齐全，便于掌握，易于理解，运行可靠，工作效率高。同时又要突出系统技术上的先进性，采用先进的软硬件技术。不是简单使用计算机模仿传统的手工作业方式，而是充分发挥计算机的各种能力去改善传统的工作，积极引入现代化管理思想和手段，使建立的系统具有时代的先进性。

3．面向用户原则

信息系统是为用户开发的，最终是要交给用户的管理人员使用的，只有用户通过运行和使用系统才能对系统做出客观的评价。因此，开发者要使系统研制获得成功，必须坚持面向用户，树立一切为了用户的观点。从总体方案的规划设计到开发过程中的每一个环节都必须谨慎地站在用户的立场上，一切为了用户，一切服务于用户，认真听取采纳用户意见，及时交流、共同决策制定具体方案。

4．一把手原则

企业的"一把手"在系统开发的过程中发挥强有力组织领导和决策指挥作用。"一把手"必须参与系统开发的全过程。因为企业管理信息系统的建立与应用是一个技术性、政策性很强的系统工程，诸如系统开发的目标、管理体制改革、机构调整、环境改造、设备配置、软硬件资源开发、人员培训、项目管理和服务支持等一系列问题都需要企业最高领导决策。那种要钱给钱、要人给人的一般物质环境的支持是远远不够的，企业的"一把手"要高度重视开发工作并亲自介入。

5．工程化、标准化原则

企业管理信息系统的开发走过很长的一段弯路，很大程度上是在开发管理过程中随意性太大造成的。因此，系统的开发管理必须采用工程化和标准化的方法，即科学划分工作阶段，制定阶段性考核标准，分步组织实施，所有的文档和工作成果要按照标准存档。这样做的好处：一是在系统开发时便于人们沟通，形成的文字的东西不容易产生"二义性"；二是系统开发的阶段性成果明显，可以在此基础上继续前进，目的明确；三是有案可查，使未来系统的修改、维护和扩充比较容易。

6．整体性原则

系统的整体性体现在功能目标的一致性和系统结构的有机化。为此，首先坚持统一规划、严格按阶段分步实施的方针，采用先确定逻辑模型，再设计物理模型的开发思路；其次，注重继承与发展的有机结合。传统的手工信息处理，由于处理手段的限制，采用各职能部门分别收集和保存信息、处理分散信息的形势。计算机化的信息系统如果只是改变处理手段，仍然模拟人工的处理形式，会把手工信息分散处理的弊病带到新系统中，使信息大量重复(冗余)，不能实现资源共享，信息难以通畅，不能形成一个完整的系统。为了使开发的新系统既能实现原系统的基本功能和新的用户功能需求，又能摆脱手工系统工作方式的影响，必须寻求系统的整体优化。因此，需要站在整个企业的角度来通盘考虑，克服本位观念。有些在局部看来最优，在整体看来不优的决策一定不能引入。各部门的职能分工,任务安排也要考虑相互协调的问题,局部服从整体。

（二）开发的条件

在企业管理信息系统开发过程中,只有具备一定条件的企业或组织才有可能建设成功的信息系统,否则将难以达到预期的目的和效果,甚至导致系统的失败。一般系统开发应该具备以下基本条件。

1. 管理方法科学化

建立计算机化的信息系统企业或组织必须要有良好的科学管理基础,如管理业务的标准化、制度化;数据、报表统一化;基础数据资料完整可靠等。

只有在合理的管理体制、完善的规章制度和科学的管理方法之下,信息系统才能充分发挥作用。如果原始数据就十分混乱,则计算机信息系统自然也算不出什么正确的结果来。

2. 领导的重视和业务部门的大力支持

由于信息系统的开发是一项周期长、投资大,涉及组织结构调整及管理程序变革等许多影响全局性的工作,新系统运行后又不可避免地会导致一些机构和人员的地位、权力及工作等内容等的变革,这必然会引起一些有关人员的抵触及不合作,如果没有主要领导的坚决支持和业务管理部门的得力措施作保证,单凭系统开发人员是难以协调和通融的,开发工作也摆脱不了失败的命运。

3. 建立一支开发、应用与技术管理的队伍

许多企业一开始不具备自行开发系统的能力,可以采取委托或联合开发的形式。但是,系统在交付使用后,难免会出现这样那样的问题,还需要进行大量的维护工作,而且随着环境的变化,对系统的不断修改和完善的要求也在所难免,如果本企业不注重培养自己的开发应用的技术管理队伍,而一味地依靠外部技术力量,那将是很困难的也是很危险的。因此,为了成功的开发应用好企业管理信息系统,必须建立本企业自己的计算机技术队伍,这样才能保证系统开发与运行的最大成功。

4. 拥有雄厚的资金

信息系统开发是一项投资大、风险大的系统工程。企业管理信息系统开发必须拥有雄厚的资金作基础。企业在 MIS 开发过程中,需要购买机器设备,购买软件,消耗各种材料,发生人工费用、培训费用以及其他一些相关的费用。这些费用对一个企业来说是一个不小的负担。为了保证 MIS 开发的顺利进行,开发前应有一个总体规划,进行可行性论证。对所需资金应有一个合理的预算,制订资金筹措计划,保证资金按期到位;开发过程中要加强资金管理,防止浪费现象的发生。

四、MIS 开发策略

早期的 MIS 系统研制大都是在原系统上进行扩充和完善,或者机械地把人工管理转换为计算机管理,这些方法往往不能适应 MIS 的总体目标要求,系统各部分之间缺乏有机联系,系统难以维护等。随着人们对 MIS 的要求越来越高,传统方法的缺点更加暴露明显,难以适应。现代 MIS 开发策略则主要采用的是"自上而下"和"自下而上"的策略。

（一）"自上而下"的策略

"自上而下"的开发策略基本出发点是从企业的高层管理着手，从企业战略目标出发，将企业看成一个整体，探索合理的信息流，确定系统方案，然后自上而下层层分解，确定需要哪些功能去实现企业目标，进而划分相应的业务子系统。系统的功能和子系统的划分不受企业组织机构的限制。

这种方法的步骤通常如下。

（1）分析企业环境、目标、资源和限制条件。

（2）确定企业的组织职能和各种活动。

（3）确定每一职能活动所需的信息及类型，进一步确定企业中的信息流模型。

（4）确定子系统及其所需信息，得到各子系统的分工、协调和接口。

（5）确定系统的数据结构，以及各子系统所需的信息输入、输出和数据存贮。

"自上而下"方法的优点是整体性好，逻辑性较强，条理清楚，层次分明，能把握总体，综合考虑系统的优化。主要缺点是对规模较大系统的开发，因工作量大而影响具体细节的考虑，开发难度大，周期较长，系统开销大，所冒风险较大。一旦失败，所造成的损失是巨大的。

"自上而下"方法是一种重要的开发策略，反映了系统整体性的特征，是信息系统的发展走向集成和成熟的要求。

（二）"自下而上"策略

"自下而上"的是从企业各个基层业务子系统（如财务会计、库存控制、物资供应、生产管理等）的日常业务数据处理出发，先实现一个个具体的业务功能，然后根据需要逐步增加有关管理控制和决策方面的功能，由低级到高级，不断完善，从而构成整个 MIS 并支持企业战略目标。

"自下而上"方法的优点是它符合人们由浅入深，由简到繁地认识事物客观规律的习惯，易于被接受和掌握。它以具体的业务处理为基础，根据需要而扩展，边实施边见效，容易开发，不会造成系统的浪费。主要缺点是在实施具体的子系统时，由于缺乏对系统总体目标和功能的考虑，因而缺乏系统整体性和功能协调性，难于完整和周密，难以保证各子系统之间联系的合理性和有效性。各个子系统的独立开发，还容易造成它们之间数据的不一致性和数据的大量冗余，造成重复开发和返工。通常，"自下而上"的方法适用于规模较小的系统开发，以及对开发工作缺乏经验的情况。

"自上而下"和"自下而上"的方法各有优缺点，在实际工作中究竟采用哪种方法依赖于企业的规模、系统的现状以及企业管理制度的完善程度等。在实践中，通常把这两种方法结合起来应用，"自上而下"的方法用于总体方案的制定，根据企业目标确定 MIS 目标，围绕系统目标大体划分子系统，确定各子系统间要共享和传递的信息及其类型。"自下而上"的方法则用于系统的设计实现，自下而上的逐步实现各系统的开发应用，从而实现整个系统。这也就是所谓的"自上而下地规划，自下而上地实现"的方法。

五、系统开发环境/工具

系统开发环境/工具是指用于支持系统生命周期、方法学以及技术的应用系统。
- 计算机辅助软件工程(computer aided software engineering,CASE)
- 软件开发环境(software development environment,SDE)
- 软件工程环境(software engineering environment,SEE)
- 集成化项目/程序支持环境(integrated project/programming support environment,IPSE)

对上述几个范畴进一步扩展,即为现在各种主要的开发方法,如图2.1所示。

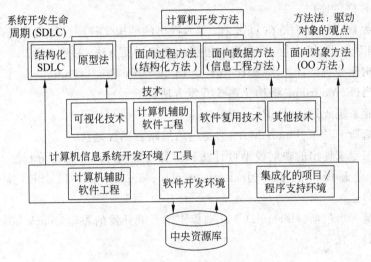

图2.1 信息系统开发各种方法

企业管理信息系统开发方法

一、结构化的开发方法

结构化系统开发方法(structured system analysis and design,SSA&D)又称作结构化生命周期法,也称为瀑布式方法,是迄今为止最传统、应用最广泛的一种系统开发方法。结构化系统开发方法的基本思想是:用系统的思想和工程化的方法,按用户至上的原则,结构化、模块化、自顶向下地对系统进行分析与设计。

结构化开发方法就是先将整个信息系统开发过程划分出若干个相对比较独立的阶

段,如系统规划、系统分析、系统设计和系统实施等。每个阶段有相对独立的任务,然后逐步完成各个阶段的任务。

系统开发时,从对任务的抽象逻辑分析开始,一个阶段一个阶段地进行开发,前一阶段任务的完成是开始后一阶段任务的前提和基础,而后一阶段任务的完成通常是使前一阶段提出的解法更进一步具体化,加进了更多的物理细节。每一阶段的开始和结束都有严格标准,对于任何两个相邻的阶段而言,前一阶段的结束标准就是后一阶段的开始标准。在每一阶段结束之前都必须进行正式严格的技术审查和管理复审,从技术和管理两方面对这个阶段的成果进行检查,通过之后,这个阶段才算结束,如果检查通不过,则必须进行必要的返工,返工之后再审查。审查的一条主要标准是每个阶段都应该交出和所开发的软件完全一致的高质量的文档资料,从而保证在软件开发工程结束时可以交付一个完整准确的软件供使用。

结构化系统设计方法是在 Dijkstra 等人提出的结构化程序设计思想基础上发展起来的,体现了自顶向下、结构化、生命周期思想的系统开发方法,主要包括:

（1）结构化分析设计技术（Structured Analysis Design Technique）。

（2）约当（E. Yourdon）结构化系统开发方法。

（3）企业系统规划法（BSP）。

（4）詹姆斯·马丁（James Martin）提出的战略数据规划法。

（5）我国专家提出的映射模型设计法和信息系统设计工程综合分析法。

（6）杰克逊提出的 JSP（Jackson structured program）和 JSD（Jackson system development）。

（7）哈兰·米尔斯（Harlan D. Mills）提出的系统开发的黑箱（black box）理论及其相应的分析设计方法等。

二、系统开发生命周期

生命周期是指从提出要建立一个信息系统开发目标开始,到完全建成信息系统的过程,这个过程称为系统的开发生命周期（System Development Life Cycle,SDLC）。

生命周期法开发企业管理信息系统包括系统规划阶段、系统分析阶段、系统设计阶段、系统实施阶段、系统运行和维护阶段 5 个阶段,如图 2.2 所示。按照规定的步骤和任务要求,应用系统工程的方法,运用一定的图表工具完成规定的文档,在结构化和模块化的基础上进行 MIS 的开发工作。

“系统工程”是指组织管理系统的规划、设计、制造、试验和使用的科学方法。采用系统思想方法,借助工程分析和设计的方法以及自然科学、社会科学的理论和方法,研究系统的组织建立和管理,使系统与环境、局部与整体之间的关系互相协调,以实现系统目标综合最优。追求系统最优,综合各种技术的最新成果,加强系统适应环境变化的应变能力等。

“结构化”的思想就是用规范的准则、步骤和工具来进行某项工作。生命周期的结构化方法就是把系统功能视为若干模块,根据系统分析设计的要求对其进行进一步的模块分解或组合,每个模块完成一个特定的功能,然后将这些模块汇集起来组成一个整体（即

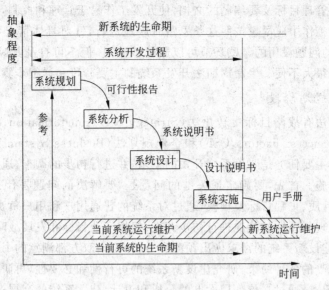

图 2.2 MIS 生命周期模型

系统),用以完成指定的功能。

结构化的生命周期法每个阶段都有具体的工作任务和工作内容(如图 2.3 所示),强调用系统工程的方法、系统的思想严格区分上述工作阶段来完成信息系统的整个开发过程,在整个开发过程中强调文档的标准化与规范化。

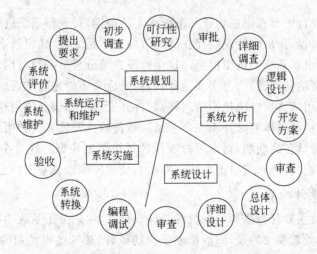

图 2.3 结构化生命周期法的 5 个阶段及其内容

结构化的生命周期法注重开发过程的整体性和全局性。结构化的生命周期法的开发方法是"自顶向下"地完成信息系统的规划、分析与设计工作,然后"自底向上"地实现。该方法强调区分每个工作阶段,尽量避免各阶段工作的重复。也就是说,在没有进行系统规划之前,不允许进行系统的详细调查研究,没有进行详细的调查研究与分析之前就不允许进行系统设计工作,在没有完成系统设计之前就不能进行编程。对其每一阶段规定它的任务、工作流程、管理目标及要编制的文档,使开发工作易于管理和控制,形成一个可操作的规范。在实际工作中应尽量按照这条思路有序地进行,针对具体情况和问题的难易程度,对于对处理的问题没用的某些环节可以删除或略过,但不可打乱其顺序,否则给后续的开发工作带来很大不便。生命周期法开发系统的主要阶段和详细步骤如图2.2所示。

(一)系统规划阶段

系统规划方法有战略目标集转化法(Strategy Set Transformation,SST)、关键成功因素法(Critical Success Factors,CSF)和企业规划法(Business System Planning,BSP)。系统规划阶段的主要任务是明确系统开发的请求,并进行初步的调查,通过可行性研究确定下一阶段的实施。首先,要确定最关键的问题是"要解决的问题是什么?"通过问题定义,提出问题的性质、工程目标及规模,通过对系统的普通用户和用户负责人的访问,对企业的目标、环境、现行系统的状况进行初步调查,根据企业目标和发展战略,确定信息系统的发展战略,对建设新系统的需求做出预测和分析,写出双方都满意的书面报告。同时考虑建设新系统所受的各种约束,研究建设新系统的可行性和必要性,再研究要解决的问题的范围、人机分界点,通过在较高层次上的分析和设计,建立系统的高层逻辑模型,在此基础上确定工程目标和规模,估计系统成本和效益。

(二)系统分析阶段

系统分析阶段主要任务是对组织结构与功能进行分析,确定企业业务流程和数据流程,并进一步对企业业务流程与数据流程抽象化,通过对功能数据的分析,提出新系统的逻辑方案。

系统分析阶段首先要根据系统任务书所确定的范围,对现行系统进行详细调查,描述现行系统的业务流程,指出现行系统存在的局限性和不足之处,确定新系统的基本目标和逻辑功能要求,提出新系统的逻辑模型。这个阶段系统分析员必须与用户紧密结合,因为用户了解他们所面临的问题,知道必须做什么,但是通常不能完整准确地表达出他们的要求,更不知道怎样用计算机解决他们的问题,软件开发人员知道怎样用软件实现人们的要求,但是对特定用户的具体要求并不完全清楚。通过软件开发人员和用户的进一步交流,确定目标系统必须具备的功能,得出用户确认的系统逻辑模型。在这个阶段应写出系统逻辑模型、系统功能、性能和接口的书面文档。系统逻辑模型通常用特定的工具来表示。

(三)系统设计阶段

系统设计阶段主要任务是确定系统的总体设计方案,划分子系统功能,确定共享数据的组织,然后进行处理模块的设计、数据库系统的设计、输入输出界面的设计和编码的设计等详细设计。该阶段的成果为系统实施阶段提供了编程指导书。

结合实际条件,根据系统分析报告中规定的功能要求,新系统的物理模型,即具体设计实现逻辑模型的技术方案可分为总体设计和详细设计两个部分。该阶段主要包括确定软件结构、数据结构和详细的处理过程3个方面的工作,软件结构设计的一条基本原理就是程序的模块化,为此要确定模块的组成以及各模块的相互关系。数据结构设计包括数据的各种属性、具体数据结构的格式、内容定义以及传递过程,数据库中数据的使用对象、主要用途、精确性和安全性等。详细的处理过程是将需求变换成用软件形式描述的过程,并确定输入、输出，以便在编码之前可以评价软件质量。

（四）系统实施阶段

系统实施阶段的主要任务是编码、测试、系统调试以及系统付诸实施。购置、安装、调试计算机等设备，编写程序，程序调试，进行系统运行所需数据的准备，人员培训，数据文件转换，系统调试。

编码就是将设计转换为机器可识别的形式，例如可以用 C 语言、C++ 语言或数据库语言来编码。测试过程主要考虑软件的内部逻辑，保证给定输入应产生与期望结果一致的输出。程序码一经产生，程序测试便立即开始。

（五）系统运行和维护阶段

系统运行和维护阶段的主要任务是进行系统的日常运行管理和维护工作，根据要求对系统进行必要的修改，系统的运行效率、工作质量和经济效益进行评价，对系统运行费用和效果进行监理审计。系统交付使用后，根据用户新增功能的要求和不断适应外部环境的变化的要求，进一步对系统作出必要的修改。系统维护是在生命周期的各个阶段去调整现有程序，而不是开发一个新的系统。

以上 5 个阶段共同构成了系统开发的生命周期。结构化生命周期开发方法严格区分了开发阶段，非常重视文档工作，对于开发过程中出现的问题可以得到及时的纠正，避免了出现混乱状态。但是，该方法不可避免地出现开发周期过长、系统预算超支的情况，而且在开发过程中用户的需求一旦发生变化，系统将很难作出调整。

三、结构化生命周期法的优缺点

（一）优点

（1）强调系统的思想和系统的方法，整体思路清楚，能够从全局出发思考问题。强调从整体来分析和设计整个系统，可以诊断出原系统中存在的问题和结构上的缺陷。

（2）将系统生命周期分解为几个阶段，每个阶段的目标明确任务相对简单、独立，便于不同专业的人员分工协作，从而降低软件开发的难度。

（3）每个阶段都有明确的目标和要求、严格的规范与标准，以及与开发的软件系统完全一致的高质量的文档资料。每一阶段的工作成果是下一阶段工作的依据，比较容易把握工作进度，总体控制和管理。

（4）结构化生命周期法方法是面向流程和功能的，能够进行企业流程再造，这是其他开发方法难以做到的。

（二）缺点

（1）在结构化生命周期法中，用户与开发人员之间的对话交流主要发生在系统分析阶段，在以后的设计、编码，直到系统提交的各个阶段中，开发人员极少与用户接触，难以确保系统真正符合用户需求。

（2）在结构化生命周期法试图在系统分析阶段内就将所有的问题讨论清楚，完全确定系统的目标和需求，以文档的形式固定下来，并以此作为以后开发工作的根据。但是实际上这种做法潜藏着某种危机,因为用户和参与开发的管理者在没有见到具体的物理系统之前,通常不太清楚计算机究竟能够完成哪些功能,他们的专业素养也很难把握未来系统的需求。

（3）系统的开发周期较长。

（4）不能较大范围的适应外部环境的变化。

四、原 型 法

以结构化系统分析与设计为核心的生命周期法,以其严密的理论基础、严格的阶段划分、详细的工作步骤、规范的文档要求,以及"自顶向下逐步求精"的方法,导致它在 MIS 开发方法中起主导作用。然而,随着时间的推移、技术的进步,生命周期法和结构化方法的弊病逐渐暴露出来。为了解决上述问题,在新的应用软件开发生成环境的支持下,便产生了另一类系统开发方法,即原型法。

（一）原型法概述

原型法(Prototying),又称快速原型法,这是与结构化生命周期法思路完全不同的信息系统开发方法,是随着开发工具软件不断强大及人们希望克服上述不足的背景下产生的。

原型(prototype)是指一个信息系统(或其部分)的工作模型,此模型强调系统的某些特定方面。此定义的核心是"模型"这个概念。原型与模型的区别在于定义中的"工作"二字。一个原型不仅是表示在纸面上的系统,而且是一个在计算机上实现的可操作的模型。原型法是指一种达成系统需求的定义的策略,在开发进程中有用户的密切参与并且大量使用原型,其特征为具有高度的迭代性。

与结构化生命周期法相比,快速原型法摒弃了严格区分企业管理信息系统生命周期各个阶段的方式,开发系统之处就凭借开发人员对用户需求的理解,借助强有力的开发工具,实现一个实实在在的系统模型(称为原型)。这个模型也许在某些功能结构上还不太完善,也许不完全符合用户需求,而是一开始就凭借开发人员对用户需求的理解,利用强有力的开发工具,实现一个实实在在的系统模型(称为原型),即开发一个不太完善,也不一定完全符合用户需求的企业管理信息系统并对这个模型的不足之处提出改进意见。根据评价结果,开发人员对模型反复多次修改。直到用户完全满意为止。

（二）原型法基本原理

原型是指可以逐步改进成运行系统的模型。原型法的基本思想:首先开发者在初步了解用户需求的基础上,凭借自己对用户需求的理解,借助强有力的软件环境支持,利用系统快速开发工具,快速地设计开发一个实实在在的系统初始模型,该模型称为原型或骨架(一个可以实现的系统应用模型)。然后,开发人员和用户共同探讨、改进和完善方案,开发人员再根据方案不断地对原型进行细化,补充新的数据、数据结构和应用模型,进而得到新的原型。最后,开发人员再征求用户意见,反复修改完善原型,直至用户满意为止。原型法的开发过程是一种动态定义技术,体现了不断迭代的快速修改过程。原型法的应用使人们对需求有了渐进的认识,从而使系统开发更有针对性。另外,原型法的应用充分利用了最新的软件工具,使系统开发效率大为提高。

原型法开发过程主要有系统需求分析、系统初步设计、系统调试和系统转换、系统检测与评价等阶段。用户仅须在系统分析与系统初步设计阶段完成对应用系统的描述,开发者在获取一组基本需求定义后,利用开发工具生成应用系统,快速建立一个目标应用系统的最初版本,并把它提交给用户试用、评价,根据用户提出的修改补充,再进行新版本的开发,反复这个过程,不断地细化和扩充,最终生成一个用户满意的应用系统。目前,我国市场上的企业管理信息系统快速开发工具有 Delphi、C ++ Builder、Power Builder 和 Visual Basic 等。借助这些面向对象的开发工具,可使开发者集中精力和时间进行分析应用问题及抽取反映应用系统的实质,而不再拘泥于应付处理的开发实现细节,节省了大量的、烦琐的编程工作,使系统界面美观,功能逐步完善。

(三) 原型法开发过程

快速原型法的开发过程是:首先借助 RAD 工具(Rapid Application Development,快速应用程序开发工具)建立一个能反映用户主要需求的快速原型,让用户短时间内看到新系统的概貌,以便用户判断哪些地方需要改进、哪些功能需要取舍,通过对原型的反复改进,最终建立符合用户要求的新系统。快速原型法在建立新系统时可分为下述 4 个阶段,如图 2.4 所示。

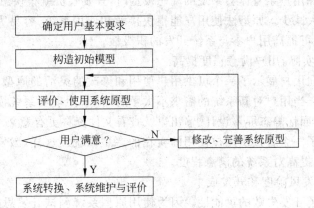

图 2.4 原型法开发过程

1. 确定用户的基本需求

在这个阶段中,系统开发人员首先访问关键个人及关键决策者,让其谈谈系统应该做什么的体会和思想,然后进行初步的系统调查,识别出新系统的基本需求,如系统功能、人-机界面、输入输出、运行环境、性能及安全可靠性等。

2. 开发初始原型

根据用户的要求,开发人员迅速建立起一个初始原型,该原型是在计算机上初步实现的信息系统。

3. 对原型进行评价

开发人员快速交付原型的基本功能及有关屏幕,并把这些功能和屏幕向关键用户做演示,听取他们的意见。然后让用户亲自使用原型,对原型进行检查、评价和测试,指出原型的缺点和不足,提出改进意见和需求。

4. 修正和改进原型

开发人员对原型进行修改、扩充、补充和完善,直到用户满意为止。尽量使系统在短期内运行,让用户更广泛地卷入整个过程,确保用户对开发过程做出贡献,并且"自己"达到解决方案,用户接受新系统。

(四)原型法优缺点

1. 优点

1) 认识论上的突破

原型法开发过程是一个循环往复的反馈过程,它符合人们认识客观事物逐步发展、螺旋式上升的规律。最初用户和设计者对于系统的功能要求的认识是不完整的、粗糙的。通过建立原型、演示原型、修改原型的循环过程,设计者以原型为媒介,及时取得来自用户的反馈信息,不断发现问题,反复修改、完善系统,确保用户的要求得到较好的满足。

2) 改进了用户和系统设计者的信息交流方式

原型法的使用不仅改进了用户和开发人员之间的信息交流,而且也改进了所有和系统有关的技术人员之间的信息交流。原型法能方便地用于改进系统的设计过程及效果,使最终用户能方便地告诉开发人员关于现有系统动态模型中他所喜欢的和不喜欢的功能。当开发人员和用户亲身体会系统的动态模型时,开发人员就很快想出好的改进意见,设计错误就会大大减少。原型法使用户能很快接触和使用系统,容易为不熟悉计算机应用的用户所接受,可提高用户参与系统开发的积极性。

3) 更加贴近实际,用户满意程度提高

由于原型法向用户展示了一个可供用户使用和修改的灵活的原型系统,从而提高了用户的满意程度。当用户对新系统的需求不太了解时,采用现实系统模型做试验要比参加系统设计会议、回忆静态屏幕设计、输出以及查看文件资料更有意义。原型法就向用户及设计人员提供了一个直接供用户使用的实在的原型系统。这样,激发了用户参与修改的积极性,必然会提高对系统的满意程度。

4) 降低了开发风险度和开发成本

原型法减少了开发失败的可能性。因为使用原型系统测试开发思想及方案,只有当风险程序通过原型使用户和开发人员意见一致时,才能继续开发最终系统。在原型法的应用中无须多余的认证文档资料,还可以充分利用最新的软件工具,摆脱了老一套的工作方法使系统开发的时间、效率、技术等方面得到了很大提高,费用大大减少。同时还可以简化管理,减少用户培训时间,因而也就降低了系统开发成本。

2. 缺点

1) 开发工具要求高

开发工具的水平是原型法能否顺利实现第一要素。原型法必须借助现代化的开发工具支持,否则开发成本过高、工作量太大,就失去了原型法使用的意义。应该说开发支持工具要求高是原型法的第一个局限。

2) 解决复杂系统和大系统问题很困难

由于原型法是在分析阶段直接模拟用户业务领域内的活动,从而演绎出需求模型是相当困难的。根据目前的支持工具状况,原型法基本上都是在进入设计阶段之后才具有开发基础。这就说明可实现的原型都是经过设计人员加工的,设计人员的误解会自觉不自觉地映射到原型中,因此,对于大型的系统,如果不经过系统分析来进行整体性划分,想要直接用屏幕来一个一个地模拟是很困难的。在对大型系统原型化的过程(原型制作、评审、反馈)中,反复次数多、周期长、成本高的问题很难解决。

3) 管理水平要求高

原型法对开发过程管理要求高,整个开发过程要经过"修改——评价——再修改"多次反复。因原基础管理不善、信息处理过程混乱的问题,使系统开发和使用有一定的困难。首先是由于对象工作过程不清,构造原型有一定困难;其次是由于基础管理不好,没有科学合理的方法可依,系统开发容易走上机械地模拟原来手工系统的轨道。

4) 系统的交互方式必须简单明了

原型法很难对大量运算的、逻辑性较强的程序模块供人进行评价,因为这类问题没有那么多的交互方式,也不是三言两语就可以把问题说清楚的。另外对于有大量批处理的系统,由于交互方式问题,使用原型法也会遇到某些困难。

五、面向对象的开发方法

(一) 面向对象方法的含义

20 世纪 80 年代,面向对象的语言和程序设计取得成功使得面向对象的方法(Object Oriented Method,OOM)开始应用于管理信息系统的开发。面向对象开发(Object Oriented,OO)是从 20 世纪 80 年代各种面向对象的程序设计方法(如 Smalltalk,C++)逐步发展而来的。以前的开发方法,只是单纯地反映管理功能的结构状况,或者只是侧重反映事物的信息流程和信息特征,只能被动接受实际问题需要的做法。而面向对象的方法把数据和过程包装成为对象,以对象为基础对系统进行分析与设计,为认识事物提供了一种全新的思路和办法,是一种综合性的开发方法。

什么是对象?由于对客观世界的认识取决于我们对客观世界中的事物的认识所形成的概念,我们将客观世界的事物抽象为问题空间中的概念被称为对象。

客观世界由各种各样的"对象"(Object)组成,任何客观事物都是对象,对象是在原事物基础上抽象的结果。任何复杂的事物都可以通过对象的某种组合结构构成。对象可由相对比较简单的对象以某种方式组成。对象由属性和方法组成。属性(Attribute)反映了对象的信息特征,如特点、状态、值等。而方法(Method)则是用来定义改变属性状态的各种操作。

对象之间的联系主要是通过传递消息(Message)来实现的,而传递的方式是通过消息模式(Message Pattern)和方法所定义的操作过程来完成的。

对象可按其属性进行归类(Class)。类有一定的结构,类上可以由超类(Superclass),类下可以有子类(Subclass)。对象或类之间的层次结构是靠继承关系(Inheritance)维系的。

对象是一个被严格模块化了的实体,称之为封装(Encapsulation)。这种封装了的对象满足软件工程的一切要求,而且可以直接被面向对象的程序设计语言所接受。

(二)面向对象方法的基本特性

1. 面向对象的特征

1)封装性

将自由数据与操作(方法)封闭在一起(即放于同个对象中)使自身的状态、行为局部化(对数据的操作只通过该对象本身的方法来进行)。

2)继承性

通过对类继承可以弥补由封装对象而带来的诸如数据或操作冗余的问题。通过继承支持重用,实现软件资源共享、演化以及增强扩充。

3)多态性

同样的消息为不同的对象接受后,会因不同对象所含操作的不同,而导致完全不同的行动,使软件开发设计更便利,编码更灵活。

4)可维护性

由于面向对象的抽象封装使对象信息隐藏在局部,当对象进行修改,或对象自身产生错误的时候,由此带来的影响仅仅在对象内部而不会波及其他对象乃至整个系统环境,极大地方便了软件设计、构造和运行过程中的检错、修改。

2. 面向对象开发方法的特征

1)充分体现了原型开发的思想,分析与设计是反复的。

2)分析与设计的不断反复结果是对客观世界对象的模型化,建立针对簇(一组对象)的规格说明。

3)运用库中已有对象,反复测试实现簇,并将新簇纳入库中,这一过程体现了继承和重用。

4)强调分析阶段和设计阶段的合并。

(三)面向对象法的开发步骤

1. 系统调查和需求分析

即对系统要面临的具体管理问题及用户对系统开发的需求进行调查研究确定系统目标;对所要研究的系统进行系统需求调查分析,确定系统要干什么的问题。

2. 面向对象分析(Object-Oriented Analysis,OOA)

根据系统目标分析问题和求解问题,在众多的复杂现象中抽象地识别需要的对象,弄清楚对象的行为、结构和属性等;弄清可能施于对象的操作方法,为对象与操作的关系建立接口。

3. 面向对象设计(Object-Oriented Design,OOD)

面向对象设计(OOD)是对分析的结果作进一步地抽象、归类、整理,并最终以范式的形式将它们确定下来,OOD 是 OO 方法中的一个中间过渡环节,其主要作用是对 OOA 分析的结果作进一步的规范化整理,以便能够被 OOP 直接接受。

4. 面向对象的编程(Object-Oriented Programming,OOP)

用面向对象的程序设计语言将上一步整理的范式直接映射为应用程序软件,即面向对象编程(OOP)。面向对象的分析和设计是面向对象编程的补充。面向对象法开发的系统有较强的应变能力,因而具有重用性好、可维护性好等特点。

(四)面向对象方法的优缺点

1. 优点

(1)以对象为基础,利用特定的软件工具直接完成从对象客体的描述到软件结构之间的转换;解决了传统结构化开发方法中客观世界描述工具与软件结构不一致问题,缩短了开发周期;解决了从分析和设计到软件模块结构之间多次转换的繁杂过程。

(2)能迅速适应资产运用的变化企业产品变化时,只要再追加新产品中包含新的要素,无须修改整个系统,在企业的发展过程中,MIS就不会成为阻碍发展新业务的瓶颈。

(3)老系统的维护工作和新系统的开发工作变得相对简单。

2. 缺点

(1)需要有一定的软件基础支持才可以应用。

(2)对大型系统而言,采用自下向上的面向对象开发系统,易造成系统结构不合理、各部分关系失调等问题,易使系统整体功能的协调性差,效率降低等。

总之,面向对象法目前尚在不断完善之中,还没有比较成熟的规范,但其应用范围正在不断扩大,是一种有发展前途的开发方法。

计算机辅助开发方法

20世纪80年代,计算机图形处理技术和程序生成技术的出现,缓和了系统开发过程中的系统分析、系统设计和开发"瓶颈",即主要靠集图形处理技术、程序生成技术、关系数据库技术和各类开发工具为一身的CASE(Computer Aided Software Engineering,计算机辅助软件工程法)工具代替人在信息处理领域中的重复性劳动。

一、CASE 的基本思想

CASE是20世纪80年代末从计算机辅助编程工具、第四代语言(4GL)及绘图工具发展而来的,严格地讲,CASE只是一种开发环境而不是一种开发方法。目前,CASE仍是一个发展中的概念,各种CASE软件也较多,没有统一的模式和标准。采用CASE工具进行系统开发,必须结合一种具体的开发方法,如结构化系统开发方法、原型化或面向对象方法开发方法等,CASE方法只是为具体的开发方法提供了支持每一过程的专门工具。因而,CASE工具实际上把原先由手工完成的开发过程转变为以自动化工具和支撑环境支持的自动化开发过程。

CASE方法解决问题的基本思路是:系统开发过程中的第一步如果都可以在一定程度上形成对应关系的话,那么就完全可以借助于专门研制的软件工具来实现上述一个个的开发过程。如：结构化方法中的业务流程分析→数据流程分析→功能模块设计→程序实现；业务功能一览表→数据分析、指标体系→数据/过程分析→数据分布和数据库设计→数据库系统。OO方法中的问题抽象→属性、结构和方法定义→对象分类→确定范式→程序实现等等。

二、CASE 的基本功能与一般结构

（一）基本功能

1. 认识与描述客观系统

协助开发人员认识软件工作的要求与环境、合理地组织与管理系统开发的工作过程。

2. 存储及管理开发过程中产生的信息

系统开发中产生大量的信息，数量众多，结构复杂，由工具提供一个信息库和人机界面，有效地管理这些信息。

3. 代码的编写或生成

通过各种信息的提供，使用户在较短时间内，半自动地生成所需的代码段落，进行测试、修改。

4. 文档的编制或生成

包括文字资料、各种报表和图形。（文档编写是系统开发中十分繁重的工作，费时，费力，很难保持一致。）

5. 软件项目的管理

项目管理包括进度、资源与费用、质量管理。

（二）一般结构

如图 2.5 所示。

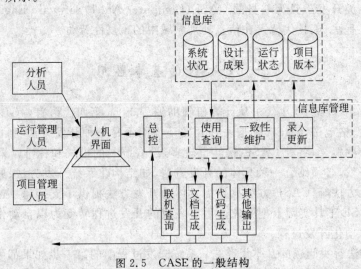

图 2.5　CASE 的一般结构

三、CASE 工具的特点和类型

（一）特点

（1）CASE 工具解决了从客观对象到软件系统的直接映射问题，支持系统开发的全过程。

（2）系统开发具有很高的自动化水平，加速了系统的开发过程，缩短了系统开发周期。

（3）各种软件工具事先都经测试和验证，使得开发的系统质量得到保证。

（4）对各阶段工作进行统一管理，各开发工具可通过公用数据库共享数据，保持工作过程的连续性和数据的协调与一致。

（5）需要维护的软件，可根据事先的说明或定义，重新生成一遍，使软件维护方便且费用低。

（6）自动开发工作生成的规范化、标准化的文档，统一了格式，减少了人的随意性，提高了文档的质量。

（7）自动化的工具使开发者从繁杂的分析设计图表和程序编写工作中解脱出来。

（8）使结构化方法更加实用。

（9）使原型化方法和 OO 方法付诸于实施。

（10）简化了软件的管理和维护。

（二）类型

从支持功能来看，目前 CASE 工具大致包括 3 种类型。

（1）软件生产工具。该类工具主要用于最后的软件设计与编程工作。

（2）系统设计工具与需求分析工具。设计工具是用来进行系统设计的，将设计结果描述形成设计说明书，如系统结构图设计工具、数据库设计工具、图形界面设计工具和 HIPO 图工具等。需求分析工具是在系统分析阶段用来严格定义需求规格的工具，能将逻辑模型清晰表达出来，该阶段的工具，如原型构造工具、数据流程图绘制与分析工具、数据字典生成工具等。

（3）集成化开发工具。集成化开发工具是一组软件工具的有机结合，它支持从需求分析、设计、程序生成乃至维护的整个系统生命周期。集成化是 CASE 发展的方向。

四、常见开发工具和技术介绍

常见的企业管理信息系统开发工具和环境主要有 visual studio 6.0、Microsoft. NNT 环境、DELPHI、JAVA、UML 技术等，下面分别加以简单介绍。

（一）visual studio 工具集

visual studio 6.0 工具集包括很多开发工具，开发信息系统常用的主要 Visual Basic 和 Visual C++。下面分别加以介绍。

最早的 VB 是由微软公司于 1991 年推出的。这个编程系统编写基于 Windows 环境的计算机程序,包括 Visual Basic 语言以及有助于编写这些程序的许多工具。目前的最常用版本是 VB6.0,是个完全集成的编程环境,集程序设计、调试和查错为一身。

Visual Basic 是一种快速开发应用程序(Rapid Application Development,RAD)工具。它的特点是用户可以用它迅速开发一个坚固的应用程序。Visual Basic 的最新版本大大增强了程序员编写支持数据库应用程序的功能和灵活性。现在,用 Visual Basic 可以编写企业级的客户/服务器程序和健全的数据库应用程序。

Visual Basic 的主要特点是: 继承了 Basic 简单易学的特点;适用于 Windows 环境下的快速编程;采用可视化技术,操作直观;采用面向对象技术;编程模块化、事件化;有大量的 VB 控件和模块简化编程;可以调用 Windows 中的 API 函数和 DLL 库;有很好的出错管理机制;与其他的程序有很好的沟通性。

Visual C++ 是微软公司在 Window 95 和 Windows NT 上建立的 32 位应用程序的强大的复杂的开发工具。它比 16 位 Windows 应用程序或者不使用图形界面的老程序大,而且复杂,但它减少了程序员所作的实际工作。

Visual C++ 对数据库的操作具有快速集成数据库访问,允许用户建立强有力的数据库应用程序的特点。如可以使用 ODBC(Open Database Comnectivity,开放数据库连接)类和高性能的 32 位 ODBC 驱动程序,访问各种数据库管理系统;可以使用 DAO(Data-Access Objects,数据访问对象)类通过编程工具,访问和操纵数据库中数据并且管理数据库、数据库对象与结构。其向导工具支持 DAO 和 ODBC 类。

(二) Delphi

Delphi 使用的是 Borland 公司开发的可视化快速应用程序开发工具,其最早的起源是结构化程序设计语言 Pascal。Delphi 基于 Windows 平台提供了强大的 VCL(Visual Component Library,可视化组件库)组件,不断改善其集成开发环境(Integrated Development Enrironment,IDE),快速的编译运行能力和良好的稳定性,使得它在激烈的市场竞争中获得了许多程序员的钟爱,尤其是在数据库开发方面是相当优秀的。

Delphi 程序使用的是 Object Pascal 语言。Borland 推出 Delphi 其核心本身就是 Pascal 编译器。Pascal 语言向来以编译速度快著称,当初推出的 Turbo Pascal 编译器,便具有了稳定性、快速编译的能力。即使在 Borland 不断升级其编译器功能时,其编译速度仍然是快速而稳定的。Delphi 是面向对象的可视化开发工具,它提供了一个丰富强大的可视化组件库,这些组件也是用 Object Pascal 语言写的,本身就是对象,拥有属性、事件和方法。VCL 组件体现了面向对象技术,它封装了系统行为和许多底层的实现方法。使得程序开发者可以快速地获取对象,修改属性,建立事件和进行程序设计。当然,程序员也可以自己编写组件。

从 Delphil 到 Delphi7,Delphi 在同其他软件开发工具的竞争中,一直保持着自己的优势,获得了许多程序员的钟爱。Borland 不断致力于改善开发环境,使 Delphi 更易于使用,在技术上也保持着领先。

(三) Java

Java 是 Sun 公司推出的一种编程语言。它是一种通过解释方式来执行的语言,语法规则和 C++ 类似。同时,Java 也是一种跨平台的程序设计语言。用 Java 语言编写的程序叫做 Applet(小应用程序或脚本),用编译器将它编译成类文件后,将它存在 WWW 页面中,并在 HTML 档上作好相应标记,用户端只要装上 Java 的客户软件就可以在网上直接运行 Applet。Java 非常适合于企业网络和 Internet 环境,现在已成为 Internet 中最受欢迎、最有影响的编程语言之一。Jave 可以运行于任何微处理器,用 Java 开发的程序可以在网络上传输,并运行于任何客户机上。

J2ME(Java2 Platform,Micro Edition)是最小的 Java 平台,可用于消费和嵌入式设备,从非常小的设备,如智能卡或寻呼机,直到像桌面计算机一样功能强大的电视机顶盒和其他设备。J2ME 的主要部分包括连接的设备配置、连接的有线设备配置、移动信息设备配置文件,以及其他许多实现针对用户和嵌入式设备市场的 Java 解决方案的工具和技术。

J2ME 技术只是 Java 系列产品中的一部分。相关的 Java 平台还有 J2SE(Java2 Standard Edition)和 J2EE(Java2 Enterprise Edition)。

J2EE 平台本质上是一个分布式的服务器应用程序设计环境。J2EE 用来建设大型的分布式企业级应用程序。或者用更时髦的名词说就是"电子商务"应用程序。这些企业可能大到拥有中心数据库服务器,Web 服务器集群和遍布全国的办公终端,也可能小到只不过想做一个网站。

(四). NET 开发环境

市场目前只有一种技术可以和 J2EE 竞争,那就是 Microsoft 的. NET。Microsoft 的. NET 是 Microsoft XML Webservices 平台。XML Webservices 允许应用程序通过 Internet 进行通信和共享数据,而不管所采用的是哪种操作系统、设备或编程语言。Microsoft .NET 平台提供创建 XML Webservices 并将这些服务集成在一起之所需。对个人用户的好处是无缝的、吸引人的体验。

开发人员可以使用各种各样的编程环境,来创建 XML Webservices(.NET 平台的核心技术)。Microsoft VisualStudio. NET 代表了适于. NET 平台的最佳开发环境。VisualStudio. NET 发展了高生产率的编程语言:Microsoft Visual Basic(包含面向对象编程的新功能);Microsoft Visual C++(促进 Windows 开发并允许你生成. NET 应用程序);以及 C#(将 RAD 带给 C 和 C++ 开发人员)。

另外,还有面向对象的分析与设计(OOA&D)方法的发展出现的标准建模语言(Unified Modeling Language,UML),成为大众所接受的标准建模语言。

五、各种开发方法的比较

从国外的统计资料来看,信息系统开发工作的重心向系统调查、分析阶段偏移。开发各个环节所占比重如表 2.1 所示。

表 2.1　系统开发各个环节所占比重

阶　　段	调　　查	分　　析	设　　计	实　　现
工作量	>30%	>40%	<20%	<10%

系统调查、分析阶段的工作量占总开发量的 60％以上。而系统设计和实现环节仅占总开发工作量比率不到 40％。

（一）结构化方法

结构化方法能够辅助管理人员对原有的业务进行清理、理顺和优化，使其在技术手段上和管理水平上都有很大提高；发现和整理系统调查、分析中的问题及疏漏，便于开发人员准确地了解业务处理过程；有利于与用户一起分析新系统中适合企业业务特点的新方法和新模型；能够对组织的基础数据管理状态、原有信息系统、经营管理业务、整体管理水平进行全面系统的分析。

（二）原型方法

原型法是一种基于 4GL 的快速模拟方法。它通过模拟以及对模拟后原型地不断讨论和修改，最终建立系统。要想将这样一种方法应用于大型信息系统的开发过程中的所有环节是根本不可能的，故它多被用于小型局部系统或处理过程比较简单的系统设计到实现的环节。

（三）面向对象方法

面向对象方法是围绕对象来进行系统分析和系统设计，然后用面向对象的工具建立系统的方法。这种方法可以普遍适用于各类信息系统开发，但是它不能涉足系统分析以前的开发环节。

（四）CASE 方法

CASE 方法是一种自动化（准确地说应该是半自动化）的系统开发方法，是一种除系统调查外全面支持系统开发过程的方法。从方法学的特点来看，CASE 方法具有上述各种方法的各种特点，同时又具有其自身的独特之处——高度自动化的特点。但是值得注意的是在该方法的应用和 CASE 工具自身的设计中，自顶向下、模块化、结构化却都是贯穿始终的。

综上所述，尽管其他方法有许多这样那样的优点，但都只能作为结构化系统开发方法在局部开发环节上的补充，暂时都还不能替代其在系统开发过程中的主导地位，尤其是在占目前系统开发工作量最大的系统调查和系统分析这两个重要环节。只有结构化系统开发方法是真正能够较全面地支持整个系统开发过程的方法。

本 章 小 结

本章介绍企业管理信息系统的开发方法，通过本章的学习，读者应对目前常用的几种企业管理信息系统开发方法有一定的了解，并重点理解和掌握结构化的生命周期法和原型法的特点和适用情况。

系统开发方法是影响系统开发成功的关键因素之一。目前国内外流行的开发方法主要有前面讲述的结构化的生命周期法、原型法、面向对象开发方法等，但是无论哪一种方法，都具有其各自的特点与不足，对于开发 MIS 这样的大型、复杂的系统，单独地按照某一种开发方法是不可取的。实践证明，由于企业的具体情况不同，选用开发方法时不能生搬硬套。有些开发人员在开发的过程中遇到困难和问题时,往往想要寻求一种"最好"的方法,好像有了这种"法宝"就可以抛弃其他方法而一举成功。例如,学了原型法,就否定生命周期法;看到数据库重要,就停下所有开发工作全力搞数据库设计;听说面向对象方法是最新的,就着急引进搞"最先进的开发"。实际上,最好的开发方法都是在充分分析应用领域的本质特征、开发规律的基础上,综合各种开发方法的特点,在长期的工程实践中逐步形成和完善的。

从本章的讲述可以看出:不管哪种 MIS 开发方法都有一个分析、设计、实施的过程,这些常用开发方法在一定意义上具有开发过程的统一性。开发人员不论将哪种方法用于实践,只要明白它们具有的一般共性和各自的特性,就能把握系统的开发,工作起来就得心应手了。

思 考 与 训 练

1. 什么叫生命周期法?
2. 什么叫原型法?
3. 生命周期法与原型法的区别在哪里? 如何取长补短?
4. MIS 开发的各种方法有什么特点?
5. 结合一个公司信息系统开发实例,讨论一下它们采用的开发方法是否具有合理性?

课 外 阅 读

1. 中国制造业信息化门户 http://www.e-works.net.cn/
2. 陈承欢,彭勇. 管理信息系统基础与开发技术. 人民邮电出版社

案 例 分 析

北京大宝化妆品应用 ERP 案例研究

一、企业简介

北京大宝化妆品有限公司(以下简称"大宝")是国家专业生产化妆品的大型国有骨干企业。大宝集团现有职工 1210 名,集团公司拥有 1 个新产品开发研究所、7 个生产车间、18 条生产流水线,1 个美容保健品公司、1 个美容学校、1 个广告公司、1 个商业批发公司。是一个集科研、生产、贸易于一体的现代化企业。

"大宝"牌天然植物系列化妆品,有护肤、护发、美容(彩妆)、香水和特殊疗效共 5 个系列 100 多个品种。"大宝"产品的性能体现了中国天然植物养颜美容的特点,具有浓厚的民族特色。产品多次获得国际大奖:1986 年"大宝"特效生发灵荣获第 35 届布鲁塞尔尤里卡世界发明博览会银奖;"大宝"牌植物系列化妆品于 1987 年获第 15 届日内瓦国际新技术、新产品展览会铜牌奖;1990 年"大宝"牌减肥霜荣获第 37 届布鲁塞尔尤里卡世界发

明博览会金奖。"大宝"商标被中华人民共和国国家工商行政管理局评定为中国驰名商标。在开拓市场的同时,北京大宝向总部设在瑞士的"世界知识产权"组织注册了"大宝"商标,并得到该组织《马德里条约》所有缔约国的认可,还在南非注册了"大宝"商标。

"大宝"牌系列化妆品受到广大消费者的喜爱,多次被中国轻工行业总会评为优质产品。"大宝"牌化妆品在中国化妆品市场上的销售已覆盖了几乎整个中国,223个销售专柜遍布全国27个省、自治区和直辖市。根据国家统计局信息发布中心公布的数字,"大宝"牌化妆品从1997年起连续4年荣列中国市场护肤品销量第1名。

"大宝"牌化妆品不仅畅销中国市场,而且还出口到美国、俄罗斯、日本、欧洲、中东和北非等27个国家和地区。其中出口到日本的所有产品均已获得日本厚生省的正式批准;出口到美国的产品已在FDA(美国食品和药品管理局)正式注册。北京大宝在瑞士、瑞典、希腊、突尼斯和塞浦路斯都建立了专营"大宝"产品的专卖店。"大宝"产品出口量以每年40%的速度不断增长。

二、变革动因

随着人民生活水平的日益提高,国内化妆品市场呈现快速发展的势头。市场的竞争也日趋白热化。目前全国生产化妆品的知名厂商有几十个,都在使出浑身解数,努力保持和提高自己的市场份额;国外洋化妆品的厂商则凭借雄厚的资金实力、品牌优势以及先进的技术和经营管理经验,收购中国企业,实行产品的本地化,拼命扩充自己在中国市场上地盘。中国加入WTO后,这种局面将愈演愈烈。

如何提升企业核心竞争能力成为大宝集团要解决的首要课题。而原有的管理信息系统已经成为公司发展的桎梏。从1987年开始实行计算机单机管理,到1989年,大宝集团的信息化工作已基本普及到质量、人事、财务、生产等环节,初步实现了计算机辅助企业管理。但由于受当时技术条件和管理水平的局限,造成各管理系统相对独立,开发环境和应用平台差异大,信息代码没有统一标准,应用水平参差不齐,各子系统形成一个个信息"孤岛",难以实现企业内部的信息共享,限制了企业的发展。

集团业务的高速增长也迫使大宝加快管理系统改造的步伐。在企业内部,由于业务发展迅猛,企业出现产、供、销脱节现象,特别是流动资金占用越来越大,这里的原因主要是由于库存、在制品储备高,生产周期长,不能及时交货,尤其是对异地销售分公司的产品库存及资金不能有效控制。在企业外部,由于市场变化快,企业所需的部分原材料也出现了供应不足或不稳定的情况。为保持和扩大大宝在国内化妆品和保健品市场的领先地位,公司果断决定通过实施ERP。

三、选型波折

大宝在ERP软件的选型上,经历了不少的波折。大宝最初对ERP的定位是国外ERP产品,认为国外产品成熟,功能强大,管理流程规范,大宝选择了一家国外知名的ERP厂商的产品,并选择了国内的T厂商作为ERP软件的实施方。经过将近一年时间的项目实施,洋ERP产品的水土不服的弊端日益显露出来。国外企业的管理模式与中国企业管理现状的差距,软件客户化的不到位使项目实施工作进退两难。最后大宝决定放弃使用该软件。国外ERP产品不适用,但大宝的企业管理信息化的进程不能停止。我们把目光转向了国内ERP厂商。

在第二次的 ERP 选型时,大宝认真总结教训,由分管集团信息化建设的副总经理和集团信息中心主任为首,成立了专门的软件选型小组。对国内 ERP 厂商的产品、技术力量、服务水平、实施成功案例进行了多方面的调研。经过对国内外数家 ERP 软件提供商的考察和比较,最终选择了和佳 ERP。和佳 ERP 是国家 863/CIMS 主题专家组和中国软件行业协会力推的国产优秀软件产品。"和佳 ERP"产品相对成熟,功能完善,涉及企业全方位管理要求(人、财、物、产、供、销、预测、决策、领导查询等);产品技术上采用 C/S 与 B/S 结合方式,既有先进性又保证了系统的安全性和稳定性;产品支持多种 RDBMS 和工作流管理模式。更重要的是和佳公司可根据用户需要做二次开发,能适应企业未来发展需要。

四、总体目标

大宝 ERP 实施按照"突出重点、逐步展开、先易后难、分步实施"原则,把系统建设划分为三个阶段。

第一阶段:以强化企业的市场竞争力为重点,实现以集团财务、销售、物资供应为核心的 ERP 系统的基本框架,并通过远程网络系统对大宝在全国各地的销售网络进行有效管理。通过对公司内部物流、资金流、信息流统一综合控制,进一步强化企业内部的管理,合理配置企业内部资源,降低经营成本。

第二阶段:以降低生产成本为重点,在公司内部的主要生产专业厂全面实施 ERP 的生产管理系统和成本控制系统。通过对生产过程严密控制,降低物料消耗和制造成本,挖掘生产潜力,提高生产效率,使整个企业的管理水平跃上一个新台阶。

第三阶段:以全面提高企业管理素质为目标,实现 CRM(客户关系管理)、SCM(供应链管理)与 ERP 系统的集成,形成企业面向网络环境的管理信息化应用平台。

五、实施方法

"大宝 ERP"项目从 2001 年 5 月开始实施。在近一年多的时间内,大宝先后实施了系统控制、采购管理、库存管理、销售业务管理、固定资产管理、财务核算管理、应收账款管理、应付账款管理和领导决策查询等子系统。2002 年 5 月,项目第一期工程通过验收。

(一)成立 ERP 项目实施机构

为确保 ERP 项目顺利实施,大宝公司成立了以企业主要领导、管理咨询专家和技术专家为首的三级项目实施组织体系,即 ERP 领导小组、ERP 项目组和 ERP 各子系统实施组。

ERP 领导小组由公司总经理、生产副总经理、企业主要管理专家和技术专家组成。负责对 ERP 系统的各项开发、实施目标、组织项目投资等工作作出决策;根据实施进度,组织有关部门做好实施的各种准备工作;对公司内部业务流程重组方案作决策,并组织落实;对系统开发过程进行监督、控制。

ERP 项目组由系统主管领导、有关部门负责人、和佳公司项目实施部负责人组成,负责研究系统总体结构,制定项目实施总体规划和分步实施计划;制定系统开发的程序和工作标准,并协调各开发组贯彻执行;研究制定系统共同数据库的建设方案和系统集成方案,并贯彻执行;协调各部门工作进程,解决开发过程中可能出现的问题。

ERP 项目各子系统实施组由和佳公司管理咨询部、项目实施部结合大宝公司计算机管理中心及有关部门的业务骨干组成,按开发工作的分工,分别进行各子系统的实施及二次开发工作。

（二）ERP 项目实施思路

实施过程中大宝公司紧紧围绕"强化企业的市场竞争力"的 ERP 项目的第一期目标,立足于企业实际,坚持管理工作的创新,用 ERP 先进的管理思想和方法规范企业的业务流程,建立以市场为导向、以客户为中心,实现物流、资金流和信息流一体化管理的企业运行新机制。具体做法如下。

1. 坚持管理创新,深化企业改革

ERP 项目的实施,不仅仅是一套管理软件的安装和使用,而是企业管理领域的革命。企业实施 ERP 的难点不是技术问题,而是管理的问题。企业管理中存在着许多弊端,各级管理人员也存在许多与市场经济发展不合拍的管理思想和方法,给 ERP 的实施造成很大的障碍。只有坚持管理创新,对与 ERP 代表的先进管理思想和方法相抵触的管理思想和体制进行大胆的破除和改革,才能保证项目实施成功。大宝公司在项目实施的过程中,结合企业的深化改革,狠抓管理思想和制度的创新。在各级管理人员中进行了 ERP 管理思想和方法的培训教育。通过培训教育,使大家找出企业现有的管理工作与 ERP 管理方法的差距。公司领导班子全力支持项目实施,对不适应 ERP 管理流程的组织机构和管理制度进行大刀阔斧的改革。从组织和制度上保证了项目的实施成功。

2. 全面推行管理业务流程重组,提高企业核心竞争力

从 ERP 的观点来看,企业就是一个资源转换的增值器。企业的运行过程就是应用一定的资源,在生产和经营活动中,产出新的资源,并不断地增值。只有那些能产生增值的生产经营环节才是有效的,否则就是无效作业。在我们的企业中,由于管理体制和管理手段的制约,存在许多人浮于事的现象,必须通过业务流程重组剔除无效作业,提高企业的运行效率,提高企业的经济效益。为此,大宝公司从 4 个方面入手进行了业务流程重组:一是以满足市场需求为核心,对企业各管理部门和业务流程进行改组和组合,消除无效作业,提高企业运行效率;二是以缩短产品交货周期和降低成本为目标,进行生产制造、采购全过程的业务流程重组;三是以提高客户服务质量为目的,建立完善的销售信息网络和服务体系;四是坚持以核算为基础,以管理为核心的指导思想,深化财务管理,由过去单纯注重记账、算账、报账转变为强化检查、考核、监控,建立经营效益管理机制和风险控制机制。

3. 外部资源与内部流程的整合

ERP 系统的最大优势就是信息的集成。它强调把整个企业看成一个系统,按照系统的观点去分析和处理生产经营活动中产生的物流、资金流和信息流。各子系统紧密联系、相互制约、联动有序、信息共享。在项目实施过程中,大宝公司在和佳实施人员的帮助下,对相关的业务功能进行了综合分析,将相关联的业务操作进行了梳理、组合。从主要业务流程入手,按规定条件和时序产生相关的信息。实现了管理信息的集成。例如,在销售业务流程中,以提货单为主线,由此产生后续的仓库出库单或移库单、运输单、发票、客户的应收账款等一系列数据。后续环节只须对提货单进行选择和组合,不需要重复录入数据。

4. 不断满足管理需求是 ERP 的生命力所在

大宝公司在国内外拥有广泛的客户群,产品品种多,涉及企业管理业务的数据量非常

庞大,业务流程也比较复杂。从企业内部看,企业面临着从计划经济向市场经济转换,管理方面还存在着计划经济时期的烙印,不适应市场经济的管理行为在企业普遍存在;从企业外部看,国内的经济环境还存在许多不规范的现象,诸如三角债之类的问题严重困扰着企业。这些都增加了企业管理的难度。ERP系统必须适应企业所面对的错综复杂的经营形势,满足企业日益发展的管理需求,才有自身的生存空间。大宝ERP系统实施过程中,在对业务流程进行规范、重组的同时,增加了企业必需的管理功能。如解决企业间以账抵账、以物抵账的问题;针对企业数据流量大的特点,系统对许多业务增加了成批处理的功能;针对集团公司的特点,增加了内容核算功能。大宝认为,只有满足企业需求的ERP系统才是最好的。否则再先进的系统也会被束之高阁,没有生命力。

5. 数据管理是实施成功的基础

大宝公司的企业支撑数据大致分为两类:静态数据,如产品结构、工艺路线、设备代码、人员编码等;动态数据,如计划需求,实际完成,库存量和应收账款等。静态数据又分为两种:一种是基础数据,包括产品结构、工艺路线、设备代码和人员编码等;第二种是控制数据,包括各种消耗定额、技术指标、质量指标、有效期和最大库存量等。如果在企业计算机系统中输进去的数据准确,产生的结果就很有价值;如果输进去的数据不准确,计算机系统就会数倍地复制错误,它所造成的损失是不可估量的。尤其是基础数据,它是ERP系统运行能否成功的关键问题。

在项目实施过程中,大宝公司把基础数据按管理职能分为五大部分,即产品、工艺、设备、人力资源和定额数据,分别对应企业的相关的职能部门,由专门的人员进行整理和录入,同时将数据的质量和录入进度同部门的绩效联系起来,纳入部门的考核指标,用企业制度这个"法"来确保数据的准确性。

六、效益分析

大宝ERP一期工程实施一年来,公司经营能力和管理水平显著提高。虽然ERP的效能在短期内不能够全面表现出来,但大多数子系统的应用,如采购、财务、销售和库存等功能模块在降低管理费用,提高劳动生产效率、提高资金利用效率和利润率等方面取得了一定的成效。产品产量稳中有升。

2001年实现销售收入7.8亿元人民币,实现利税3.5亿元人民币,向国家上缴税金1.5亿元,完成年计划的102%,比上年增长0.42%。工业总产值(不变价)完成年计划的106%,比上年增长了4.84%。设备完好率达到98%,主机开机率达到95%,生产运行平稳、高效。

七、经验体会

(一)企业最高决策层的全力支持是成功实施ERP的决定性因素

ERP的最重要的原则之一就是"一把手工程",企业最高决策层的全力支持是ERP成功的关键。因为ERP项目是面向整个企业的系统,项目资金的保证、项目目标和方案的确定、业务流程的重组以及项目的协调,都必须由企业最高决策层拍板。项目的实施过程中会遇到挫折和阻力,都需要企业最高决策层对项目的全力支持。

项目实施前应该把对企业高层领导的ERP基础知识培训作为第一件大事来办好,使企业领导层对项目实施的过程和要点、难点以及风险有一个总体的了解,把握好项目实施的进程。

（二）立足企业实际，稳步推进企业信息化进程

企业推行 ERP 是一项长远的带有战略意义的系统工程，这项工作不是一蹴而就的。企业应该从自身发展的需求出发，制定一个长远的总体规划。ERP 项目是一个高投入、实施周期长、投资回收期长的巨大的工程。如果项目全面铺开，齐头并进，投资太大，风险太大，而且实施力量也不够，容易出问题。所以要充分分析企业自身的优势和差距，找准实施 ERP 的切入点，从企业最关键的几个管理子系统入手，争取在短时期取得效果，增强企业管理上下对 ERP 的信心。同时不断积累经验，培养和锻炼项目的实施队伍。然后逐步展开，分不同阶段完成整个 ERP 系统。

（三）坚持企业管理创新，狠抓业务流程重组

ERP 实施成功的关键是用 ERP 先进的管理思想和方法去规范企业的管理行为。实施 ERP 的难点在于企业管理的本身，而不是软件技术。今天中国企业最缺乏的正是成熟的工业化进程中所积累的规范化管理，如果不立足管理创新，ERP 就不可能成功。由于管理体制和管理基础的原因，我们的企业管理中有许多不规范的行为，这些必须从企业的整体利益出发，按照 ERP 的要求对企业的业务流程进行整合和重组。在实施过程中，对相关的管理功能进行综合分析、梳理、组合，彻底改革业务流程中的无效的、不创造价值的流程。

（四）加强基础数据的管理

ERP 系统是一个严密的管理系统，它的数据处理的准确、及时、可靠是以各业务环节的数据完整和准确为基础的。因为 ERP 系统中的数据是共享的，是面向整个系统的，数据的完整非常重要。特别是系统中一些公用的基础数据，如产品数据、客户数据等，系统的大多数业务处理都依赖它们，对系统是至关重要的。如果这些基础数据残缺不全或不规范，系统的运行寸步难行。

（五）加强各类人员的培训工作

ERP 项目的培训工作对于项目实施的成败与否至关重要。ERP 培训分为企业领导、企业项目实施人员和企业普通员工 3 个层次。其中最关键的是前两层次的培训。企业领导的培训内容主要是宣讲 ERP 系统的基本原理和概念、思想，使企业高层领导对 ERP 有一个宏观上的认识；项目实施人员的培训主要是讲解 ERP 的原理和和佳软件的实现方法，原理要讲透，方法要讲清，特别要抓住 ERP 信息集成的特点，把业务流程理顺。

（资料来源：计世网 http：//cio.ccw.com.cn/）

思考题：

1. 大宝公司在实施 ERP 时将系统建设划分为 3 个阶段，请解释这样做对信息系统的顺利实施有何好处，以及划分这 3 个阶段的依据又是什么？

2. 请结合案例，谈谈实施信息系统对企业的运行及管理机制有何影响。

3. 除了企业最高层的全力支持以外，你觉得大宝公司最终得以成功实施 ERP 的原因还有哪些？

第三章

企业管理信息系统战略规划

引例：宝岛眼镜的信息化战略

宝岛眼镜是一家来自我国台湾地区的眼镜零售企业，1997年3月正式进入祖国大陆市场。首期开发的市场选择在厦门、福州、武汉及天津4个城市，在这些城市建立了宝岛眼镜连锁店。

宝岛眼镜在大陆的执行董事王智民，毕业于美国加州大学伯克利分校，又在悉尼大学读过MBA。当宝岛眼镜到大陆后，王智民就过来创业了。他只从台湾带来了几个骨干主力员工过来，其余员工都是在当地招聘的。经过三年的发展，到2000年时，全国各地的零售店已达到36家，年营业额约3000万人民币。

当宝岛眼镜快速发展的同时，一些问题也暴露出来。虽然大陆的规模仅是台湾总公司连锁店规模的1/6，但王智民的失控感却越来越强烈。"大陆实在是太大了，很多店分散在各个城市内，我很难了解它们的运营情况。另外，由于地域广阔，造成了消费习惯的迥异，给公司的采购等运作也提出了挑战。尽管公司在台湾有300多家店，但开车赶到现场解决问题，最远也只需要5个小时的车程，而这在大陆显然是不可想象的。"渐渐地，解决的办法已经在王智民的脑海中盘旋。他想起了在悉尼大学读MBA时，对众多大公司IT战略进行的研究；更重要的是，作为宝岛眼镜董事长的儿子，他目睹了1996年，宝岛之所以有能力收购台湾的另一家眼镜公司，IT系统的应用在其中起到了重要作用。

2001年年初，王智民的失控感达到了顶峰，他常常觉得自己的"经络、血液被堵塞了，人好像变成瞎子、聋子，没感觉了"，决策的两大障碍更是让王智民困惑不已。一是决策信息的滞后以及决策信息来源的不准确；二是快速周转商品的问题。"我到店里的时候，问销售人员某种产品卖得如何？经常得不到确定的答案，几乎没有人能用准确数据告诉我某款产品的销售及库存情况。另外，由于当时各个店之间的数据不能共享，给互相调货造成了困难！有时南方卖得脱销，但北方却库存积压严重……"

"一定要通过上ERP来解决这些问题！"王智民越来越清晰地感觉到这个想法必须要实现，否则，不但自己心中的梦想——"到2010年之前在大陆建立3000家连锁店"难以顺利实现，而且目前这些店能否健康发展也将成为问题！

为了改变这种现象唯一的方法就是实现信息化。由于当时ERP已经成为许多企业的首选的信息化工具。决定上ERP后，剩下的用王智民的话说就是"选哪条道路的问题"。摆在眼前的有两条路，一是自己开发，这条路的优点是价格便宜，大约需要120万～

150 万元人民币,仅仅是购买 ERP 系统的 1/3,由于历史等原因,目前宝岛在台湾的公司采用的就是这种方法;另外一条路是购买一个成熟的产品,王智民提出要上 SAP 的 ERP 系统——R3。

在将此提议提交董事会讨论时,董事会的成员们提出了各种问题,争议很大。最大的问题是究竟应不应该上 SAP 的 R3。上这个系统的一个问题是实施费用很高。根据当时公司的财务状况来看,信息化要占当年营业额很大的比例。董事会认为公司不可能立即拿出这么大的一笔资金来。另外,根据当时的舆论来看,企业信息化的失败率很高。而在该行业内还没有一家企业尝试过 SAP 的 ERP,无法取得第一手资料。因此,大多数人持谨慎态度。

另一个问题是,从 SAP 提供的资料来看,R3 适合大型企业的要求。大陆的眼镜市场很大,宝岛眼镜的零售正在快速发展之中,估计公司 2～3 年还将发展 100 多家零售店。公司的战略目标是到 2010 年之前在大陆建立 3000 家连锁店,并进入国际眼镜零售店前列。因此,有人提出暂缓引进 ERP,等到发展到 200 家后再上这样的 IT 项目。

还有一种反对尽快上 R3 的意见主要来自于 IT 部门。他们认为,目前企业员工普通没有受过系统的计算机知识培训,懂得 IT 技术的人很少,对于 ERP 十分陌生。在这种情况下上 ERP,很难说企业是做好了充分的准备,更多的像摸着石头过河。因此,应该先让员工去参加培训。

对于如何实施信息化也人不同的看法。有人提出这样一个问题:是选择自行开发还是买现成的 ERP 软件?台湾的宝岛眼镜公司信息化进行得很早,它们就是自行开发的信息系统,花了 5 年的时间完成了全部的功能。这个系统虽然满足不了大陆的规模,但是现有的系统升级也可以应付日常的需要。

与此相反,与宝岛眼镜接触的 ERP 厂商都主张尽快上 ERP。他们的共同说词:ERP 的是西方企业有普通经验。ERP 中的流程设计是经过考验的,ERP 包含先进的管理思想。企业目前的管理混乱,在实施后,大多数问题可以迎刃而解。而且,每个 ERP 厂商都说自己的产品最适合宝岛眼镜需要的。

在这种情况下,王智民找到一家很有实力的咨询公司,请他们给公司做一次调研分析。该公司调查后认为,宝岛眼镜不但内部存在很多信息孤岛,而且在业务流程和管理方法上,很多分店也不一样。在上 ERP 的过程中。必然要对这些做法进行改造。由于宝岛眼镜的规模已是一个跨地域范围很大的企业,这种改造的难度不小。因此,实施 ERP 至少需要 1 年的时间。在 ERP 功能上线之后,至少要过 2 年才会真正看到信息化的效益。尽管有这些困难,咨询公司还是建议上 SAP 的 R3。

(资料来源:CNET 中国旗舰网站:http://www.zdnet.com.cn/)

企业管理信息系统规划是 MIS 生命周期的第一阶段,其主要目标是明确于 MIS 的长远发展的计划、系统规模和开发计划,它是企业战略规划的一个重要部分。MIS 战略规划是 MIS 建设成功的关键。现代企业 MIS 周期长,投资大,复杂程度高,战略规划得不好不仅会造成系统自身的损失,而且为今后的 MIS 建设留下隐患。

信息系统战略规划概述

信息系统战略规划是信息系统长远发展计划。制定信息系统战略规划目标就是为企业战略提供必要的信息支持,有助于企业战略目标的实现。

一、战略规划

战略(strategy)是组织领导者关于组织以下问题的概念的集合,其中包括企业当前的计划和计划指标、企业的使命和长期目标、企业的环境约束及政策的集合。

(一)战略规划的方向和目标

方向和目标的区分如下。

(1)时间区段:目标是有限的,可以为子目标所替代,而方向是无限的、持久的、无终止。

(2)特殊性:目标是在某一时刻可以达到的东西,内容比较专一;而方向指的内容较宽泛,较通用,是涉及风格、印象以及认识上的东西。

(3)聚焦点:目标是内向的,隐含如何利用企业的资源;方向则常根据外部环境叙述。

(4)度量:方向和目标均是可量化的,但目标是以绝对项叙述的,如盈利的50%来自国外的顾客等;方向则是以相关项叙述的,如"……达到前10强"。

(二)战略规划的内容

1. 方向和目标

企业在设立方向和目标时有自己的抱负和自己的价值观。但企业也不得不考虑到其长处和外部环境,因此企业最终的目标往往是这些东西的折中,这些总是主观的。一般来说,企业最终确定的方向目标绝不仅仅是企业"一把手"的愿望。

2. 约束和政策

这就是要找到企业自身资源和环境与机会之间的平衡。要找到一些最好的活动集合,使它们能最好的发挥企业的长处,并最快地达到企业的目标。这些政策和约束所考虑的机会是现在还未出现的机会,所考虑的资源是正在寻找的资源。

3. 计划与指标

这是近期的任务,计划的责任在于进行资源和机会的匹配。但是这里考虑的是当前的情况,或者说是将来的不久的情况。由于是短期,有时可以做出最优的计划,以达到最好的指标。经理或厂长以为他做到了最好的时间平衡,但这还是主观的,实际情况难以完全相符。

战略规划也是分层次的,战略规划不仅在高层有,在中层和基层也有。一般来说,一个企业应有三层战略,即公司级、业务级和执行级。每一级均有 3 个要素:方向和目标、政策和约束以及计划和指标。这 9 个因素构成了战略规划的框架结构,也就是战略规划矩阵,如图 3.1 所示。

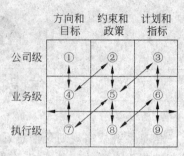

图 3.1　战略规划的框架结构

总的结构是:上下左右关联,而左下和右上相关,上下级之间是集成关系。这些在计划和指标列最为明显,这一列是由最实在的东西组成,上级的计划实际上也是下级计划的汇总。左右之间是引导关系,约束和政策是由目标引出,计划和指标则是由约束和政策引出。

（三）战略规划的特点

战略规划的有效性包括两个方面的内容:一是战略正确与否,正确的战略应当做到组织资源和环境的良好匹配;二是战略是否适合于该组织的管理过程,也就是和组织活动匹配与否。一个有效的战略一般具有以下特点:

（1）目标明确。战略规划的目标应当是确切而无二义的。其内容应当使人令人鼓舞和振奋的。目标要先进,但经过努力可以达到,其描述的语言应当是简练和坚定的。

（2）可执行性良好。好的战略的说明应当是明确的和可执行的,它应当是各级领导的向导,使各级领导能确切地了解它,执行它,并使自己的战略和它保持一致。

（3）企业人事落实。制定战略的人往往也是执行战略的人,一个好的战略计划只要有良好的执行,战略计划的目标才能实现。因此,战略计划要求一层层落实,直到个人。高层领导制定的战略一般应以方向和约束的形式告诉下级,下级接受任务,并以同样的方式告诉再下级,这样一级级地细化,做到深入人心,人人皆知,企业战略计划也就个人化了。个人化的战略计划明确了每一个人的责任,可以充分调动每一个人的积极性。这样一方面激励了大家动脑筋想办法;另一方面增加了企业的生命力和创造性。在企业中,只靠企业经理一个人是难以识别所有机会的。

（4）灵活性好。一个企业的目标可能不随时间而变,但它的活动范围和组织计划的形式无时无刻不在改变。现在所制定的战略计划只是一个暂时的文件,只适用于现在,应当进行周期性的校核和评审,灵活性强使之容易适应变革的需要。

（四）战略规划的执行

如何制定好企业战略规划,如何执行好企业战略规划,这些都是企业战略规划的主要内容,也叫战略规划的操作化。战略规划的实现和操作存在着两个先天性的困难:

（1）由于这种规划不能预先进行实验,一般均是一次性的决策过程。而用一些管理科学理论所建立的模型与决策支持系统,往往得不到管理人员的承认,他们喜欢用自己的经验建立启发式模型,因此这种一次性的性质难以确定究竟哪种正确。

（2）参加企业战略规划的专家多为企业职工,因此他们对以后实现规划负有责任。由于战略规划总是要考虑外部的变化,因而要求进行内部的变革以适应外部的变化,这种变革又往往是这些企业职工所不欢迎的,这样他们就有可能在实行这种战略规划时持反对态度。

为了执行好企业战略规划,应当做到:

(1) 做好思想动员。让企业职工了解战略规划的意义,使各层干部均能加入战略规划的实施。要让高层人员知道吸收外部人员参加规划的好处,要善于把制定规划的人的意图让执行计划的人了解,对于一些大企业执行战略计划的新思想要和企业的文化相符。规划一旦制定,就不要轻易改动。

(2) 把规划活动当成一个连续的过程。在规划制定和实行的过程中要不断进行"评价与控制",也就是不断地综合集成各种规划和负责执行这种规划的管理,不断调整。

一个好的战略管理应当包含以下几个内容:

① 确定企业地位。

② 建立运营原则。

③ 设立战略目标。

④ 进行评价与控制。

(3) 激励新战略思想。战略思想是战略规划的核心,往往由于平时的许多紧迫的工作疏忽了战略的重要性,这就是紧迫性与重要性的矛盾。激励新战略思想的产生是企业获得强大生命力的源泉。

二、企业管理信息系统的战略规划

(一) 信息系统战略规划的内容

信息系统战略规划是对企业管理使用计算机信息技术进行长远计划。规划期限一般为3～5年或更长时间,信息系统规划是为将来的成功提供一个总体构架,促进信息系统的成功开发。信息系统规划应在系统如何随时间发展方面提供指导。另一方面,系统规划能保证信息系统资源得到更好运用,及具体项目的时间安排。信息系统战略规划应包括以下几方面的内容。

1. 确定信息系统的总目标

信息系统战略规划是企业战略规划的一个重要部分。因此信息系统的总目标必须服从于企业的总目标。应根据企业的战略目标及内外约束条件,确定信息系统的总目标。它确定了信息系统应实现的功能。

2. 确定信息系统总体结构

信息系统总体结构提供信息系统开发的总体框架。从系统的观点出发,确定信息系统的各组成部分(子系统),各个部分之间的关系以及系统类型等。

3. 对现行信息系统状况的了解

现行信息系统的状况,主要包括硬件、软件、费用、人员、开发项目的进展及应用系统的状况,存在的问题与不足,企业业务流程现状与企业业务流程再造(重组)。

4. 对相关信息技术的预测

现代信息技术发展迅速,而信息技术决定信息系统性能的优劣。因此,必须对与信息系统有关的信息技术的发展进行预测,以便在规划时尽可能稳妥地吸取最新技术,保证信息系统的先进性。这里涉及的信息技术包括计算机软硬件、网络技术及数据处理技术等。

5. 信息系统的近期计划

信息系统战略规划涉及时间跨度较长,只能是粗略的。但必须对近期的发展做具体安排,制订人力、物力和财力的需求计划,具体项目开发计划和进度等。

（二）信息系统战略规划的原则

为了作好管理信息系统的规划,从总体上应遵循以下原则。

（1）系统必须支持企业的总目标。企业的战略目标是系统规划的出发点。系统规划应采取自上而下的方法,从企业目标出发,分析企业管理的信息需求,逐步地导出和确定管理信息系统的战略目标和总体结构。

（2）系统必须着眼于高层管理,兼顾各管理层次的需求。在进行规划时,应针对管理3个不同层次的活动,查明信息需求,特别是高层管理的信息需求。使得规划的系统能够适应各层次管理的需求,支持高层管理和决策。

（3）系统应摆脱对组织机构的依从性。应着眼于企业活动过程,而不是组织机构。一个企业的组织机构可能会发生变动,但活动过程几乎不发生变化。摆脱了系统对组织机构的依从性,才能提高管理信息系统的应变能力。

（三）信息系统战略规划的特点

（1）信息系统战略规划是着眼长远、面向全局的规划,由于企业内外环境因素和技术方面的因素存在许多不可预测性,因而结构化程度较低。

（2）信息系统战略规划应立足高层管理,兼顾各管理层的要求。

（3）信息系统战略规划应支持企业战略和目标。信息系统是企业系统的一个子系统,其目标应与企业整体目标相一致,制定信息系统战略规划从企业目标出发,分析企业管理信息需求,逐步导出信息系统的战略目标和总体结构。

（4）信息系统战略规划不宜过细。制定信息系统战略的目的是为整个系统确定发展战略、总体结构、开发方案和计划,而不是解决系统开发中的具体问题。它的作用是为系统开发提供一个蓝图和指导,而不是代替系统开发工作。

（5）信息系统战略规划应摆脱系统对组织机构的依赖性。规划应从整个企业的管理活动入手,定义企业管理过程,分析信息系统应具有的功能,这样即使企业的组织机构发生变化,系统仍具有较强的适应性。另一方面更有利于企业业务流程重组,提高管理水平。

（6）信息系统战略规划的动态性。信息系统战略规划是企业规划的一部分,并随环境发展而变化。也就是说,信息系统战略规划并非一成不变的,而是要不断修改、补充。

信息系统战略规划阶段是一个管理决策过程,又是管理与技术相结合的过程。规划人员对管理和技术发展的知识掌握,创新开拓的精神、务实的态度等,是信息系统战略规化成功的关键因素。

（四）信息系统战略规划的步骤

进行信息系统的战略规划一般有以下步骤（如图3.2所示）。

第一步,确定规划的基本问题,如规划的年限、规划的方法,确定集中式还是分散式的规划等。

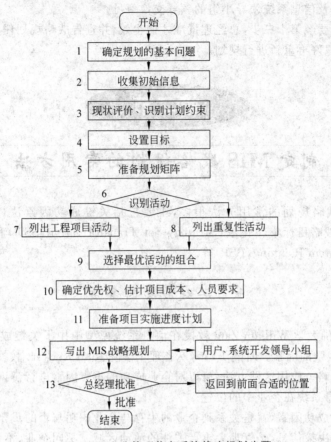

图 3.2 企业管理信息系统战略规划步骤

第二步,收集初始信息。包括从各级干部、卖主相似的企业、本企业内部各种信息系统领导小组、各种文件以及从书籍和杂志中收集信息。

第三步,现存状态的评价和识别计划约束。包括目标、系统开发方法、计划活动、现存硬件和它的质量、信息部门人员、运行和控制、资金、安全措施、人员经验、手续和标准、中期和长期优先序、外部和内部关系、现存的设备、现存软件及其质量,以及企业的思想和道德状况。

第四步,设置目标。主要由总经理和计算机领导小组来设置,包括服务的质量和范围、政策、组织及人员等,它不仅包括信息系统的目标,而且应有整个企业的目标。

第五步,准备规划矩阵。列出信息系统规划内容之间相互关系所组成的矩阵,确定各项内容以及它们实现的优先顺序。

第六步、第七步、第八步、第九步,是识别上面所列的各种活动,判断是一次性的工程项目性质的活动,还是一种重复性的经常进行的活动。由于资源有限,不可能所有项目同时进行,只有选择一些好处最大的项目先进行,要正确选择工程类项目和日常重复类项目的比例,正确选择风险大的项目和风险小的项目的比例。

第十步,确定项目的优先权和估计项目的成本费用。第十一步依此编制项目的实施进度计划。然后在第十二步把战略长期规划书写成文,在此过程中还要不断与用户、信息系统工作人员以及信息系统领导小组的领导交换意见。

写出的规划要经第十三步,总经理批准才能生效,并宣告战略规划任务的完成。如果总经理没批准,只好再重新进行规划。

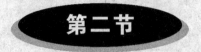

制定 MIS 战略规划的常用方法

制定 MIS 战略规划的常用方法很多,主要包括关键成功因素法(Critical Success Factors,CSF)、战略目标集转化法(Strategy Set Transformation,SST)和企业系统规划法(Business System Planning,BSP)等。

一、关键成功因素法

1970 年,哈佛大学 William Zani 教授在信息系统模型中用了关键成功变量,这些变量是确定 MIS 成败的因素。时隔 10 年,麻省理工学院 John Rockart 教授把 CSF 提高成为信息系统的战略。应用这种方法,可以对企业成功的重点因素进行辨识,确定组织的信息需求,了解信息系统在企业中的位置。

所谓的关键成功因素,就是关系到企业的生存与企业成功与否的重要因素,它们是企业最需要得到的决策信息,是管理者重点关注的活动区域。不同企业、不同的业务活动有不同的关键成功因素,即使在同一企业或同一类型的业务活动中,在不同的时期,其关键成功因素也有所不同。因此,一个企业的关键成功因素应当根据本企业的判断,包括企业所处的行业结构、企业的竞争策略、企业在本行业中的地位、市场和社会环境的变动等。

CSF 是通过分析找出企业成功的关键因素,然后再围绕这些关键因素来确定系统的需求,并进行规划。其步骤如下:

(1) 了解企业和信息系统的战略目标。

(2) 识别影响战略目标的所有成功因素。

(3) 确定关键成功因素。

(4) 性能指标识别和标准。

这 4 个步骤可以用一个图表示,如图 3.3 所示。

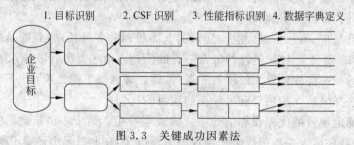

图 3.3　关键成功因素法

树枝因果图是确定关键成功因素所用的工具之一。例如,某企业有一个目标,是提高产品竞争力,可以用树枝图画出影响它的各种因素,以及影响这些因素的子因素,如图 3.4 所示。

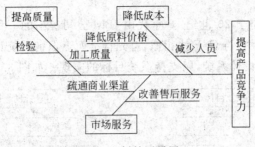

图 3.4　树枝因果图

如何评价这些因素中哪些因素是关键成功因素,不同的企业是不同的。对于一个习惯于高层个人决策的企业来说,主要由高层人员在此图中选择。对于习惯于群体决策的企业,可以用德尔斐法或其他方法把不同人设想的关键因素综合起来。关键成功因素法在高层中应用效果好,因为每一个高层领导人员日常总在考虑什么是关键因素。关键成功因素法一般不大适合在中层领导中应用,因为中层领导所面临的决策大多数是结构化的,其自由度较小,对他们最好应用其他方法。

二、战略目标集转化法

1978 年 William King 把组织的战略目标看成是一个"信息集合",由使命、目标、战略和其他战略变量等组成。战略规划过程是把企业的战略目标转变为信息系统战略目标的过程,如图 3.5 所示。

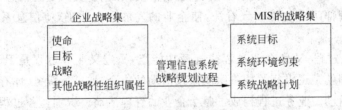

图 3.5　战略目标集转化法

这个方法的第一步是识别组织的战略集,先考察一下该组织是否有写成文的战略或长期计划,如果没有,就要去构造这种战略集合。可以采用以下步骤:

(1) 描绘出企业各类人员结构,如经理、雇员、供应商、顾客、贷款人、政府代理人、地区社团及竞争者等。

(2) 识别每类人员的目标。

(3) 对于每类人员识别其使命及战略。

第二步是将企业战略集转化成信息系统战略。信息系统战略应包括系统目标、系统约束以及设计原则等。这个转化的过程包括对应组织战略集的每个元素识别对应信息系统战略约束,然后提出整个信息系统的结构。最后,选出一个方案送总经理。

三、企业系统计划法

企业系统规划法是于 20 世纪 70 年代由 IBM 公司提出的一种企业管理信息系统规划的结构化的方法论。它与 CSF 法相似,首先自上而下识别系统目标,识别业务过程,识别数据,然后自下而上设计系统,以支持系统目标的实现。如图 3.6 所示。

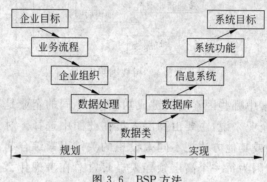

图 3.6　BSP 方法

1. 主要步骤

BSP 法从企业目标入手,逐步将企业目标转化为管理信息系统的目标和结构。它摆脱了管理信息系统对原组织结构的依从性,从企业最基本的活动过程出发,进行数据分析,分析决策所需数据,然后自下而上设计系统,以支持系统目标的实现。BSP 主要步骤如图 3.7 所示。

(1) 研究开始阶段。成立规划组,进行系统初步调查,分析企业的现状、了解企业有关决策过程、组织职能和部门的主要活动、存在的主要问题、各类人员对信息系统的看法。要在企业各级管理部门中取得一致看法,使企业的发展方向明确,使信息系统支持这些目标。

(2) 定义业务过程(又称企业过程或管理功能组)。定义业务过程是 BSP 方法的核心。所谓业务过程就是逻辑相关的一组决策或活动的集合,如订货服务、库存控制等业务处理活动或决策活动。业务过程构成了整个企业的管理活动。识别业务过程可对企业如何完成其目标有较深的了解,可以作为建立信息系统的基础。按照业务过程的所建造的信息系统,其功能与企业的组织机构相对独立,因此,组织结构的变动不会引起管理信息系统结构的变动。

(3) 业务过程重组。在业务过程定义的基础上,分析哪些过程是正确的;哪些过程是低效的,需要在信息技术支持下进行优化处理;哪些过程不适合计算机信息处理,应当取消。检查过程的正确性和完备性后,对过程按功能分组,如经营计划、财务规划和成本会计等。

(4) 确定数据类。定义数据类是 BSP 方法的另一个核心。所谓数据类就是指支持业务过程所必须的逻辑上相关的一组数据。例如,记账凭证数据包括了凭证号、借方科

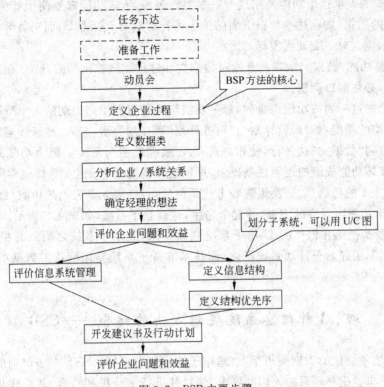

图 3.7　BSP 主要步骤

目、贷方科目和金额等。一个系统中存在着许多数据类,如顾客、产品、合同和库存等。数据类是根据业务过程来划分的,即分别从各项业务过程的角度将与它有关的输入输出数据按逻辑相关性整理出来归纳成数据类。

(5) 设计管理信息系统总体结构。功能和数据类都定义好之后,可以得到一张功能/数据类表格,该表格又可称为功能/数据类矩阵或 U/C 矩阵。设计管理信息系统总体结构主要工作就是可以利用 U/C 矩阵来划分子系统,刻画出新的信息系统的框架和相应的数据类。

(6) 确定子系统实施顺序。由于资源的限制,信息的总体结构一般不能同时开发和实施,总有个先后次序。划分子系统之后,根据企业目标和技术约束确定子系统实现的优先顺序。一般来讲,对企业贡献大的、需求迫切的、容易开发的优先开发。

(7) 完成 BSP 研究报告,提出建议书和开发计划。

2. 子系统的划分

BSP 方法是根据信息的产生和使用来划分子系统的,它尽量把信息产生的企业过程和使用的企业过程划分在一个子系统中,从而减少了子系统之间的信息交换。划分子系统的步骤如下:

(1) 制作 U/C 矩阵。利用定义好的功能和数据类作一张功能/数据类表格,即 U/C 矩阵,如表 3.1 所示。矩阵中的行表示数据类,列表示功能,并用字母 U(use)和 C(create)表示功能对数据类的使用和产生,交叉点上标 C 的表示这个数据类由相应的功能产生,标 U 的表示这个功能使用这个数据类。例如,销售功能需要使用有关产品、客户和订货方面的数据,则在这些数据下面的销售一行对应交点标上 U;而销售区域数据产生于销售功能,则在对应交叉点上标 C。

（2）调整功能/数据类矩阵。开始时数据类和过程是随机排列的,U、C 在矩阵中排列也是分散的,必须加以调整。

首先,功能这一列按功能组排列,每一功能组中按资源生命周期的 4 个阶段排列。功能组指同类型的功能,如"经营计划"、"财务计划"属计划类型,归入"经营计划"功能组。

其次,排列"数据类"这一行,使得矩阵中 C 最靠近主对角线。因为功能的分组并不绝对,在不破坏功能成组的逻辑性基础上,可以适当调配功能分组,使 U 也尽可能靠近主对角线。表 3.1 的功能/数据类矩阵经上述调整后,得到表 3.2 表示的功能/数据类矩阵。

（3）画出功能组对应的方框,并起个名字,这就是子系统,如表 3.3 所示。

（4）用箭头把落在框外的 U 与子系统联系起来,表示子系统之间的数据流。例如,数据类"计划",由经营子计划系统产生,而技术准备子系统要用到这一数据类,如表 3.3 所示。

四、3 种信息系统规划方法的结合——CSB

CSF 方法使目标的识别突出重点,适用于确定管理目标。SST 方法识别的企业战略集合,反映了与企业有联系的人们的要求,并对其进行了分析和综合,然后转化为信息系统的战略集合。它能保证目标比较全面,疏漏较少,但它在突出重点方面不如前者。BSP 方法从企业的既定目标出发,识别并改进其业务过程,然后导出信息需求,通过过程/数据类矩阵的分析可以定义出支持其业务过程的信息系统的总体结构。把这 3 种方法结合起来使用,叫做 CSB 法(即 CSF、SST 和 BSP 结合),如图 3.8 所示。

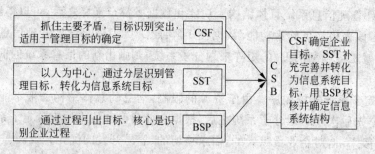

图 3.8 3 种信息系统规划方法的结合——CSB

CSB 法先用 CSF 确定企业目标,然后用 SST 方法补充完善之,并将这些目标转化为信息系统目标,用 BSP 方法校核目标,并确定信息系统总体结构,这样就补充了单个方法的不足。这也使得整个方法过于复杂,而削弱了单个方法的灵活性。信息系统规划中,要对各种新方案进行评价,这时可以运用技术经济学中所用到的种种方法。常用的有成本效益分析法、内部收益率法、投资回收期法、投入产出分析法、风险分析法等。

信息系统规划中,还要为分步实施的新系统作进度计划、财务计划、人力资源计划、用

表 3.1 U/C 矩阵（一）

功能＼数据类	客户	产品	订货	成本	操作顺序	材料表	零件规格	材料库存	职工	成品库存	销售区域	财务	机器负荷	计划	工作令	材料供应
经营计划				U								U		C		
财务计划				U					U			U		U		
资产规模												C				
产品预测	U	U									U			U		
产品设计	U	C				U	C									
产品工艺		U				C	U	U								
库存控制								C		C						U
调度		U			U								U		C	
生产能力计划													C		U	U
材料需求		U				U										C
操作顺序		U	U		C								U		U	U
销售区域管理	C	U	U								C					
销售	U	U	C													
订货服务	U	U	U													
发运	U	U	U							U						
通用会计	U	U	U						U							
成本会计				C												
人员计划									C							
人员考核									U							

表 3.2 U/C 矩阵（二）

功能	数据类	计划	财务	产品	零件规格	材料表	材料库存	成品库存	工作令	机器负荷	材料供应	操作顺序	客户	销售区域	订货	成本	职工
经营计划	经营计划	C	U													U	
经营计划	财务计划	C	U														U
经营计划	资产产规模	U	C													U	U
技术准备	产品预测	U		U									U				
技术准备	产品设计			C	C	U							U	U			
技术准备	产品工艺			U	C	C	U										
生产制造	库存控制						C	C	U		U						
生产制造	调度			U			C	C	C	U	U	U					
生产制造	生产能力计划									C	C						
生产制造	材料需求			U		U				U	U	U					
生产制造	操作顺序			U					U			C					
销售	销售区域管理			U									C		U		
销售	销售			U									U	C	U		
销售	订货服务			U									U		C		
销售	发运			U				U							U		
财会	通用会计			U									U				U
财会	成本会计														U	C	
人事	人员计划																C
人事	人员考核																U

表 3.3 U/C 矩阵(三)

功能＼数据类	计划	财务	产品	零件规格	材料表	材料库存	成品库存	工作令	机器负荷	材料供应	操作顺序	客户	销售区域	订货	成本	职工
经营计划																
财务计划																
资产规模																
产品预测																
产品设计																
产品工艺																
库存控制																
调度																
生产能力计划																
材料需求																
操作顺序																
销售区域管理																
销售																
订货服务																
发运																
通用会计																
成本会计																
人员计划																
人员考核																

经营计划

技术准备

生产制造

销售

财会

人事

户培训计划和风险防范与对策计划等。这时可以运用的方法有生产与运作管理中所用到的甘特图法、网络计划技术（Program Evaluation and Review Technique，PERT）等；人力资源管理中的经验估工法、技术分析法等；可靠性管理中的可靠性分析法、故障树分析法等；还可以借用制造资源计划（Manufacturing resource planning，MRPⅡ）的思想和方法。

第三节

企业流程再造

一、企业流程再造的概念

企业流程再造（Business Process Reengineering，BPR）的中文的译法还有业务流程重组、企业过程再工程等。它是 20 世纪 80 年代初源于美国的一种企业变革模式，是在全面质量管理（Total Quality Management，TQM）、准时制（Just In Time，JIT）、敏捷制造（Agile Manufacturing，AM）、零缺陷（Zero Defect）等优秀管理经验的基础上发展出的一种提高企业整体竞争力的变革模式。

企业流程再造是由一些信息咨询公司为客户构建系统时积累起来的。企业流程再造比较完整的概念归纳是由哈佛大学迈克尔·哈默（Michael Hammer）提出的：BPR 以企业过程为对象，从顾客的需求出发，对企业过程进行根本地再思考和彻底地再设计；以信息技术（Information Tecnology，IT）和人员组织为使能器（enabler），以求达到企业关键性能指标（如成本、质量、服务和速度等）和业绩的巨大提高或改善，从而保证企业战略目标的实现。

企业流程再造理论是管理学史上的一次巨大变革。它是以一种再生的思想重新审视企业，并对传统管理学赖以存在的基础——分工理论提出质疑。其出发点是为了使顾客满意，企业战略发展；途径是改变企业过程；手段是通过 IT 的应用和人员组织的调整；特征是企业性能的巨大提高；目标在于实现管理的现代化。定义中"根本地"的意思是指不是枝节的、表面的，而是本质的、革命性的，是对现存系统进行彻底的怀疑；"彻底地"的意思是要动大手术，是要大破大立，不是一般性的修补；"巨大提高"是指成十倍、百倍的提高，是在原来线性增长的基础上的一个非线性跳跃，是量变基础上的质变。

二、企业流程再造的管理原则

企业流程再造是一个系统工程，是站在信息的高度，对业务流程的重新思考和再设计，包括在系统规划、系统分析、系统设计、系统实施与评价等整个规划与开发过程之中。

进行信息系统分析时，要充分认识信息作为战略性竞争资源的潜能，创造性地对现有业务流程进行分析，找出现有流程存在的问题及产生问题的原因，分析每一项活动的必要性,并根据企业的战略的目标,采用关键成功因素法等,在信息技术支持下,分析哪些活动可以合并、哪些审批检查可以取消、哪些管理层次可以减少等。

(一)企业流程再造的核心原则

企业流程再造必须坚持以下 3 个核心原则。

(1)以流程为中心。企业流程再造不同于以往的任何企业变革,不仅企业的流程设计、组织机构、人事制度等发生根本变革,更重要的是组织的出发点、企业的日常运作方式、领导和员工的思维方式、企业文化等都得到再造,使企业的经营业绩取得巨大地提高,最终使企业由过去的职能为中心转变为以顾客为中心的企业范式。

(2)坚持以人为本的团队式管理。以流程为中心的企业必须坚持以人为本的新的发展观,既关心流程,也关心人。作为流程小组成员,他们共同关心的是流程的绩效;作为个人,他们需要学习,为以后的发展作准备。

(3)以顾客为导向。在市场竞争中,一个企业要成功必须能赢得顾客,因此,企业流程再造时必须以顾客为导向,站在顾客的角度考虑问题。

(二)企业流程再造的操作性原则

(1)围绕结果设计组织而不是以作业来组织。围绕结果就是围绕企业最终要为顾客提供的产品流程进行设计和组织,而不是依据以往的工作顺序进行。例如,一家公司由销售到安装按这样装配线进行:第一部门处理顾客需求;第二部门把这些需求转换为内部产品代码;第三部门把信息传达给每个工厂和仓库;第四部门接收这些信息并组装产品;第五部门运送并安装。顾客订单信息按顺序移动,但这个流程却经常出现问题。因此,公司进行业务流程重组时,放弃原来的生产方式,将各部门的责任整合,并由一个顾客服务代表监督整个流程,顾客只要跟这个代表联系就可知道订单进展状况。

(2)让使用作业结果的人执行作业。假设一个销售人员接到顾客提出改进产品的要求,如果能及时按要求改进,公司就会得到一大笔订单。在传统企业里,销售人员只能把样品的规格数据交给开发部门,然后只能等待,既不能对开发工作日程进行监督,也不能对开发中的问题提出建议。其实他是公司里对这件事最清楚、最关心的,其结果直接影响他的销售业绩。这显然是一个既糟糕而我们又习以为常的流程。只有让使用作业结果的人执行作业,才能使责任和利益相统一,既调动作业实施者的积极性,又使流程成为有人负责的过程。

(3)把信息处理与信息生产的工作合并。信息在传送过程中的缺失和曲解一直是困扰企业管理的一个问题,如果从信息产生的地方一次性采集信息,把信息处理与信息生产的工作合并,避免重复输入,就可以解决这个问题。

(4)将地域上分散的资源加以整合。传统企业的资源被人为地分割,应该进行变革,但人们通常认为地域上资源的分散是无法变革的。分散的资源对使用者能提供更好的服务,却造成成本的不经济,可以利用 IT 技术,将地域上分散的资源加以整合,优化资源配置,获得规模经济。

(5)利用信息技术进行重组企业,而不是让旧的流程自动化。不少企业投入大量资金进行自动化建设,结果却令人失望,主要原因在于用新科技自动化老式的经营方法,原封不动地保留原来的流程。计算机只是加快制造流程的速度,不能解决根本上的绩效不佳。因此,我们要灵活运用现代信息技术再造流程,使绩效得到大幅提高。

(6) 联系平行的活动过程,代替把各项活动的结果进行整合。企业流程再造要求从一开始各环节就需要相互联系,不能指望在一个详尽的分析结果基础上设计一个完美的新流程。因为太长的分析使人们失去耐心,也会使小组成员失去对原有流程的客观判断能力,找不到再造的切入点。

以银行为例,银行有贷款、信用卡、资产融资等各种不同的信用业务,各业务单位一般无法知道顾客有没有超过信用额度,使公司的贷款超过上限。可以设计一个协调平行功能,在流程活动中进行协调,而不是等他们完成后去协调。

(7) 在工作中进行决策并实现自我控制。企业流程再造是以“再造”这一流程为中心的,成败的关键在于这一流程的结果,而不是再造的任务过程。再造是一个创造性的流程,无法规定和衡量再造的每一个任务的完成情况,决策只能在再造工作中逐渐形成,使行为者自我管理和自我控制。

(8) 新流程应用之前应该进行可行性实验。新流程设计后,如果直接实施,可能会给客户留下流程不完善或有缺陷的影响。只有通过多次反复实验,才可使流程得到不断改进和完善。

三、企业流程再造的步骤

(1) 确认组织的战略目标,把企业过程重组方法与组织的目标联系起来,用战略目标引导企业流程再造的进行。否则,没有针对性,实施企业流程再造可能会使组织与预定的战略方向相偏离。

(2) 确认可能受到战略影响的企业流程。例如,当企业决定建立一个“网上商店”的战略时,可能受影响的业务流程有订货方式、销售过程等。

(3) 确定每一流程的目标。随着企业的发展,有些过程可能会偏离目标,通过确认,可以使旧的流程重新回到正确目标,使流程重组的工作目标明确。

(4) 了解每一重组流程所涉及的人员,确定一个训练有素的企业流程重组的总负责人,指导流程重组的全过程。

(5) 每个流程参与者画出自己现在工作过程的流程图。一方面,可以使他们能更好地考虑组织流程的整体需求;另一方面,可以使总负责人明确了解每个参与者对流程的理解。

(6) 根据现有的流程图,结合流程的目标,找出实施新的战略目标必须完成的流程,设计一个新的流程雏形。

四、企业流程再造的方法

根据企业流程再造的核心思想,可以将企业流程再造的实施结构设想成多层次的立体形式。企业流程再造实施体系由观念重建,流程重建和组织重建 3 个层次构成,其中以流程重建为主导,而每个层次内部又有各自相应的步骤过程,各层次也交织着彼此作用的关联关系。

(一)企业流程再造的观念重建

这一层次所要解决的是有关企业流程再造的观念问题。即要在整个企业内部树立实施企业流程再造的正确观念,使企业职工理解企业流程再造对于企业管理、应用企业流程再造的重要性。它主要涉及到3个方面的工作:

(1)组建企业流程再造小组。由于企业流程再造要求大幅度地变革基本信念、转变经营机制、重塑行为方式、重建企业文化和重构组织形式,这就需要有很好的领导和组织的保证。因此,在企业内部要成立专门的领导小组负责 ERP 应用中的企业流程再造。

(2)前期的宣传准备工作。帮助企业的员工从整个企业发展的角度,客观地看待并理解业务流程重组及其对本企业带来的重要意义,以避免由于员工的不理解,造成对企业流程再造的抵触情绪。

(3)设置合理目标。企业流程再造常见的目标有降低成本、增加产量、提高质量、缩短时间、提高顾客满意度等。这些目标都是为了给业务流程重组活动设置一个明确的目标,以便做到"心中有数"。

(二)企业流程再造的流程重建

流程重建是企业流程再造最重要的部分,是革命性和创造性的一步。它是指对企业的现有业务流程进行调研分析、诊断,再设计,然后重新构建新的流程的过程。它主要包括3个环节:

(1)企业业务流程分析与诊断。对企业现有的业务流程进行描述,分析其中存在的问题,并进而给予诊断。

(2)企业业务流程的再设计。针对前面分析诊断的结果,重新设计现有业务流程,使其趋于合理化。

(3)企业流程再造的实施。这一阶段是将重新设计的业务流程真正落实到企业的经营管理中来。

(三)企业流程再造的组织重建

组织重建的目的是要给业务流程重组提供制度上的维护和保证,并追求不断改进。具体包括评估 BPR 实施的效果、建立长期有效的组织保障和文化与人才建设3个方面的工作。

例如,美国福特汽车公司北美货款支付处有 500 多名雇员,其业务量大而繁杂。公司通过建立 ERP 系统,从而减轻劳动强度,提高工作效率,将员工裁减到最多不超过 400 人,实现裁员 20% 的目标。然而,当福特公司发现在他们拥有 22% 股份的日本马自达汽车公司在完成同样的业务只需 5 名雇员时,他们震惊了,即使福特公司的规模和业务量比马自达公司大,那最多也只应有 100 余名雇员。为此,福特公司决定对公司与应付账款部门相关的整个业务流程进行彻底重组。

福特汽车公司应付账款部门的工作就是接收采购部门送来的采购订单副本、仓库的收货单和供应商的发票三单进行核对,查看其中的 14 项数据是否相符,因此,绝大部分时间被耗费在这 14 项数据由于种种原因造成的不相符上。福特汽车公司应付账款部门原有的业务流程如图 3.9 所示。

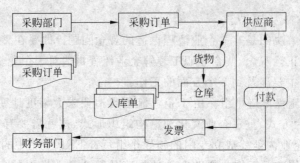

图 3.9　福特汽车公司应付账款部门原有业务流程图

业务流程重组后,应付账款部门不再需要发票,需要核实的数据项减少为 3 项:零部件名称、数量和供应商代码,采购部门和仓库分别将采购订单和收货确认信息输入到计算机系统后,由计算机进行电子数据匹配。最后结果是:应付账款部门的员工减少了 75%,而不是原计划的 20%。重组后的业务流程如图 3.10 所示。

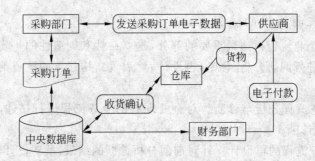

图 3.10　福特汽车公司应付账款部门重组后的业务流程图

五、企业信息系统规划与企业流程再造

企业信息系统规划与 BPR 有着非常密切的关系。正是信息技术的发展与应用,使企业能够打破传统的组织管理模式,创建全新的过程管理模式,促进企业目标的实现。而信息系统能充分地发挥出效益,重要的在于要对企业过程进行重新设计。这两者相辅相成、互为条件。

前面介绍的企业系统规划法(BSP),它是由过程的观点出发来看待企业,实际上已建立了过程模型。它根据企业过程模型去建立信息系统。但它主要是从企业现有的过程出发,虽然也涉及一点企业过程的改进,但力度很小。在这样基础上建立的信息系统仅仅是用计算机系统去模拟原手工管理系统,并不能从根本上提高企业的竞争能力。为了充分发挥信息系统的潜能,重组企业过程,按照现代化信息处理的特点,对企业过程进行重新设计和再思考。

从系统规划开始,通过对现有业务活动的调查分析,找出现有业务过程存在的问题及产生的原因,从"系统应该是什么样子?"观点出发,并根据企业目标,对现有业务过程进行彻底的再设计,打破旧框框,合并和简化业务过程,纠正错位的业务活动,删除冗余的业务活动,减少管理层次,取消不必要的审批检查等控制环节,找出正确和优化的企业业务过程,BRP 的思想包括在系统规划、系统分析、系统设计、系统实施等整个系统规划与开发过程之中。只有信息技术和企业流程再造的结合,才是企业高效运行的一条重要途径。

在实际工作中,企业流程再造与信息系统的建设是相互衔接的,企业可以选择先进行企业流程再造,再作信息系统的规划;也可以在进行信息规划的过程中融入企业流程再造的思想,系统实施前进行企业流程再造。

企业流程再造是信息系统建设的一种高级形式,同时也会引起组织结构的深刻变化,促进组织的扁平化,减少管理层次。企业管理会从中取得极大的收益。

六、企业流程再造与 ERP 的关系

(一)ERP 实施中进行企业流程再造的必要性

企业实施 ERP 中进行企业流程再造的必要性具体体现在以下方面。

(1)ERP 软件的设计背景要求企业进行相应的企业流程再造。因为 ERP 来自西方发达国家,因此 ERP 软件的设计适应西方发达国家典型的市场经济运行模式下的市场状况和管理要求。而我国目前已经是市场经济,但市场经济的发展在某些方面还很不完善,许多企业的管理方法和管理手段与西方发达国家相比差异很大,直接应用 ERP 有些不太适应。因此,企业首先要适当进行企业流程再造,按照先进的 ERP 软件的管理要求对现有的业务流程进行根本性的改造,才能有效地应用 ERP。

(2)ERP 软件的功能实现要求企业必须进行一定的业务流程重组。ERP 软件将企业的经营管理活动分为制造、分销、财务、人力资源管理等功能模块,ERP 的应用将会改变我们传统的经营管理方式,因此必然要求企业对原有的组织机构、人员设置、工作流程进行重新的安排,以保证 ERP 功能的实现。例如,ERP 系统运行需要大量、有效的基础数据,而系统自身却无法判断这些数据的准确性。这就需要对基础数据进行优化分析,也就是说企业在 ERP 应用前一定要开展管理咨询和企业流程再造,通过强化企业管理来确保基础数据的准确性。这个阶段的工作是必不可少的。特别是对于我国大多数企业长期处于管理粗放的状况而言,就显得更为必要。

(3)ERP 软件的应用目的要求企业实施企业流程再造。毫无疑义,企业应用 ERP 的目的在于改善企业经营管理,提高企业经济效益。要实现这一最终目的就必然要求企业能够借助于 ERP 的实施应用,不断地优化企业的业务流程,使整个经营活动更加符合科学管理的要求。对任何企业来说,现有的业务流程中都会存在着一些不合理的地方,如果不能够首先对这些不合理的流程进行彻底改造,而仅仅是盲目地将原有的业务流程通过 ERP 软件的实施进行自动化转变,那自然不能真正提高生产效率和管理效率,只会导致低效的流程和浪费。

因此,企业在 ERP 系统导入之前进行企业流程再造,由企业管理层事先确定企业的经营策略及改革目标,通过流程改善和相应的组织变革,再选择并导入适合企业使用的

ERP 系统,才能使 ERP 系统事半功倍,最终获得成功。

(二)实行企业流程再造是应用 ERP 的基础

ERP 与企业流程再造的目的是相同的,都是为了提高企业的工作效率,激发和增进企业的竞争力。但两者在侧重点和具体的操作方法上却不尽相同。ERP 侧重的是企业内部的综合、全面管理;企业流程再造侧重的是对企业经营过程做根本性的思考与彻底重建,建立全新的现代企业制度。

在企业应用 ERP 系统的进程中,一定要注意研究和分析业务流程,并改造不合理的地方。只有这样,实施 ERP 才能收到管理上的实效,否则就会遇到重重阻力,陷入困境。国内外大量实践表明,实行企业流程再造是应用 ERP 的基础。

例如,企业应用 ERP 可以对生产负荷与生产能力进行平衡分析,确保生产过程的均衡性和连续性,但如果对作为能力要素的设备、员工、技术等没有进行有效的组合、维护、培训、改进和提高,那么 ERP 系统就不可能有效地对生产负荷与生产能力进行平衡分析,确保生产过程的均衡性和连续性;应用 ERP 可以有效地加强成本的分析和控制,但如果企业不从思想、方法、业务流程和规章制度上作根本性的调整和改进,那么 ERP 系统中的成本管理功能就不能有效的得以应用,企业就不能有效地加强成本的分析和控制;应用 ERP 可缩短产品生产周期,优化资源配置,降低产品成本,提高产品准时交货率,但如果不能准确地计算每个零部件乃至每道工序的加工时间、准备时间、传送时间、排队时间和等待时间,那么 ERP 系统就不能有效的缩短整个产品的生产周期,降低产品成本。这些问题都与企业的管理思想、管理模式、管理方法、管理机制、管理基础、业务流程和规章制度等有着密切的关系,如果在建立 ERP 系统之前不通过实行业务流程重组得以有效的解决,那么企业应用 ERP 就不能有效地提高整体水平和竞争能力。

(三)企业流程再造和 ERP 应用结合的必然

企业流程再造和企业资源规划 ERP 本是毫无关联的两件事,一是关注管理思想,一是关注技术手段。企业流程再造的提出是管理领域的最新成果,其本身与 ERP 系统的应用并没有直接的关联关系。早期 ERP 系统在企业的应用,人们也没有明确的意识需要进行业务流程重组。但是人们在企业管理模式和管理手段改造的实践中,从失败的经验教训中找到了问题的答案:进行企业流程再造离不开 ERP 系统的应用,并通过 ERP 系统应用支撑新的业务流程。要想靠 ERP 应用改善经营,需要对企业原有业务流程进行重组,不做企业流程再造,ERP 应用也很难达到预期效果。

ERP 不仅是一种先进的企业管理信息系统,同时也体现了先进的管理思想,企业流程再造正是贯穿于 ERP 自始至终的思想精髓,其目的是从数据到业务环节逐步树立规范,为 ERP 做好准备。反之,企业流程再造作为一种管理思想同时需要具体的实现手段,ERP 可以看做是企业流程再造实现过程中的一种手段。企业流程再造与 ERP 是不可分割的一个整体的两个部分,要成功地应用 ERP 系统,企业流程再造是一个有力的保证。它们两者是相辅相成、不可或缺的关系。

企业流程再造和应用 ERP 在设定的绩效改善指标方面大多是相同的,而两者又几乎是对方取得成功的前提条件。因此,企业流程再造和 ERP 应用走向结合不仅是必然的,而且在改善企业管理绩效方面达到"双赢"的效果。

本 章 小 结

企业管理信息系统的战略规划是一个企业的战略规划的重要组成部分,是关于 MIS 的长远发展规划。企业管理信息系统的战略规划的内容包括:确定 MIS 的总目标、确定 MIS 总体结构、对现行信息系统状况的了解、对相关信息技术的预测和 MIS 的近期计划。

企业管理信息系统的总体规划方法有多种,主要有关键成功因素法、战略目标集转化 法和企业系统规划法等。关键成功因法是通过分析找出企业成功的关键因素,然后再 围绕这些关键因素来确定系统的需求,并进行规划。战略目标集转化法把企业的战略目 标看成是一个"信息集合",由使命、目标、战略和其他战略变量等组成。战略规划过程是 把组织的战略目标转变为信息系统战略目标的过程。企业系统规划法从企业目标入手, 逐步将企业目标转化为管理信息系统的目标和结构。它摆脱了管理信息系统对原组织结 构的依从性,从企业最基本的活动过程出发,进行数据分析,分析决策所需数据,然后自下 而上设计系统,以支持系统目标的实现。把这 3 种方法结合起来使用,叫做 CSB 法。

企业业务流程重组是站在信息的高度,对业务流程的重新思考和再设计,是一个系统 工程,包括在系统规划、系统分析、系统设计、系统实施与评价等整个规划与开发过程之 中。业务流程重组的 3 个核心原则包括:以流程为中心、坚持以人为本的团队式管理、以 顾客为导向。

思 考 与 训 练

1. 试述企业管理信息系统战略规划的内容、特点和原则。
2. 什么是关键成功因素?
3. 什么是企业系统规划法,其主要步骤有哪些?
4. 如何划分子系统?
5. 组成若干小组联系已建成管理信息系统的单位,参观调查其管理信息系统的开发 方式、方法、周期、费用、功能、开发经验与教训等。加强对管理信息系统的感性认识。要 求活动前拟订调查提纲,活动后以小组为单位写出调查报告,并进行交流和讨论。

课 外 阅 读

1. (美)沃德,佩帕德著,吴晓波,耿帅译.信息系统战略规划.北京:机械工业出版社
2. 深圳市鹰腾企业管理咨询有限公司 http://www.yintl.cn/Business/Business_zl.asp
3. 企业信息技术人员之家 http://www.ithome-cn.net/

案 例 分 析

施工项目管理信息系统信息化规划

一、用户背景

某城建集团是国家 120 家大型企业集团试点单位之一,国有企业 500 强之一,国际 225 家大承包商之一,是以工业与民用建筑、市政、地下铁道、高速公路、机场、长输管线等工程施工为主业,并从事房地产开发、城市基础设施项目融资及运营、工业生产、商贸流通、物业管理等多元经营的大型综合性企业集团。集团现有企、事业单位 218 家,员工 29 000 余人,总资产 94 亿元,净资产 20 亿元。集团拥有雄厚的经济和技术实力,现有专业技术人员、管理人员 13 000 余人,其中具有高级职称的人员 1100 人。拥有大批性能先进的施工设备,特别是近年来从国外引进了具有国际先进水平的大直径钻孔机、锚杆机、地下连续墙等深基础施工设备以及大型摊铺机、平地机、震动式压路机等高速公路施工设备,形成了地下地上技术完备、成龙配套的综合施工能力。另外,集团公司和 24 家子公司分别通过了 ISO9001、ISO9002 和 ISO14000 质量体系认证。

集团坚持"创建精美工程,提供满意服务"的质量方针,认真实施"一业为主,多元经营,立足北京,积极拓宽国内外市场"的经营战略。共创国家鲁班奖工程 9 项,国家银质奖 2 项,部、市优质样板工程 10 项,北京市优质工程 75 项。集团在 20 多个省市承担有工程规划、设计、施工任务和房地产开发项目,承担高速公路工程 300 余公里。在 10 余个国家承建了工程项目,都创出了良好的信誉。

二、项目需求

1999 年开始,集团公司着手开发"施工项目管理系统"。其实,早在七八年前,集团公司就在各个管理部门推广使用了计算机。几乎每个部门都有自己的信息系统,比如财务部有账务核算系统、财务报表系统;人力资源部有干部与工人档案管理系统、劳资管理系统;物资部门有材料采购管理系统、运输管理系统;生产部门有施工调度管理系统、施工计划管理系统等等。这些系统虽然仅涉及本部门的业务和管理内容,但是对于集团来说非常重要,提高了工作效率,也提升了整个集团的竞争力。

但是,随着集团规模的不断扩大,信息化的不断发展,原有的系统已经远远无法满足要求了。集团需要把名目繁多的系统作为整个企业管理信息系统整合的对象,统一到一个平台上来,让各个业务部门的数据可以按业务流程实现"电子化传递",让整个管理流程架构在公司已有的网络平台上运作。真正实现"互联互通、信息共享"。

三、项目目标

施工项目管理的内容是研究如何高效益地实现项目目标,它以项目经理负责制为基础,对项目按照其内在逻辑规律进行有效地计划、组织、协调和控制,以适应内部及外部环境并组织高效益的施工,使生产要素优化组合、合理配置,保证施工生产的均衡性,利用现代化的管理技术和手段,实现项目目标和使企业获得良好的综合效益。施工项目管理是为使项目实现所要求的质量,所规定的时限,所批准的费用预算,所进行的全过程、全方位的规划、组织、控制与协调。项目管理的对象是项目,由于项目是一次性的,故项目管理需要用系统工程的观念、理论和方法进行管理,具有全面性、科学性和程序性。项目管理的目标就是项目的目标,项目的目标界定了项目管理的主要内容是"三控制二管理一协调",即进度控制、质量控制、费用控制、合同管理、信息管理和组织协调。

四、信息化规划

这个项目内容十分庞杂,既要解决施工企业核心的施工计划、预算、施工组织设计、材料/成本核算、财务管理等内容,也要满足建筑项目投标管理、项目合同管理、项目经理部日常管理等延伸的内容,可谓五花八门、面面俱到。所以,集团公司很重视规划工作,早在这个项目开始之前,就搞了一个总体规划的"红皮书"——经过了权威专家的反复论证的红色封皮的总体规划报告。"红皮书"详细分析了项目的需求,同时体现了"自顶向下的规划,与自底向上的设计"相结合的原则,而且也把"重视原始数据"作为重要的指导思想之一。在考虑"基础数据从哪里来"问题时,认为基层的数据很简单,报上来就行。实际上整个项目的定位与实施,仍然是沿着"从上到下"的路线,忽视了施工现场、项目经理部的信息化问题。

五、信息化规划中的问题

在进行项目答辩的时候,规划人员发现没办法很好地回答"基础数据从哪里来"的问题。在做总体规划的时候,总认为基层的数据很简单,报上来不就行了?其实远没有这么简单。项目经理部的管理模式是基于工程项目的。作为基层的一级管理机构,项目经理部有利润核算指标,是利润中心;作为项目经理部下面的工段和作业班组,就是成本中心;而管理职能科室,则是费用中心。这里既有来自生产一线的基础数据生成、转换、合并、分解的过程,也有来自上级管理部门的计划、指挥、调度信息。如果不解决项目经理部的信息化问题,就不能得到真实的有关工程进度、质量、成本的有关数据,信息化"大厦"就没有牢固的数据基础。

在跑了若干施工现场之后,规划人员忽然发现原来做规划时候,对具体的施工过程似懂非懂,有时甚至完全是凭想象做系统分析。规划人员感叹"基层的生产过程不搞清楚,基础不扎实,就好比光想上三楼,却忽视了'上三楼要经过一楼'这个浅显的道理。"

六、进一步分析问题

对于项目部管理层来说,要想控制好成本,就要从相关业务入手:材料管理、机械管理、劳务管理和分包管理等;还要注重尽量精细,不仅通过财务、材料、机械、劳务和分包等部门了解到工程整体成本状况,更要了解到工程细部成本状况。

这样才能为成本控制提供真实准确的数据基础。

对于项目部管理层,他们亟须解决以下几个方面的问题:

(1) 能够把成本管理流程梳理清晰。

(2) 工程收入和工程实际成本能够进行具体、细致的对比,进而说明盈利点或亏损点是什么。

(3) 在盈亏分析阶段,希望能直接找到作为分析依据的原始单据。

(4) 能够很好对材料尤其是对钢筋、砼、周转料进行管理。

(5) 在限额领料时能自动和计划作对比,进而在出库环节控制成本支出。

(6) 给供应商付款时,能很快查到已结算额、已支付额,从而确定支付额。

（7）能够使不同的部门间传递相关的数据。

七、总体规划的演变

从 1999 年立项，施工项目管理系统开发了近三年的时间。经过几百个日夜的工作，最终拿出了可以联合调试的样板系统。在项目总结报告的时候，规划人员发现三年前编撰"项目总体规划报告"的想法，与后来开发的实际进程相比，至少有以下三大不同。

（1）总体结构不同：原来以现有的集团公司下属子公司为开发对象，总体设计偏重管理信息的集成；后来"重心下移"，以项目经理部为基本的开发对象和应用单元。

（2）技术路线不同：原来设想的还是 C/S 结构，后来改成基于 Web 的 B/S 结构。

（3）实现策略不同：原规划打算完全依靠自己的力量，在原有单项应用软件的基础上搞"升级"；后来演化为自行开发与外包合作相结合，"升级"与"换代"兼而有之的开发策略。

（资料来源：王红兵等编著.建筑施工企业管理信息系统.北京：电子工业出版社）

思考题：

1. 某城建集团施工项目管理系统开发了近三年的时间,发生了哪些变化？

2. 如何理解这些变化？技术上的变化好理解,3 年间 IT 的发展可谓"风驰电掣、日新月异"。这倒不是最主要的,最主要的是总体规划层次的变化。

第四章

信息系统分析

引例：忽略了安全需求的 ERP

A 企业是国内一家从事制造建筑工程施工车辆的公司。该企业从 20 世纪 90 年代就开始准备 ERP 项目，并在 20 世纪 90 年代后期选定了软件，开始实施包括财务、分销和制造在内的整合的 ERP 系统。

为此，A 公司专门成立了 ERP 实施小组，在专业咨询公司的协助下，经过一段时间的需求分析、流程设计、用户培训，实施工作进入了紧张的上线前数据准备的关键阶段。

这时候，采购部门对敏感的采购信息在系统中的安全性提出了质疑，包括对相关采购数据的输入、修改、批准、查询、报告、打印等，提出了一系列要求。

整个采购部门有几十个从事采购相关业务的工作人员，分管几十个大类、数以万计的不同物品的相关采购工作。

根据内控的要求，不同大类物品的采购价格和数量，以及到货时间等诸如此类的订单信息和供应商信息，对其他无关部门，甚至同部门的其他采购人员，都是保密的。

在这样的内控要求下，ERP 用户权限的设定，不是仅在功能模块的菜单上设定权限，就能符合岗位隔离的要求的。不少安全要求，具体到需要对数据库内的数据表的字段做出相应的权限设定。岗位隔离的要求，形成了一个极其复杂的安全需求矩阵。

在系统实施工作的后期阶段，提出这样的安全要求，对 ERP 实施小组无疑是个难题。由于事先准备不足，ERP 系统的功能、需求分析、流程设计、项目实施的资源，都没有充分考虑公司内控和信息安全的要求。

上述信息安全和岗位隔离的要求，对采购模块的实施，形成了难以逾越的障碍，并且直接导致：

（1）采购模块没有和其他模块一起集成上线。

（2）应付账款模块、库存管理模块、成本计算功能的应用，都受到了很大的制约。

（3）该 ERP 系统的实施，没能达到产供销财务一体化的目标。

其实，该公司内其他部门也有类似的信息安全的考虑和内控的要求，只不过没有采购部门反应强烈而已。

这些问题深深困扰着 A 企业……

（资料来源：赛迪网 http://www.ccidnet.com/）

系统分析是信息系统开发工作中最重要的一环。用以解决系统"干什么"的问题。系统分析就是在初步调查和分析的基础上,进一步详细调查现行系统的业务流程,借助数据流图和数据字典来表达一个系统的全部逻辑特征,并且包括对系统作业处理逻辑及其有关数据的全部定义。

信息系统分析概述

系统分析是采用系统的思想方法,把复杂的对象分解成简单的组成部分,找出这些部分的彼此之间的关系和基本属性。系统分析工作的好坏直接影响整个系统的成败。系统分析是信息系统开发工作中重要的、必不可少的环节。

一、系统分析的任务

信息系统分析的主要任务是在充分认识原信息系统的基础上,通过一系列的调查分析,最后完成新系统逻辑方案设计,或称建立新系统逻辑模型。逻辑方案和物理方案是不同的,前者解决做什么的问题,属于系统分析的任务;后者解决怎样做的问题,属于系统设计的任务。

(一)系统分析的基本任务

系统分析就是要回答新系统要"做什么"的问题。这里的新系统既源于原系统,又要高于原系统。系统分析员要站在总体规划的高度,与用户密切配合,用系统的思想和方法,对企业的业务活动进行全面的调查分析,描述相关的工作流程,收集相关数据资料,分析现行系统的不足,找出制约现行系统的"瓶颈",确定新系统的逻辑功能,并找出几种可行的解决方案,分析比较这些方案的投资和可能的收益。

问题空间的理解、人与人之间的沟通和环境的不断变化是进行系统分析的三大困难。由于系统分析员缺乏足够的对象系统的业务知识,在系统调查中往往感到无从下手,不知道该问用户一些什么问题,或者被各种具体数字、资料和庞杂的业务流程搞得眼花缭乱,谈不上如何分析制约现行系统的"瓶颈"。另一方面,用户往往缺乏计算机方面的足够知识,不了解计算机能做什么和不能做什么。许多用户虽然精通自己的业务,但往往不善于把业务过程明确地表达出来,不知道该给系统分析员介绍些什么。尤其是对于某些决策问题,根据他的经验,凭直觉就应该这样或那样做。在这种情况下,系统分析员很难从业务人员那里获得充分有用的信息。

由于系统分析员与企业用户的个人阅历不同,知识结构的差异,使得双方的交流十分困难,因而系统调查容易出现遗漏和误解,会使系统开发偏离正确方向,另外还使编写系统分析报告变得十分困难。系统分析报告是这一阶段工作的结晶,它实际上是用户与研制人员之间的技术合同。作为设计基础和验收依据,系统分析报告应当严谨准确,无二义性,尽可能详尽;作为技术人员与用户之间的交流工具,它应当简单明确,尽量不用技术上的专业术语。这些要求是不容易达到的,但必须努力达到。

使系统分析员感到最头疼的事情是系统环境的变化。系统分析阶段要通过调查分析,抽象出新系统的概念模型,锁定系统边界、处理过程、功能和信息结构,为系统设计奠定基础。但是信息系统生存在不断变化的环境中,环境对它不断提出新的要求。只有适应这些要求,信息系统才能生存下去。

(二)系统分析员的任务和应具备的素质

系统分析中,系统分析员扮演着重要的角色。系统分析员不仅要与各类人员打交道,是用户与技术人员的桥梁和"翻译",并为管理者提供控制开发的手段,而且还要充分考虑系统的硬件设备、软件、数据输入、系统安全等各个方面的事情。总之,系统分析员在系统分析中发挥着十分重要的作用。

系统分析员的知识水平和工作能力决定了信息系统的质量。一个称职的系统分析员应该具有的知识结构为:首先应该具有深入扎实的 MIS 方面的专业知识和实践经验,即他们必须具有计算机软、硬件的知识和开发应用的实践经验,以及信息处理,包括 MIS、网络、通信和数据库等方面的知识和实践经验;其次,应该具有经济管理或企业管理方面较丰富的理论知识和实践经验,同时应该具有优秀领导者的素质、才能和领导艺术,在信息系统开发的实践中不断丰富自己、提高自己,使自己的知识结构更趋于合理。

为了做好系统分析工作,系统分析员应树立"用户第一"观念,虚心向用户学习,与用户精诚合作。虽然隔行如隔山,但"隔行不隔理"。这个"理"就是人们认识事物的共同规律,就是系统的思想与方法,这是我们分析复杂事物的有力武器。系统论的思想方法强调系统的综合性、整体性、层次性,强调系统元素之间的有机联系。这也是我们常说的要全面地看问题,认识事物要由表及里、去伪存真,要从事物之间的联系去认识事物,而不要孤立地看待事物。不论技术人员与用户的业务有多大差距,人们认识事物的方法都是相通的。如果说隔行如隔山,那么根据这个原理,就可以在这座山中打一个"隧道"使两边相通。为此,还要有一定的技术和工具。这些工具可以帮助系统分析员理顺思路,同时也便于同用户交流。

二、系统分析的工作步骤

系统分析的工作分两个阶段来完成:第一个阶段的工作是进行系统初步调查和进行可行性研究;第二个阶段的工作是进行详细调查和逻辑设计工作。

(一)系统的初步调查

1. 目标

系统的初步调查是系统分析阶段的第一项活动,系统开发工作一般是根据系统规划阶段确定的拟建立系统总体方案进行的。在系统规划阶段已经根据当时所做的战略规划、组织信息需求分析和资源及应用环境的约束,将整个管理信息系统的建设分成若干项目分期分批进行开发。系统规划阶段的工作是面向整个组织的。着重于系统的总体目标、总体功能和发展方向,对每个开发项目的目标、规模和内容并未作详细的分析。另一方面,由于环境可能发生变化,系统规划阶段确定的开发项目的基本要求,到系统开发时应根据实际情况进行审定。也可能出现在系统规划阶段未曾考虑的项目到开发阶段时用户提出开放要求。因此,初步调查阶段的主要目标就是从系统分析人员和管理人员的角度看新项目开发有无必要和可能。

2. 内容

初步调查由一些有经验的系统分析员组成,一般用一二周时间。系统分析员要调查企业的整体信息、企业职工的信息及有关工作的信息,包括主要输入、主要输出、主要处理功能以及与其他系统的关系。同时还要分析:现有什么,需要什么,在现有资源下能提供什么,此项目有无必要和可能作进一步的调查与开发。并在初步调查阶段可能得出以下结论:

(1) 拟开发项目有必要也有可能进行。

(2) 不必进行项目开发,只需对原有系统进行适当调整修改。

(3) 原系统未充分发挥作用,只需发挥原有系统的作用。

(4) 目前无必要开发此项目。

(5) 目前不具备开发此项目的条件。

如果结论是第一条,系统分析员要向拟定系统的企业提出"系统开发建议书",系统开发建议书包括以下内容:项目名称、项目目标、项目开发的必要性和可能性、项目内容、项目开发的初步方案、可行性研究安排等。

(二) 可行性分析

系统分析阶段的第二项活动是可行性分析。可行性分析的目标是:进一步明确系统的目标、规模与功能,对系统开发必要性、背景和意义调查分析,如有可能则提出拟开发系统的初步方案与计划。可行性研究是对系统进行整体、概要的分析。此项活动开始时,要对初步调查的结果进行复审,重新明确问题,对所提系统大致规模和目标及有关约束条件进行论证,并且提出系统的逻辑模型和各种可能的方案,并对这些方案从以下 4 个方面认真分析,为系统开发项目的决策提供科学依据。

(1) 技术上的可行性:对系统要求的功能、性能以及限制条件进行技术分析和评价,以确定使用现有的技术能否实现这个系统。

(2) 经济上的可行性:对组织的经济状况和投资能力进行分析,对系统建设、运行和维护费用进行估算,新系统的经济效益能否超过其开发成本,对系统建成后可能取得的社会及经济效益进行估计。

(3) 运行上的可行性:包括组织机构及操作方式上的可行性,指系统对企业机构的影响,现有人员和机构、设施、环境等对系统的适应性和人员培训、人员补充计划的可行性。

(4) 社会(法律)上的可行性:分析新系统是否符合当前社会生产管理经营体制要求,考虑系统开发是否可能导致违法。

可行性研究的时间取决于系统的规模。一般从几周到几个月的时间,经费为整个项目的 5%～10%,大型项目可能要开发原型。

可行性分析的一般步骤如下：

(1) 确定系统的目标和规模。分析系统的出发点是否正确，目标是否正确。

(2) 明确用户主要信息需求。明确现行系统是否能够满足用户需求，如果不能，问题在什么地方。这要借助对现行系统进行有针对性的调查。这个过程中容易出现的问题是在现行系统调查上浪费太多的时间，在这里系统分析员的主要任务是要理解系统在做什么，而不是要详细描述系统做什么，企业用户通常只谈论症状，系统分析员要明确问题所在。

(3) 提出拟建系统的初步方案。在调查的基础上要画出顶层数据流程图和相应的数据字典。不要进行详细分解（除非在哪一方面发现问题有必要时）。要弄清楚此系统与其他系统的接口，这在设计新系统时是很重要的约束条件。

(4) 审查新系统。与用户交换意见，对要解决问题的目标、规模与关键人物进行审查，以数据流程图和数据字典为基础，对建议的系统评价，如发现问题和不一致之处，找出解决问题的办法，重新审定。反复几次以使系统逻辑模型满足用户需求。

(5) 提出并评价可能的替代方案，并进行可行性研究。这里可行性研究要涉及物理方案，即解决问题的可能途径，如软、硬件的配置。

(6) 给出该项目做还是不做的选择，同时确定方案。

(7) 制订项目开发计划，包括人、财、物的安排。

(8) 撰写可行性分析报告。

(9) 向用户、审查小组与指导委员会提交结果。

工作结果包括"系统设计任务书"和"可行性分析报告"。其中，可行性分析报告的主要内容包括：现行系统概况、主要问题和主要信息需求、拟建新系统的方案、经济可行性分析、技术可行性分析、运行可行性分析、社会可行性分析及结论等。系统设计任务书是对系统开发者下达的任务书，在可行性研究报告做出并经审定后，进行后续阶段系统建设的决策性文件，是根据可行性研究确定的系统方案，其中主要包括系统目标与任务，系统的规模、结构，建设初步计划，投资安排，人员安排等。

（三）现行系统详细调查

对现行系统详细调查就是在可行性研究的基础上进一步对现行系统进行全面、深入的调查和分析，掌握现行系统的运行状况，发现薄弱环节，找出要解决的问题实质，保证新系统较原系统的有效性。现行系统详细调查的具体内容与方法，在本章第二节详细介绍。

（四）提出新系统逻辑方案

经过上述的分析工作，找出现有系统存在的各种问题并改正或优化后给出新系统的系统功能结构、信息结构和拟采用的管理模型，由于它是不考虑硬件环境的实体结构，故称为逻辑方案（逻辑模型）。

新系统的逻辑方案主要包括：分析整理后的业务流程、数据字典、经过各种检验并优化后的系统功能结构、每一项业务处理过程中新建立或已有的管理模型和管理方法。这些也是系统分析报告的主要内容。

第二节

系统详细调查和用户需求分析

由于新系统是在原有系统基础上经过改建或重建而得到的。因此,在进行新系统的分析与设计工作之前,必须对现行系统作全面、详细地调查研究和分析。实事求是地全面调查是系统分析和设计的基础,系统详细调查的质量对整个系统的开发建设的成败具有决定性影响。

一、调 查 内 容

系统详细调查的内容有组织结构调查与分析、功能体系调查与分析、管理业务流程调查与分析、数据与数据流程调查与分析、薄弱环节调查等。

(一) 组织结构调查与分析

我们调查和分析一个企业时,首先关注的就是企业的组织结构状况。所谓组织结构是指一个企业各组成部分之间横向与纵向以及在地理分布上的相互关系。通常我们使用组织结构图来表示组织结构,如图 4.1 所示。

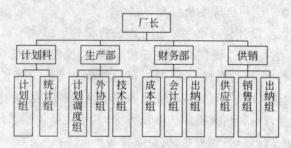

图 4.1 某企业的组织结构图

(二) 功能体系调查与分析

组织结构图仅从大的框架下反映了组织各部门之间的隶属关系。随着生产的发展,生产规模的扩大和管理水平的提高,组织各部门的业务范围也在不断扩大且分工不断细化。许多业务的工作性质已逐步有了新的变化。功能体系调查与分析使系统开发者对于依附于组织结构的各项业务功能有了一个概貌性的了解。

系统总目标的实现依赖于各子系统功能的完成,而各子系统功能的完成,又依赖于下面各项更具体的功能来执行。功能结构调查的任务,就是要了解或确定系统的这种功能构造,因此,在掌握系统组织体系的基础上,以组织结构为线索,层层了解各个部门的职责、工作内容和内部分工,就可以掌握系统的功能体系,并用功能体系图来表示。

功能体系图是一个完全以业务功能为主体的树形图。其目的在于描述组织内部各部门的业务和功能。功能结构的划分要依靠组织机构来实现,因此,在理想情况下,功能结构和组织结构应该是一致的。但是由于客观情况的复杂性,在现实的系统中,功能结构和组织机构往往并不能一一对应,所以这就要求调查者在进行调查时要对两种结构认真分析,并加以划分。图 4.2 所示为某企业有关生产管理的内容的功能体系图。

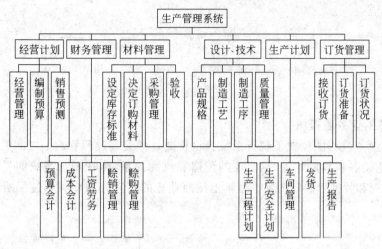

图 4.2　某企业的功能体系图(生产管理)

(三) 管理业务流程调查与分析

组织结构图描述了系统内部各部门的划分以及这些部门之间的相互关系,功能分析图则反映了这些部门所具有的管理功能,这些都是有关信息系统工作背景的一个综合性的描述,但它们只反映了系统的总体情况而不能反映系统的细节情况。而管理业务流程就是要弄清这些职能是如何在有关部门具体完成的,以及在完成这些职能时信息处理工作的一些细节情况。

管理业务流程分析可以帮助我们了解该业务的具体处理过程,发现和处理系统调查工作中的错误和疏漏,修改和删除原系统的不合理部分,在新系统基础上优化业务处理流程。恰当的业务流程分析结果将会给后续工作以及系统设计工作带来很多便利。

业务流程图

业务流程图(transaction flow diagram,TFD),就是用一些规定的符号及连线来表示某个具体业务处理过程。业务流程图就是一"本"用图形方式来反映实际业务处理过程的"流水账"。绘制出这本"流水账"对于开发者理顺和优化业务过程是很有帮助的。业务流程图的绘制基本上按照业务的实际处理步骤和过程绘制。

有关业务流程图的画法很多,但仔细分析就会发现它们都是大同小异,只是在一些具体的规定和所用的图形符号方面有些不同,而在准确明了地反映业务流程方面是非常一致的。

业务流程图是一种用尽可能简单、尽可能少的方法来描述业务处理过程的方法。由于它的符号简单明了,所以非常易于阅读和理解业务流程。但它的不足是对于一些专业性较强的业务处理细节缺乏足够的表现手段,它比较适用于反映事务处理类型的业务过程。

1）业务流程图的基本符号

业务流程图的基本图形符号非常简单,只有 4 个。有关 4 个符号的内部解释则可直接用文字标于图内。这 4 个符号所代表的内容与信息系统最基本的处理功能一一对应,如图 4.3 所示。

系统外实体　　系统内实体　　表格/报表　　信息传递过程

图 4.3　业务流程图的基本符号

2）完整的业务流程图

完整的业务流程图反映了现行系统各机构的业务处理过程和它们之间的业务分工与联系,以及连接各机构的物流、信息流的传递和流通关系,体现现行系统的界限、环境、输入、输出、处理和数据存储等内容。基本上按照业务的实际处理步骤和过程绘制,如图 4.4 所示。

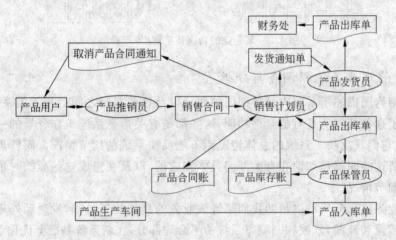

图 4.4　销售及库存子系统的管理业务流程图

3）表格分配图

为了传递信息,管理部门经常将某种单据或报告复印多份分发到其他多个部门,在这种情况下,可以采用表格分配图来描述有关业务,图 4.5 是一张描述物资采购业务的表格分配图。

图 4.5 中采购部门准备采购单一式四联,第一联送卖方供货;第二联送收货部门,用于登入待收货登记表;第三联交会计部门作应付款处理,记入应付账;第四联留在采购部门备查。表格分配图表达清楚,可以帮助系统分析人员描述系统中复制多份的报告或单据的数量以及这些报告或单据都与哪些部门发生业务联系。

（四）数据与数据流程调查与分析

数据与数据流程分析是今后建立数据库系统和设计功能模块处理过程的基础。数据是信息的载体,是今后系统要处理的主要对象,因此必须对系统调查中所收集的数据以及

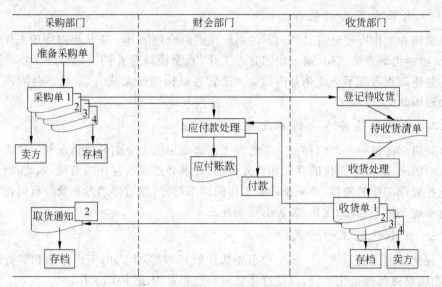

图 4.5 物资采购业务的表格分配图

统计和处理数据的过程进行分析和整理。如果没有弄清楚的问题,应立刻返回去彻底弄清楚它。如果发现有数据不全,采集过程不合理,处理过程不畅,数据分析不深入等等问题,应在该分析过程中研究解决。

（五）薄弱环节调查

现行系统中的各个薄弱环节应该引起我们的充分注意,通常这些薄弱环节正是新系统中要解决和改进的主要问题,对它们的有效解决,又可能极大地增加新系统的经济效益和社会效益,从而提高用户对新系统开发的兴趣和热情。因此,在调查中,应通过与有关业务领导、管理人员的讨论,发现系统缺少的和薄弱的地方,以便在形成新系统的逻辑模型时加以补充和改进。

（六）其他详细调查分析

（1）资源：管理信息系统的资源包括人、财、物等方面,具体指用户人力资源的情况,开发人员的水平和经验,以及物资、设备和资金情况。特别是现有计算机设备的具体情况。

（2）环境及运行状况：对现行系统的运行环境及状况进行调查分析,掌握当前系统的运行效果、规模、业务处理情况以及其外部环境和接口。调查的同时应注意发现当前系统的不足和面临的问题。

（3）约束条件：现行系统在人员、设备、资金、处理时间和方式等各方面的限制条件和规定。

二、系统调查的原则

系统调查的原则是指在系统调查过程中应该始终坚持的方法和准则。

（一）自顶向下全面展开

系统调查工作应该坚持自顶向下的系统化观点全面展开。先从组织管理工作的最顶层开始，然后再调查第二层、第三层的管理工作，直至摸清企业的全部管理工作。这样做的目的是使调查者既不会被企业内部庞大的管理机构搞得无从下手，又不会因调查工作量太大而顾此失彼。

（二）先熟悉业务再分析其改进的可能性

企业内部的每一个部门和每一项管理工作都是根据企业的具体情况和管理需要而设置的。一般来说，某个岗位的存在和业务范围、要求必然有其存在的道理，因此，应该首先搞清这些管理工作的内容、环境条件和工作的详细过程，然后再通过系统分析讨论其在新的信息系统支持下，有无优化、改进的可能性。

（三）工程化的工作方式

工程化的方法就是将每一步工作事先都计划好，对多个人的工作方法和调查所用的表格、图例都进行规范化处理，以使群体之间都能相互沟通，协调工作。

（四）全面调查与重点调查相结合

开发整个企业的信息系统，应该坚持全面调查和重点调查相结合的方法。尤其是某时期内需要开发企业的某一个局部的信息系统，更应该在调查全面业务的同时，侧重该局部业务相关的分支。

（五）主动与用户沟通、保持友好的人际关系

系统调查是一项涉及企业内部管理工作的各个方面，涉及不同类型人的工作，因此要主动与用户在业务上沟通，同时创造和保持一种积极、友好的工作环境和人际关系是调查工作顺利开展的基础。

三、调查的方式

系统的详细调查是一项烦琐而艰巨的工作，为了使调查工作能顺利进行并获得预期成效，需要掌握有关的方法、要领和一定的技巧。通常所采用的调查方法有以下几种：

（一）收集资料

就是将各科室和车间日常工作中所用的计划、原始凭据、报表和单据等的格式或样本通通收集起来，以便对它们进行分类研究。

（二）开会讨论

这是一种集中征求意见的方法，适合于对系统的定性调查。管理中的有些问题常牵涉众多的人员，通过开座谈会、讨论会、征询会的方式往往能有利于尽快地弄清这些问题的来龙去脉，把握住问题的本质。在深度调查和征询有关人员对建立系统的看法时，开会讨论的调查方法更能发挥作用。

（三）个别访问

开调查会有助于大家的见解互相补充，以便形成较为完整的印象。但是由于时间限

制等其他因素,不能完全反映出每个与会者的意见,因此,往往在会后根据具体需要再进行个别访问。

(四)填写调查表

根据信息系统特点设计调查表,用调查表向企业用户征求意见和收集数据,该方法适用于比较复杂的系统。系统调查表通过问答形式把系统调查人员和用户联系起来。系统调查表由问题和答案两部分组成,问题由主持调查工作的系统分析人员列出,答案主要由被调查单位的人员给出。

(五)参加业务实践

亲自参加业务实践是了解现行系统的最好方法。通过实践,同时还加深了开发人员和用户的思想交流和友谊,这将有利于下一步的系统开发工作。用这种调查方法还可以证实其他调查方法所调查内容的正确性和真实性。

四、用户需求分析

所谓用户需求,包括功能要求、性能要求、可靠性要求、安全保密要求以及开发费用、开发周期和可使用的资源的限制等方面。用户需求通常是指新系统必须满足的所有性能和限制。用户需求分析是系统分析的基础。用户需求分析主要包括问题的识别、分析与综合、制定规格说明和评审 4 个方面的问题。

1. 问题的识别

用户需求分析的第一步就是应该识别当前系统中所缺少的和薄弱的环节。识别方法是访谈、问卷调查、开调查会、德尔菲法和原型法等。

2. 分析与综合

在对上述用户问题识别的基础上,系统分析员逐步细化所有的系统功能,找出系统各元素之间的联系、彼此之间的接口特性和设计上的限制,并分析它们是否满足功能要求,是否合理。根据功能需求、性能需求、运行环境需求等,剔除其不合理的部分,增加其需要部分。最终综合成系统的解决方案,给出新系统的逻辑模型。

3. 制定规格说明

对已经确定的需求应当进行清晰准确的描述,即编制需求分析文档。

4. 评审

需求分析的最后一步是评审。为保证需求分析的准确性,要对功能的正确性、完整性和清晰性,以及其他需求给予评价。评审的主要内容包括系统定义的目标是否与用户的要求一致,系统需求分析时提供的文档资料是否齐全,文档中的所有描述是否完整、清晰,与其他相关系统的重要接口是否已经描述,设计的约束条件或限制条件是否符合实际,开发的技术风险是什么,等等。

在用户需求分析过程中,上述 4 个方面是有反复的。

数据与数据流程分析

数据是信息的载体,是信息系统要处理的主要对象。因此必须对系统详细调查中所收集的数据以及统计和处理数据的过程进行分析和整理。其中数据流程分析是进行系统详细分析的主要内容,是今后设计功能模块处理过程和建立数据库系统的基础,是今后进行数据分类、建立数据字典、规范数据、确定数据结构及数据结构和进行数据之间关系分析(E-R 图)的基础。

一、数据收集

数据收集工作量很大,因此要求系统开发人员应具备经营管理的素质,耐心细致地深入实际,配合业务人员收集与系统有关的数据。

（一）数据收集的渠道

主要渠道有企业现行的组织机构;企业现行系统的业务流程;决策方式;各种报告、报表、图表。

（二）数据的来源

（1）企业的正式报告(对于手工系统而言):各种报表、卡片以及会议决议。

（2）现行系统的说明性文件(对于已局部计算机化了的系统而言):各种业务流程图;计算机文件(数据库)系统的数据组织结构。

（3）组织外的数据来源:上级下达的文件与各项任务指标;与企业密切相关的其他企业的有关信息。

（三）收集数据的方法

（1）查阅档案:到业务部门按收集数据的类型调阅档案材料。如没有现成的档案,系统分析员就要帮助这些部门建立档案材料。

（2）面谈调查:对企业所有职工要自上而下地进行访问。调查有关系统总貌、系统目标、环境约束、近年内信息的需求情况,以及他们对现有信息系统的看法(包括有哪些信息是多余的,有哪些或哪方面的信息是亟须补充和加强的等等)。

（3）发调查表:对于要作普遍调查的问题,可以发调查表进行调查。

（4）测定:对于有些数据,如业务的吞吐量、各项工作的时间和费用要进行实测。

（5）采样:对于大规模的数据统计,因不可能收集到全部数据,也可采用抽样的办法解决。抽样的方式包括随机抽样和系统抽样,其区别在于是不是按一定的规则来抽取样本。样本的大小应根据抽样理论和实际要求来确定。

（6）实际动手:系统分析员要深入实际,亲自动手参加信息的处理工作,这样能加深体会,对今后的工作有益。

(四)数据调查内容

输入信息:输入信息名称;搜集方式;发生周期;使用目的;信息量;编码方式;保存期;相关业务;使用文字等。

输出信息:输出信息名称;使用单位;使用目的;发行份数;发送方法;使用文字;输出时间;输出方式;其他。

信息处理过程:处理内容;处理方法;处理时间;处理周期;处理场所;其他。

存储方式:文件名称;保管单位;信息总量;保存时间;保密要求;使用频率;删除周期;追加周期;增加、删除比率。

代码信息:代码名称;分类方式;使用目的;编码方式;起始码;终止码;未使用码;备码率;追加或废弃频率;其他。

信息需求:所需信息名称;需求单位;需求目的;需求者;时间和期限;所需信息的形式;信息表达的要求。

二、数 据 分 析

详细分析员收集上来的数据是"原材料",其中有些数据不能作为系统设计的依据,要把这些原材料加工成系统设计可用的资料,就必须做数据的分析工作。数据分析包括以下几个方面。

(一)围绕系统目标进行分析

(1)从业务处理角度来看。为了满足正常的信息处理工作,需要哪些信息,哪些信息是冗余的,哪些信息暂缺,有待于进一步收集。

(2)从管理角度来看。为了满足科学管理的需要,要分析这些信息的精度如何,能否满足管理的需要;信息的及时性如何,可行的处理区间如何,能否满足对生产过程及时进行处理的需求;对于一些定量化的分析(如预测、控制等)能否提供信息支持等等。

(二)弄清信息源周围的环境

数据分析必须分清信息是从现存组织结构中哪个部门来的,用途如何,受周围哪些环境影响较大(如有的信息受具体统计人员的计算方法影响较大;有的信息受检测手段的影响较大;有的受外界条件影响起伏变化较大),它的上一级(或称层次)信息结构是什么,下一级的信息结构是什么等等。

(三)围绕现存的业务流程进行分析

围绕现存的业务流程进行数据分析的主要内容如下。

(1)分析员分析现有报表的数据是否全面,是否满足管理的需要,是否正确反映业务实物流。

(2)分析员分析业务流程,现存的业务流程存在哪些弊病,哪些需要作出改进;改进以后对信息与信息流应该作出什么样的相应改进,对信息的收集、加工、处理有哪些新要求等等。

（3）根据业务流程分析，哪些信息是多余的，哪些是系统内部可以产生的，哪些需要长期保存。

（4）数据特征分析。

数据特征分析是下一步设计工作的基础。特征分析包括以下几方面的内容：

① 数据的类型以及长度：是数字型还是字符型，是定长的还是变长的，长度多少（字节数），以及有何特殊要求（如精度、正负号）等等。

② 合理的取值范围：这对于将来设计校验和审核功能都是十分必要的。

③ 数据所属业务：哪些业务要用到这个数据。

④ 数据业务量：每天、每周、每月的业务量（包括平均数量、最低的可能值、最高的可能值）以及要存储的量有多少，要输入、输出的频率有多大。

⑤ 数据重要程度和保密程度：重要程度即对于检验功能的要求有多高，对后备储存的必要性如何；保密度即是否需要有加密措施，它的读、写、改、看权限如何等等。

三、数据流程图

数据流程分析可以通过数据流程图（Data Flow Diagram，DFD）来实现。所谓数据流程图就是用符号和图表来表示信息的流动、处理、存储过程。

数据流程图具有抽象性和概括性的特征。抽象性表现在它完全舍去了具体的物质，只剩下数据的流动、加工处理和存储；概括性表现在它可以把信息中的各种不同业务处理过程联系起来，形成一个整体。无论是手工操作部分还是计算机处理部分，都可以用它表达出来。其具体的做法是：采用"自顶向下、逐层分解"的方法。按业务流程图理出的业务流程顺序，将相应调查过程中所掌握的数据处理过程，绘制成一套完整的数据流程图，一边整理绘图，一边核对相应的数据和报表、模型等。在绘制数据流程图时，应考虑特殊的业务情况。如果有问题，则应从业务流程开始进行检讨和处理。

（一）数据流程图基本图例符号

数据流程图有几个基本图例符号，如图 4.6 所示。

外部实体 (External Entity)　　处理过程 (Process)　　数据存储 (Data Store)　　数据流 (Data Flow)

图 4.6　数据流程图基本图例符号

外部实体：以方形框表示图中出现数据的始发点或终止点。外部实体是指系统原始数据的提供者或者系统输出的接受者，通常是个人、公司或部门。外部实体不属于数据流程图的核心部分，只是数据流程图的外围环境部分。在实际问题中它可能是人员、计算机外设、系统外部的文件等。在方形框中用文字注明外部实体的编码属性和名称。如果该外部实体还出现在其他数据流程中，则可在小方框的右下角画一斜线，标出相对应的数据流程图编号。

处理过程：也称为处理，用来表示系统的状态点，在这些状态点上流入和流出的数据流将得到处理，或转换成为流出的数据流。它包括两方面的内容：一是改变数据结构；二是在原有数据内容基础上增加新的内容，形成新的数据。可以用一个长方形表示处理逻辑，图形下部填写处理的名字，上部填写唯一标识该处理的标志。

数据存储：也称数据库存储，表示系统产生的数据存放的地方，在"处理"阶段，可以在这里进行数据的存放、查询或修改。这里的数据存储只是逻辑意义上的数据存储环节，即系统信息处理功能需要的，不考虑存储的物理介质和技术手段的数据存储环节。它可以用一个右边开口的长方形条来表示，图形右部填写存储的数据和数据集的名字，左边填写该数据存储的标志。

数据流：也称数据流动。用箭头线及其上的数据表示数据流动的方向，由一组数据项组成。例如"发票"数据流由单位、规格、品名、单价和数量等数据组成。

（二）数据流程图的绘制

1. 数据流程调查

数据流程调查所需要收集的资料包括：

（1）收集旧系统全部输入单据（如入库单、收据、凭证等）、输出报表和数据存储介质（如账本、清单等）的典型格式。

（2）弄清各环节上的处理方法和计算方法。

（3）在输入单据、报表、账本的典型样品上用附页注明制作单位、报送单位、存放地点、发生频度（如每月制作几张）、发生的高峰时间及发生量等。

（4）在输入单据、报表、账册的典型样品上注明各项数据的类型（数字、字符）、长度和取值范围（指最大值和最小值）。

2. 绘制数据流程图步骤

数据流程图可以有多种画法。数据流程图的绘制应该遵守"由外向里"的原则。即先确定系统的边界或范围，再考虑系统的内部，先画加工的输入和输出，再画加工内部。具体实行时可按下述步骤进行：

（1）识别系统的输入和输出，画出顶层图。

首先要确定系统的边界。在系统分析初期，系统的功能需求等还不很明确，为了防止遗漏，不妨将范围定得大一些。系统边界确定后，那么越过边界的数据流就是系统的输入或输出，将输入与输出用加工符号连接起来，并加上输入数据来源和输出数据去向就形成了顶层图。

（2）画系统内部的数据流、加工与文件，画出一级细化图。

首先从系统输入端到输出端（也可反之），逐步用数据流和加工连接起来，当数据流的组成或值发生变化时，就在该处画一个"加工"符号。同时，画数据流程图时还应同时画上文件，以反映各种数据的存储处，并标明数据流是流入还是流出文件。最后，再回过头来检查系统的边界，补上遗漏但有用的输入输出数据流，删去那些没被系统使用的数据流。

（3）加工的进一步分解，画出二级细化图。

同样运用"由外向里"方式对每个加工进行分析，如果在该加工内部还有数据流，则可将该加工分成若干个子加工，并用一些数据流把子加工联结起来，即可画出二级细化图。

二级细化图可在一级细化图的基础上画出，也可单独画出该加工的二级细化图，二级细化图也称为该加工的子图。

例：绘制汽车配件公司数据流程图。

顶层数据流程图要反映汽车配件公司最主要的业务，显然是采购和销售，外部项是顾客和供应商。其数据流程图如图4.7所示。

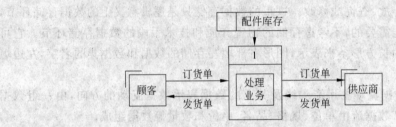

图 4.7　汽车配件公司顶层数据流程图

图4.7表示系统从顾客那里接受订货要求，把汽车配件卖给顾客。当存货不足时，汽车配件公司向供应商发出订货要求，以满足销售的需要。但该图没有反映账务，而且销售和采购也没有分开表示，只是高度概括地反映了汽车配件公司的业务，因此要进一步扩展出第二层数据流程图，如图4.8所示。

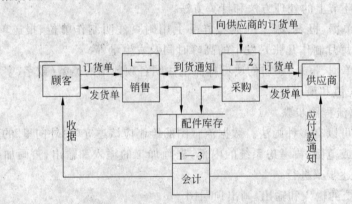

图 4.8　汽车配件公司第二层数据流程图

由图4.8可知，该系统的主要逻辑功能有3个：销售、采购和会计。主要的外部项有两个：顾客和供应商。当然允许有许多顾客和许多供应商。

当顾客的订货要求被接受以后，就要按照顾客要购买的汽车配件以及需要的数量查找库存量，确定是否能够满足顾客的订货要求。如果能够完全满足，就给顾客开发货单，并修改汽车配件的库存量，同时还要通知会计准备收款。如果只能满足一部分或完全不能满足顾客的订货要求，就要把不能满足的订货记录下来，并通知采购部门，应向供应商发出订货要求。当供应商接到汽车配件公司的订货要求，把货物发来后，采购部门要办入库手续，修改库存量，同时向销售部门发出到货通知，销售部门按到货配件检索订货单，向顾客补齐所要求的配件数量。会计部门收到供应商的发货单后，应该准备办理付款业务。

第二层数据流程图比较具体地反映了汽车配件公司的数据流程，但是只考虑了正常情况,未考虑发生错误或特殊的情况。例如,顾客订货单填写不正确,供应商发来的货物与采购部门的订货要求不符合等,都属于出错或例外处理。原则上讲,第二层数据流程图不反映出错处理和例外处理,它只反映主要的、正常的逻辑处理功能,出错或例外处理应该在底层的、更为详细的数据流程图里反映。我们可以从"销售"、"采购"和"会计"3个处理逻辑分别扩展出第三层数据流程图。图4.9反映了销售模块的具体数据处理功能。

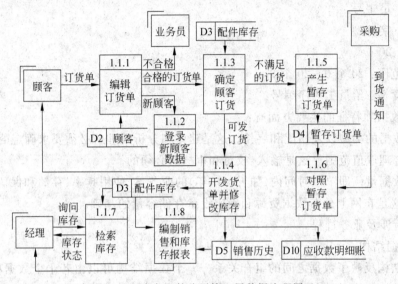

图4.9 汽车配件公司第三层数据流程图

四、数据字典

数据字典(Data Dictionary,DD)是关于数据库的数据库,是对数据流程图上各个元素作出的详细的定义和说明。数据流程图配以数据字典,从图形和文件两个方面对系统的逻辑模型进行描述,从而形成一个完整的说明。数据字典一旦建立,按编号排序,就是一本可供人们查阅的字典。编制和维护数据字典是一项十分繁重的任务,不但工作量大,而且单调乏味。

(一)数据字典的基本内容

数据字典是元数据,而不是数据本身,是关于数据库中数据的描述。数据本身将存放在物理数据库中,由数据库管理系统管理。数据字典有助于这些数据的进一步管理和控制,为设计人员和数据库管理员在数据库设计、实现和运行阶段控制有关数据提供依据。数据字典是各类数据描述的集合。数据字典由数据项、数据结构、数据流、数据存储和处理过程5部分组成。对数据库设计来讲,数据字典是进行数据收集和数据分析的主要成果。

1. 数据项

数据项是不可再分的数据单位。对数据项的描述通常包括以下内容:数据项描述＝{数据项名,数据项含义说明,别名,数据类型,长度,取值范围,取值含义,与其他数据项的逻辑关系）。其中,取值范围、与其他数据项的逻辑关系定义了数据的完整性约束条件,是设计数据检验功能的依据。

例:工资发放系统中的"员工编号"数据项的描述如下。

数据项:员工编号

含义说明:唯一标识每个公司员工

别名:员工号

类型:字符型

长度:20

取值范围:20个0~20个9

取值含义:给员工顺序编号

反映数据项特征的主要方面有:

(1) 数据的类型以及精度和字长。这是建库和分析处理所必须要求确定的。

(2) 合理取值范围。这是输入、校对和审核所必须的。

(3) 数据量。即单位时间内(如天、月、年)的业务量、使用频率、存储和保留的时间周期等等。这是在网上分布数据资源和确定设备存储容量的基础。

(4) 所涉及业务过程。

2. 数据结构

数据结构反映了数据之间的组合关系。一个数据结构可以由若干个数据项组成,也可以由若干个数据结构组成,或由若干个数据项和数据结构混合组成。对数据结构的描述通常包括以下内容:

数据结构描述＝｛数据结构名,含义说明,组成:｛数据项或数据结构｝｝

例:工资发放系统中的"员工"的数据结构描述如下。

数据结构:员工。

含义说明:是工资发放系统中的主要数据结构之一,定义了一个职工的有关信息。

组成:包括员工编号、姓名、性别、部门名称、出生年月、身份证号、职务、电话等。

3. 数据流

数据流是数据结构在系统内传输的路径。对数据流的描述通常包括以下内容:

数据流描述＝｛数据流名,说明,数据流来源,数据流去向,组成:｛数据结构｝,平均流量,高峰期流量｝

其中:数据流来源是说明该数据流来自哪个过程。数据流去向是说明该数据流将到哪个过程去。平均流量是指在单位时间(每天、每周、每月等)里的传输次数。高峰期流量则是指在高峰时期的数据流量。

例:工资发放系统中的"工资单"的数据流描述如下。

数据流:工资单。

说明:公司员工的工资单。

数据流来源:如基本工资数据、计时数据、公司员工、员工类别等。

数据流去向:如费用分配、财务总账等。

组成：……

平均流量：……

高峰期流量：……

4. 数据存储

数据存储是数据结构(在系统设计阶段又叫数据结构的内模式)停留或保存的地方，也是数据流的来源和去向之一。对数据存储的描述通常包括以下内容：

数据存储描述＝{数据存储名,说明,编号,流入的数据流,流出的数据流,组成:{数据结构},数据量,存取方式}

其中：数据量是指每次存取多少数据,每天(或每小时、每周等)存取几次等信息。存取方法包括是批处理,还是联机处理;是检索还是更新;是顺序检索还是随机检索等。另外,流入的数据流要指出其来源,流出的数据流要指出其去向。

例：工资发放系统中的"工资单"的数据存储描述如下。

数据存储：工资单。

说明：记录公司员工的工资明细情况。

流入数据流：如基本工资数据、计时数据、员工资料、代扣代缴、员工津贴等。

流出数据流：工资单。

组成：包括员工编号、姓名、基本工资、计时工资、加班工资、代扣代缴、应发合计、实发合计、签名、备注等。

数据量：每年 3000 张。

存取方式：随机存取。

5. 处理过程

数据字典中只需要描述处理过程的说明性信息,通常包括以下内容：

处理过程描述＝{处理过程名,说明,输入:{数据流},输出:{数据流},处理:{简要说明}}

其中：简要说明中主要说明该处理过程的功能及处理要求。功能是指该处理过程用来做什么(而不是怎么做),处理要求包括处理频度要求,如单位时间里处理多少事务,多少数据量;响应时间要求等。这些处理要求是后面物理设计的输入及性能评价的标准。

例：工资发放系统中的"计算全薪"的数据处理过程描述如下。

处理过程：计算全薪。

说明：计算企业员工的工资。

输入：包括基本工资数据、计件数据、公司员工、员工类别等。

输出：工资单。

处理：根据公司员工、计件工种、计件工序、员工类别等,以及上月工资数据、完成工作量大小的计件数据,每月定期生成工资单,并进行员工工资计算。

上面为了节省篇幅,省略了数据字典中关于其他数据项、数据结构、数据流、数据存储、处理过程的描述。

（二）建立数据字典

数据字典是数据库的数据库，它描述的是当前系统中数据及其结构、存储及其处理过程，包括原始数据、中间结果和最终输出结果数据。下面给出引例的数据字典的一部分，以此说明数据字典的形式。

数据类名：员工资料数据文件代码 ygzl

序号	数据项	代码	数据类型	宽度	小数位	关键字	...
1	员工代码	ygdm	Char	12		*	
2	员工名称	ygmc	Char	12			
3	性别	xb	Char	2			
4	部门代码	bmdm	Char	12		* *	
5	部门名称	bmmc	Char	20			
6	出生年月	csny	Char	8			
7	职务	zw	Char	12			
8	身份证号	sfzh	Char	20			
9	电话	dh	Char	12			
10	邮政编码	yzbm	Char	6			
11	家庭住址	Jtzz	Char	20			
12	学历	xl	Char	12			
13	家庭电话	tel	Char	12			
14	邮件地址	E-mail	Char	20			
15	备注	bz	Char	200			

数据类名：部门资料数据文件代码 bmzl

序号	数据项	代码	数据类型	宽度	小数位	关键字	...
1	部门代码	bmdm	Char	12		*	
2	部门名称	bmmc	Char	20			

数据类名：工资表数据类文件名 gzb

序号	数据项	代码	数据类型	宽度	小数位	关键字	...
1	员工编号	ygbh	Char	12		*	
2	员工名称	zyxm	Char	20			
3	部门代码	bmbh	Char	12		* *	
4	部门名称	bmmc	Char	20			
5	基本工资	jbgz	N	10	2		
...	...	...	...	...	...		
23	实发工资	sfgz	N	10	2		
24	签名	sname	char	10			

说明：上面只给出了数据字典中的部分数据类。打"*"的数据项为关键数据项。

（三）数据字典的基本要求

（1）数据流图上各种成分的定义必须明确、易理解、唯一。

（2）命名、编号与数据流图一致，必要时可增加编码，方便查询检索、维护和统计报表。

（3）符合一致性与完整性要求，对数据流图上的成分定义与说明无遗漏项。

（4）格式规范，风格统一，文字精练。数据字典的图表格式如图 4.10 所示。

（四）数据字典中采用的符号

等号：＝，意义"等于"，表示等式左边的项目由等式右边各项组成或等式两边项目内容相同。

加号：＋，意义"与"，表示加号两边项目同时出现或共同组成某项内容。

方括号：[ ]，意义"或者"，表示方括号内各项目中至少一项出现。

花括号：{ }，意义"重复"，表示花括号内项目重复出现多次或重复取值多次。n{ }，表示重复 n 次，从第 1 个值取到第 n 个值。{ }（条件）表示在满足所注明的条件下重复。

数据字典的图表格式

数据流			
系统名：……………		编号：……………	
条目名：……………		别名：……………	
来源：		去处：	
数据流结构：			
简要说明：			
修改记录：	编写		日期	
	审核		日期	

（a）数据字典的图表格式（一）

数据字典的图表格式

数据元素			
系统名：……………		编号：……………	
条目名：……………		别名：……………	
属于数据流：		存储处：	
数据元素值	代码类型	取值范围	意义
简要说明：			
修改记录：	编写		日期	
	审核		日期	

（b）数据字典的图表格式（二）

图 4.10　数据字典的图表格式

数据字典的图表格式

数据存储		
系统名：……………		编号：……………
条目名：……………		别名：……………

存储组织：	记录数：	主关键字：

记录组成：	项名：	近似长度(字节)

简要说明：				

修改记录：	编写		日期	
	审核		日期	

(c) 数据字典的图表格式（三）

数据字典的图表格式

加工	
系统名：……………	编号：……………
条目名：……………	别名：……………

输入数据流：	输出数据流：

加工逻辑：	

简要说明：	

修改记录：	编写		日期	
	审核		日期	

(d) 数据字典的图表格式（四）

数据字典的图表格式

外部项	
系统名：……………	编号：……………
条目名：……………	别名：……………

输入数据流：	输出数据流：

主要特征：	

简要说明：	

修改记录：	编写		日期	
	审核		日期	

(e) 数据字典的图表格式（五）

图 4.10（续）

圆括号：( )，意义"选择项"，表示括号内所列项目为可选项目，既可能出现，也可能不出现。

例如：数据流结构。

学生成绩通知＝{学号＋学生姓名＋{课程名称＋成绩}＋(补课课程名称＋补考时间＋补考地点)}所有在册学生

学生奖励通知＝{学号＋学生姓名＋(一等奖，二等奖，三等奖，鼓励奖)}所有获奖学生

数据字典的编写方法有两种：手工编写和计算机辅助编写。手工编写的主要工具是笔和卡片，当然可以辅以计算机文字处理手段。这时计算机只是作为手工书写工具来使用，没有对数据字典的结构、内容和格式的处理功能。由于数据字典各条目的定义、说明和分解细化主要靠人的知识、经验和判断，手工编写具有较大的灵活性与适应性，也就是说，可以随着系统分析工作的深入和对用户信息需求的了解的细化而不断充实、修正数据字典的内容。但是手工编写的效率不高，编辑困难，容易出现疏漏和错误，对数据字典的检查、维护、查询、检索、统计与分析都不方便。计算机辅助编写是指在计算机辅助绘制数据流程图的同时，随着数据流程图的逐层分解，计算机系统生成数据字典的某些条目，人工进行修改和补充。计算机辅助编写字典时，计算机以输入的方式接受数据字典各类成分的定义和说明的原始数据，根据规范要求提供编辑、索引以及完整性、一致性检查的功能，并具有统计、报告、查询功能，可以定义某些加工中有，但数据流程图上未注明的数据元素。这类计算机辅助工具，简称为 CASE 工具。这些 CASE 工具提供 DFD 和 DD 的编制功能，具有图形处理、数据管理和文字编辑的能力，有的还能在系统设计与系统实施阶段提供辅助。

对于计算机辅助编写数据字典来说，最重要的是建立便于输入、查询与维护的数据库，这称之为数据字典库。因此，除了采用商品化的 CASE 工具软件辅助编写数据字典外，也可采用通用的开发工具和数据库管理系统来创建数据字典及相应的编辑、查询与检验程序。

五、E-R 图

数据库是企业管理信息系统的核心组成部分。数据库设计在企业管理信息系统的开发中占有重要的地位。在进行系统分析时，通常借助 E-R 图来分析企业数据库的逻辑结构和确定数据库之间的关联关系。

绘制 E-R 图的工作步骤：先根据前面得到的数据字典和数据流程图，运用约定的符号画出实体(信息类)之间的联系图(即 E-R 图)；对于实体之间是 1 对多、多对多的联系的 E-R 图进行分析和处理，使之转化(有时需要分解复杂实体，使之成为简单实体)为 1 对 1 联系；当两两(或局部)实体间的 E-R 图绘制完后，再绘制出系统的总体 E-R 图(即总体数据流程图)。

（一）信息的转换

前面提过，信息是关于现实世界客观存在的事物的反映，数据则是用来表示信息的一

种符号。要将反映客观事物状态的数据,经过一定的组织,成为计算机内的数据,将经过4个不同的状态:客观世界、信息世界、计算机世界和数据世界(如图 4.11 所示)。

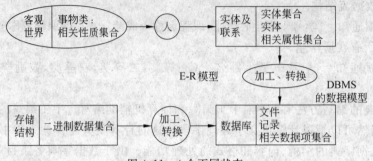

图 4.11 4 个不同状态

由此可见,由"自然数据"必须经过转换才能得到"机内数据"。在不同的世界中使用的概念和术语是不同的,但它们在转换过程中都有一一对应的关系,如表 4.1 所示。

表 4.1 4 个不同世界术语对照表

客 观 世 界	信 息 世 界	计 算 机 世 界	数 据 世 界
组织(事物及其联系)	实体及其联系	数据及数据结构关系	数据库(概念模型)
事物类(总体)	实体集	数据及数据结构	文件
事物(对象、个体)	实体	数据	记录
事物特征(性质)	属性	数据项	数据项

我们把对客观世界(客观的管理)中事物的描述向计算机世界、数据世界(管理信息系统)的描述的转换就是利用上述转换关系来进行的。例如,从事具体管理活动的人是客观世界的一个事物,对应于信息世界中"人"这个实体,而人总是有一些属性,用这些属性来描述人的特征,如学生的学号、姓名、性别、年龄和所在班级等。而在计算机世界中,对每个学生的完整描述就是一条数据信息,这条数据在数据世界中又通常叫做一条记录。

在客观世界中,同类事物构成事物类,不同类事物之间又常常存在着这样或那样的联系,比如说同一个单位的不同部门的人,这些人之间的联系就是大家都是一个单位的;而在信息世界中,我们则说这些人都具有一个共同的描述属性——(同一个)单位;相应地,在计算机世界和数据世界中,我们则说这些人对应的数据结构或记录中,都有一个共同的数据项——单位代号(或叫字段)。正是通过这样的转换方法,我们把这种"联系"保持了下来,使得我们在计算机世界和数据世界中,既能够区分对应与不同事物的记录和文件,又可以恰当地处理对应与不同事物类及其联系的数据文件和数据库。

(二) E-R 图

E-R 图即实体-关系图(Entity-Relationship graph)。它是一个用图形方式来表示信息世界中的实体、实体的属性和实体间关系的图形,是为今后建立数据结构和确定数据文件与数据库之间关系的基础。

1. E-R 图的构成

每个 E-R 图都有 3 个基本的组成要素:实体、实体的属性和实体间的关系。

1）实体(entity)

实体是客观世界中存在的且可相互区分的事物,可以是具体事物(人或物),也可以是抽象概念。

所谓商业实体(business entity)是那些对组织有长远价值的客体,它能唯一的被确定,并且组织希望保有其数据。

商业客体的类型如下。

人员:职员、顾客、供应商……

地点:零售店、仓库、厂房……

物品:设备、零件、产品……

概念:工作、组织单位、法律要求……(质量标准)

事件:订单、货运……

2）属性(attribute)

属性是实体或关系所具有的性质,通常一个实体由若干个属性来刻画。

实体属性描述中的符号(数据流描述中):＋表示"与";［ ］表示"或",即选择括号中的某一项;｛ ｝表示"重复",即括号中的项要重复若干次;（ ）表示"可选",即括号中的项可选可不选;＊表示关键项。

例:销售实体,它具有如下属性。

销售＝收据号码＊＋销售日期＝顾客号＋顾客姓名＋顾客地址＋｛购买的物品｝＋合计金额＋销售税＋总金额

｛购买的物品｝＝｛库存号＊＋摘要＋单价＋数量＋总计｝

再如,员工,是一个实体,它具有如下属性:

员工＝编号＊＋姓名＋性别＋所属部门＋职务职称＋学历＋学位＋…

关系也可以有属性。例如,仓库与产品之间的关系为"存放"关系,"存放"不仅表明了两个实体之间的关系,同时它还应该有这样几个属性:产品号、仓库号、存放时间等。即:

存放＝产品号＋仓库号＋存放时间＋…

3）关系(relationship)

关系即实体间的联系、联结。一般用动词表示,如仓库与产品之间的关系为"存放"。

实体间的关系有以下 3 种形态。

- 一对一(1∶1)关系。如图 4.12（a）所示,员工和与其对应的考勤表之间的关系,即每个员工都有一张与之对应的考勤表,而每张考勤表又对应于某个确定的员工。

- 一对多(1∶m)关系。如图 4.12（b）所示,仓库与产品之间的关系,即一个仓库中可以存放多种产品(对应于多种产品),而每种产品都有一个存放的仓库。

- 多对多(m∶n)关系。例如,教师与学生之间的关系即"学习",每位教师可以有多个学生,而每位学生又都有多个任课教师,是一种多对多的关系。而"学习"本身也可以有属性,如教师代号、学号等。其 E-R 图,读者可自己试画。

4）关键项(识别键)(identifiers)

即实体的属性中能够唯一地标识(或代表)实体的那个属性。如学生是一个实体,这

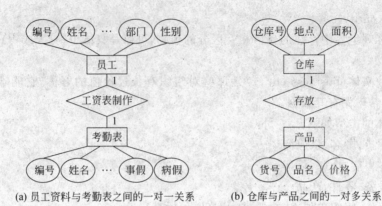

(a) 员工资料与考勤表之间的一对一关系　　　(b) 仓库与产品之间的一对多关系

图 4.12　E-R 图表示

个实体有多个属性,其中"学号"是区分不同学生和确定某一个学生的"关键项"(即关键属性、识别键)。

2. E-R 图的画法

在 E-R 图中,通常用矩形表示实体名,用圆或椭圆表示实体的属性,用菱形表示实体间的关系,如图 4.13 所示。

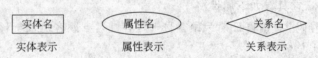

实体表示　　　　　　　属性表示　　　　　　　关系表示

图 4.13　E-R 图的组成要素

3. E R 图的规范化处理

为了确保数据维护(如增加、删除、修改、查询等)的一致性,克服多义性,避免模糊性,确保正确性,还必须对实体之间的一对多和多对多关系进行规范化处理,确保实体之间的一对一关系。

(1) 如果实体之间是一对一关系,如"考勤表"与"员工"之间的关系。在"考勤表"中有唯一表示员工的"编号",在"员工"实体中也有"编号"(如果没有,应添加上),于是,"编号"即是表明这两个实体间一对一关系的"关键项"。

(2) 如果实体之间是一对多的关系(即 $1:n$ 关系),如"仓库"与"产品"之间的关系。这时,应将 1 方的关键字纳入 n 方实体对应的"属性"中作为一个外部关键字。这样处理之后,通过这个关键字使得将原来的一对多($1:n$)关系转化为一对一关系。

得到的实体的新属性为:

仓库＝仓库号[*] ＋地点＋面积＋…

产品＝货号[*] ＋品名＋价格＋数量＋仓库号

其中,"产品"实体中的"仓库号"就是新加进来的"外部关键项"。通过这个"关键项"实现两个实体间的一对一关系,避免了多义性、不确定性。

(3) 如果实体之间是多对多的关系(即 $m:n$ 关系),如"学生"与"课程"之间的关系,一名学生可以学习多门课程,一门课程可以有多个学生学习,如果不处理这种关系,则会出现当知道了某个学生,难以判定他究竟学习了哪一门课程,反之亦然。这时,一般的处理方式是在 m 和 n 两个实体之间构造和加入一个"新实体",借助于这个"桥梁"来实现 m 和 n 之间的一对一关系,克服关系的不确定性。对"学生"和"课程"两个实体间的关系($m:n$)处理后得到的关系模型为:

  学生=<u>学号</u>*+姓名+性别+班级

  学习=<u>学号</u>*+<u>课程号</u>+成绩

  课程=<u>课程号</u>*+课程名+学时数+教师

其中,"学习"原本是"学生"与"课程"之间的联系,现在把它作为一个实体"插入"到两者之间,通过这个"新实体"实现了"学生"与"课程"之间的一对一关系、避免了学生与课程之间的不确定关系。

  4. E-R 图的合并

将系统中实体与实体间(或系统局部)的 E-R 图绘制并处理完后,为了能够全面地反映和展现系统内所有实体间的联系情况,可以对前面绘制的 E-R 图进行合并,形成系统的整体 E-R 图。

六、描述处理逻辑的工具

比较简单的计算性的处理逻辑可以在数据字典中作出定义,但还有不少逻辑上的比较复杂的处理,有必要运用一些描述处理逻辑的工具来加以说明。以下是描述逻辑判断功能的 3 种工具。

(一)决策树

数据流程中如果决策或判断的步骤较多,使用结构化语言时,则语句的嵌套层次太多,不便于基本处理逻辑功能的清晰描述。决策树(DecisionTree)又称判断树,是一种图形工具,适合于描述加工中具有多个策略,而每个策略又和若干条件有关的逻辑功能。结构化分析中所用图形工具决策树如图 4.14 所示。决策树的左侧(称为树根)为处理名,中间是各种条件,所有的行动都列于最右侧。

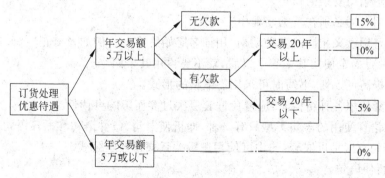

图 4.14　决策树

这一决策树与文字叙述相比,更使人一目了然,清晰地表达了在什么情况下应采取什么策略,不易产生逻辑上的混乱。因而决策树是描述基本加工的逻辑功能的有效工具。

（二）判断表

在数据流程基本处理中，如果判断的条件较多，各个条件又相互结合，相应的决策方案较多的情形下用决策树来描述，树的结构比较复杂，图中各项注释比较烦琐。这时用决策表现更为合适。判断表（Decision Table）又称决策表，为描述这类加工逻辑提供了表达清晰、简洁的手段。决策表也是一种图形工具，呈表格形，如表 4.2 所示。

表 4.2　判　断　表

	条件及行动	1	2	3	4	5	6	7	8
条件组合	C1：交易额 5 万以上	Y	Y	Y	Y	N	N	N	N
	C2：无欠款	Y	Y	N	N	Y	Y	N	N
	C3：交易 20 年以上	Y	N	Y	N	Y	N	Y	N
行动	A1：折扣率 15%	√	√						
	A2：折扣率 10%			√					
	A3：折扣率 5%				√				
	A4：折扣率 0%					√	√	√	√

由表 4.2 可见，决策表将比较复杂的决策问题简洁、明确，一目了然地描述出来了。如果用文字叙述或用结构化语言、决策树描述将比较烦琐，结构也很复杂。所以决策表是描述条件比较多的决策问题的有效工具。

（三）结构化语言表示法

自然语言的优点是容易理解，但是它不精确，可能有多义性。程序设计语言的优点是严格精确，但它的语法规定太死板，使用不方便。结构化语言（Structured Language）则是介于自然语言和程序设计语言之间的一种语言，它是带有一定结构的自然语言。

为了减少复杂性，便于人们理解，应用结构化语言时需要注意以下几点：

（1）避免结构复杂的长句。

（2）所用名词必须在数据字典中有定义。

（3）不要用意义相同的多种动词，用词名应始终统一。例如，"修正"、"修改"、"更改"含义相同，一旦确定使用其中一个以后，就不要再用其余两个。

（4）为提高可读性，书写时可采用右缩格的形式。

（5）嵌套使用各种结构时，应避免嵌套层次过多而影响可读性。

结构化语言使用的语句类型只有 3 种，即祈使语句、条件语句和循环语句。

上述语句类型可以嵌套，句中可使用逻辑关系式与数学公式。

例 1：祈使语句。

获取收发数据

计算补充订货量

例 2：条件语句。

如果成绩≥60 分

则：将及格人数加 1

否则：将不及格人数加 1

例 3：循环语句。

对于每个库存项目（循环条件）

获取收入数据

将在库数加收入数据，更新在库数

获取发出数据

将在库数减发出数据，更新在库数

如果在库数小于或等于临界库存数

则发出补充订货信号。

第四节

新系统逻辑方案的建立

系统分析的主要成果：一是确定新系统的逻辑方案，二是形成书面材料——系统分析报告。

一、确定新系统的逻辑方案

新系统逻辑方案包括以下内容。

（一）确定新系统的业务流程

新系统的业务流程包括以下内容：原系统的业务流程的不足及其优化过程；新系统的业务流程；新系统业务流程中哪些由计算机系统来完成及哪些由用户来完成。新系统的业务流程是业务流程分析和优化重组后的结果。

（二）确定新系统的数据流程

新系统的数据流程包括以下内容：原数据流程的不合理之处及优化过程；新系统的数据流程；新系统的数据流程中哪些由计算机系统来完成及哪些由用户来实现。新系统的数据流程是数据流程分析的结果。

（三）确定新系统的逻辑结构

新系统的逻辑结构即新系统中的子系统划分。

（四）确定新系统中数据资源的分布

确定新系统中数据资源的分布即确定数据资源如何分布在服务器或主机中。

（五）确定新系统中的管理模型

管理模型是系统在每个具体管理环节上所采用的管理方法。在老的手工系统中，由于受信息获取、传递和处理手段的限制,只能采用一些简单的管理模型,而在计算机技术支持下,许多复杂的计算在瞬间即可完成。在系统分析中,就要根据业务和数据流程的分析结果,对每个处理过程进行认真分析,研究每个管理过程的信息处理特点,找出相适应的管理模型,这是使管理信息系统充分发挥作用的前提。

管理科学的发展在管理活动的各个层次、各个环节都形成了较为成熟的管理方法和定量化的管理模型,为管理信息系统的应用创造了条件,但在一个具体系统中应当采用的模型则必须由前一阶段的分析结果和有关管理科学的状况所决定,因而并无固定模式。但管理作为一门科学,仍是有规律可循的,常用的管理模型主要有以下一些。

(1) 综合计划模型。

(2) 生产计划管理模型。

(3) 库存管理模型。

(4) 财务成本管理模型。

(5) 统计分析与预测模型。

由于管理模型是一个广义的概念,涉及管理的方方面面,同时不同单位由于环境条件各不相同,对管理模型也会有不同的要求,在系统分析阶段必须与用户协商,共同决定采用哪些模型。

二、形成系统分析报告

系统分析阶段的最终成果就是系统分析说明书(也叫系统分析报告),它反映了这一阶段调查分析的全部情况,是下一步设计与实现系统的纲领性文件。系统分析说明书形成后必须组织各方面的人员(组织的领导、管理人员、专业技术人员、系统分析人员等)一起对已经形成的逻辑方案进行论证,尽可能地发现其中的问题、误解和疏漏。对于问题、疏漏要及时纠正,对于有争论问题要重新核实当初的原始调查资料或进一步地深入调查研究,对于重大的问题甚至可能需要调整或修改系统目标,重新进行系统分析。系统分析说明书不但能够充分展示前段调查的结果,而且还要全面地反映系统分析的结果——新系统的逻辑方案。

系统分析说明书的基本内容应包括:概述部分和正文部分。具体如下:

1. 概述部分

1) 封面

2) 目次

系统分析说明书的内容较长时,应编写目次。

3) 引言

(1) 简述开发当前管理信息系统的目的、编写本系统分析说明书的目的。

(2) 列出当前系统开发的背景。如开发委托单位、承办单位、主管部门,系统现状等。

(3) 列出本项目的相关上级批文、任务书,以及编写本说明书时的参考文件、标准和资料等参考文献。

(4) 列出本说明书中的专业术语及其解释。

2. 正文部分

1）组织情况简述

主要是对分析对象的基本情况作概括性的描述，它包括：

（1）组织的结构（即组织结构图）。

（2）组织的目标、组织的工作过程和性质。

（3）业务功能（即组织结构与业务功能之间的关系表）。

（4）对外联系、组织与外部实体间有哪些物质以及信息的交换关系，研制系统工作的背景如何等。

2）系统目标和开发的可行性

（1）系统的目标，即系统拟采用什么样的开发战略和开发方法。

（2）当前系统开发的人员情况（包括开发组成员、技术水平、经验及能力、分工等）。

（3）资金需求预算（包括计划投入总费用、投入费用分配情况等）。

（4）开发计划进度安排（包括总时间、阶段划分及各阶段工作内容等）。

（5）系统计划实现后各部分应该完成什么样的功能，某些指标预期达到什么样的程度，有哪些工作是原系统没有而计划在新系统中增补的，等等。

3）现行系统运行状况

（1）原系统信息处理情况（即业务处理流程图、业务功能一览表）。

（2）原系统信息流动情况（即数据流程图）。

（3）各个主要环节对业务的处理量、总的数据存储量、处理速度要求、主要查询和处理方式、现有的各种技术手段等，都应作一个扼要的说明。

4）新系统的逻辑方案

新系统的逻辑方案是系统分析说明书的主体。这部分主要反映分析的结果和我们今后建造新系统的设想。它应包括本章各节分析的结果和主要内容。

（1）新系统拟定的业务流程及业务处理工作方式（即新确定的业务流程图和业务功能一览表）。

（2）新系统拟定的数据指标体系和分析优化后的数据流程（即新确定的数据字典、数据流程图、E-R 图、E-R 总图）。

（3）新系统的子系统划分情况。

（4）新系统的资源分布情况。

（5）新系统在各个业务处理环节拟采用的管理方法、算法或模型（即拟开发系统可能用到的管理方法、算法或模型）。

（6）与新系统相配套的管理制度和运行体制的建立。

（7）系统开发资源与时间进度估计。

5）应用项目风险及影响因素

应用项目风险是指因时间延误、成本超出标准、利益损失、绩效降低、项目软/硬件不兼容等而可能带来的风险。

影响项目风险的因素主要如下。

（1）项目规模。项目规模的大小可以以项目的财务支出、员工数目、耗费时间以及受影响的部门多寡来量度。规模的扩大,对于项目的管理控制难度加大,风险愈高。

(2)项目结构。项目开发的结构化程度愈高,其风险愈低。对非结构化程度高的项目,在信息需求,系统设计中都会涉及许多新的、困难的程序,需要更大的努力。另外,使用者与信息技术人员均不熟悉的系统,可能需要重构组织功能活动,也可能会涉及其他利益冲突。

(3)技术经验。项目小组和组织本身对该项目相关技术,包括硬件、操作系统、数据库管理系统等的熟悉程度。缺乏高水平技术的小组,风险极高。

三、系统分析报告的审议

系统分析报告是下一步进行系统设计的依据,也是整个系统的基本蓝图。系统分析报告形成后,必须组织各方面的人员(包括组织的领导、技术人员、管理人员和系统分析人员等)一起对已经形成的逻辑方案进行论证,尽早发现其中可能的疏漏和问题。

在分析报告的审议中,对以下问题做出评价。

(1)一致性:系统分析报告中描述的所有系统需求与系统目标是否一致,是否有相互矛盾的地方。

(2)完整性:用户需求是否完整,系统分析报告是否包括了用户需要的每一个功能,性能是否能达到用户要求。

(3)现实性:指定的需求用现有的硬件、软件技术是否可以实现。

(4)有效性:系统分析报告提出的解决方案是否正确有效,是否能解决用户面临的问题。

对于存在的问题疏漏要及时纠正,对有争议的问题要重新核实原始调查研究资料,做进一步分析或者做更进一步的调查研究,对于重大的问题甚至可能需要调整或修改系统目标,重新进行系统分析。系统分析说明书一旦被批准,则将成为新系统开发中的权威性文件,作为系统设计的主要依据,也是将来评价和验收系统的依据。

系统分析报告的审议中,要有研制过类似系统而又与本企业无直接关系的专业人员参加。他们一方面协助审查研制人员对系统的了解是否全面、准确;另一方面审查提出方案的方案,特别是对实施后给企业的运行带来的影响做出估计。

本 章 小 结

系统分析是管理信息系统开发过程中最基础、最重要的一环,同时也是工作量最大、涉及人员和部门最多、持续时间最长的阶段。因系统分析的结果是系统设计与实施的基础,所以系统分析的准确与否、全面与否,将决定着后面系统的设计和实施的成败。

系统分析的切入点是对企业现状的调查。系统详细调查主要任务就是通过对企业组织结构调查与分析、管理业务流程调查与分析、功能体系调查与分析、数据与数据流程调查与分析、薄弱环节调查等,收集有关系统现状的资料和信息,先大致摸清企业的组织结构、业务状况、业务关系、人员情况、管理现状和信息技术应用现状等。然后,再通过对获得的文档信息资料进行分析、汇总和处理,弄清企业的管理现状和新功能需求、数据信息的分类和信息间关系,即对组织内部整体管理状况和信息处理过程进行分析。最后确定子系统的划分情况和信息资源的分布情况。系统分析的具体内容是:需求分析、系统功能分析、数据流程分析、数据字典、建立新系统的逻辑方案、编写系统分析说明书。而系统分析主要成果一是确定新系统的逻辑方案,二是形成书面材料——系统分析报告。

思 考 与 训 练

1. 详细调查的内容有哪些?
2. 系统调查的原则和方式有哪些?
3. 举例谈谈绘制数据流程图的步骤。
4. 什么是数据字典?组成数据字典的基本元素有哪些?
5. 为什么说系统分析是管理信息系统开发过程中最重要的一环?
6. 系统分析报告有哪些内容?

课 外 阅 读

1. 张友生.系统分析师之路.北京:电子工业出版社
2. 中国系统分析员 http://www.csai.com.cn/
3. 姜旭平.信息系统开发方法——方法、策略、技术、工具与发展.北京:清华大学出版社

案 例 分 析

考试管理信息系统分析

一、考试管理信息系统简要分析

(一) 系统开发的可行性分析

教育现代化的主要内容之一就是实现教育教学管理的现代化。只有将计算机引入教育教学管理,才能真正形成现代化教育的组织形式,管理和运用方式,才能真正体现学校规范化,科学化,现代化管理的手段。

某学校是一所公办普通中学。为提高对学校考试管理,提高教育教学管理水平,决定开发考试管理信息系统。本人作为该系统的主要分析人员和设计人员,通过初步调查了解了该学校的考试管理情况。

该学校每学期都要组织学生进行各种考试来检验一个学期以来学校的教学质量和学生的学习情况,学校、家长和学生对这些考试都很重视,它也是教学工作的重要组成部分。但该学校的考试管理一直依靠手工方式,不能及时向老师、家长、学生提供各类有关考试的信息,从一定程度上影响了教学管理的进程。为此学校校长拨出专款,希望建立一套能动态反映考试管理信息的管理信息系统,通过开发考试管理信息系统可以给出学生在校

期间的各种信息及其变化,以及对这些信息的各种统计分析,使管理者能从不同角度对学生个体和群体的成绩情况做出快速准确的分析判断。同时通过对学生学习质量的分析,还可以为综合评价教师的教学质量提供依据及时提供所需资料,并以此带动学校信息化管理的步伐,提高教师素质。由于该学校规模较小,管理方式集中统一,数据处理量不大,可考虑开发以批处理为主要数据处理方式的单机式信息系统。投资不大,学校完全可以承担。因此该信息系统的开发是必要和可行的,可以立即进行开发。

（二）系统的业务流程调查

目前,该学校只有三个年级,每年级的人数不超过三位数。

学生信息管理的过程是,当学生人员发生变动时,负责管理学生信息人员应对变动人员进行添加或删改。一是本次考试在上半年,先将毕业生信息删除,更新非毕业年级学生基本信息,删除上次考试成绩,输入新生的信息;二是本次考试在下半学年,只须将所有学生上次考试成绩删除即可。经过检查,将整理后的学生人员名单由学生信息处理人员录入到学生库中。

学生成绩管理的过程是,每当考试完毕后,学生信息录入人员就应将整理后的成绩输入到学生成绩库中。

平均看来,该学校每年要有二次修改学生基本信息业务,每次要修改近百笔。按照管理规章制度的要求,录入成绩完毕后,学生处理人员应根据学生库文件和学生成绩库文件汇总出各班总成绩、各科总成绩和学生总成绩等资料,并把这些累计汇总后的资料正确填入学生成绩库中。

（三）系统中的数据输入、资料输出和资料存储调查

经对考试管理业务流程的调查分析,该系统中的数据输入单据为学生人员名单、学生人员变动名单和学生成绩单,其格式如表 4.3、表 4.4 和表 4.5 所示。

表 4.3　学生人员名单

学号	班级代码	班级名称	姓名	性别	出生年月	籍贯	家庭情况	家庭住址	家庭电话	备注

表 4.4　学生人员变动名单

学号	班级代码	班级名称	姓名	性别	出生年月	备注

表 4.5　学生成绩单

学号	班级代码	班级名称	姓名	数学成绩	语文成绩	英语成绩	政治成绩	历史成绩	物理成绩	化学成绩	生物成绩	地理成绩	总成绩

该系统中的资料存储是学生库、学生成绩库,其格式如表 4.6 和表 4.7 所示。

表 4.6　学生库格式

学号	班级代码	班级名称	姓名	性别	出生年月	籍贯	家庭情况	家庭住址	家庭电话	备注

表 4.7　学生成绩库格式

学号	班级代码	班级名称	姓名	数学成绩	语文成绩	英语成绩	政治成绩	历史成绩	物理成绩	化学成绩	生物成绩	地理成绩	总成绩

该系统中的资料输出为单科成绩表、多科成绩表和成绩条,其格式如表 4.8、表 4.9 和表 4.10 所示。

表 4.8　单科成绩表

科目_____ 　　　　　　班级代码_____ 　　　　　班级名称_____

学号	姓名	成绩

表 4.9　多科成绩表

班级代码_____ 　　　　　　　班级名称_____

学号	姓名	数学成绩	语文成绩	英语成绩	政治成绩	历史成绩	物理成绩	化学成绩	生物成绩	地理成绩	总成绩

表 4.10　成绩条

学号	班级代码	班级名称	姓名	数学成绩	语文成绩	英语成绩	政治成绩	历史成绩	物理成绩	化学成绩	生物成绩	地理成绩	总成绩

（四）系统中的组织机构图和管理职能图

如图 4.15 和表 4.16 所示。

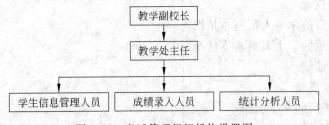

图 4.15　考试管理组织机构设置图

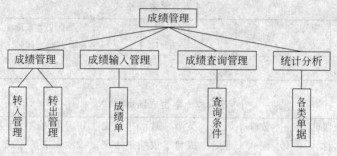
图 4.16 考试管理职能图

在实际管理活动中,各种各样的查询请求随时都可能发生,如:

(1) 根据学号可以查询成绩。

(2) 根据学生人员变动名单的学号查询最新的人员变动情况。

(3) 根据多科成绩报表的班级代码可以了解各班的成绩在整个学校的水平。

二、考试管理信息系统业务流程分析

根据对学校考试管理流程的调查,画出该系统的业务流程图(略)。

三、考试管理信息系统数据流程分析

如图 4.17 和图 4.18 所示。

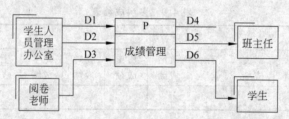
图 4.17 考试管理数据流的顶层数据流程图

D1:学生人员基本情况名单

D2:学生人员变动名单

D3:学生成绩单

D4:单科成绩表

D5:多科成绩表

D6:各科成绩

D7:变动后的学生人员基本情况

D8:整理后的学生人员基本情况

D9:学生成绩

D10:学生成绩

D11:分析后的学生成绩

D12:学生成绩

1）实体（entity）

实体是客观世界中存在的且可相互区分的事物，可以是具体事物（人或物），也可以是抽象概念。

所谓商业实体（business entity）是那些对组织有长远价值的客体，它能唯一的被确定，并且组织希望保有其数据。

商业客体的类型如下。

人员：职员、顾客、供应商……

地点：零售店、仓库、厂房……

物品：设备、零件、产品……

概念：工作、组织单位、法律要求……（质量标准）

事件：订单、货运……

2）属性（attribute）

属性是实体或关系所具有的性质，通常一个实体由若干个属性来刻画。

实体属性描述中的符号（数据流描述中）：＋表示"与"；[ ]表示"或"，即选择括号中的某一项；{ }表示"重复"，即括号中的项要重复若干次；( )表示"可选"，即括号中的项可选可不选；＊表示关键项。

例：销售实体，它具有如下属性。

销售＝收据号码＊＋销售日期＝顾客号＋顾客姓名＋顾客地址＋{购买的物品}＋合计金额＋销售税＋总金额

{购买的物品}＝{库存号＊＋摘要＋单价＋数量＋总计}

再如，员工，是一个实体，它具有如下属性：

员工＝编号＊＋姓名＋性别＋所属部门＋职务职称＋学历＋学位＋…

关系也可以有属性。例如，仓库与产品之间的关系为"存放"关系，"存放"不仅表明了两个实体之间的关系，同时它还应该有这样几个属性：产品号、仓库号、存放时间等。即：

存放＝产品号＋仓库号＋存放时间＋…

3）关系（relationship）

关系即实体间的联系、联结。一般用动词表示，如仓库与产品之间的关系为"存放"。

实体间的关系有以下 3 种形态。

- 一对一（1∶1）关系。如图 4.12（a）所示，员工和与其对应的考勤表之间的关系，即每个员工都有一张与之对应的考勤表，而每张考勤表又对应于某个确定的员工。

- 一对多（1∶m）关系。如图 4.12（b）所示，仓库与产品之间的关系，即一个仓库中可以存放多种产品（对应于多种产品），而每种产品都有一个存放的仓库。

- 多对多（$m∶n$）关系。例如，教师与学生之间的关系即"学习"，每位教师可以有多个学生，而每位学生又都有多个任课教师，是 一种多对多的关系。而"学习"本身也可以有属性，如教师代号、学号等。其 E-R 图，读者可自己试画。

4）关键项（识别键）（identifiers）

即实体的属性中能够唯一地标识（或代表）实体的那个属性。如学生是一个实体，这

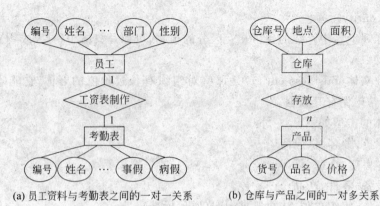

(a) 员工资料与考勤表之间的一对一关系   (b) 仓库与产品之间的一对多关系

图 4.12　E-R 图表示

个实体有多个属性,其中"学号"是区分不同学生和确定某一个学生的"关键项"(即关键属性、识别键)。

2. E-R 图的画法

在 E-R 图中,通常用矩形表示实体名,用圆或椭圆表示实体的属性,用菱形表示实体间的关系,如图 4.13 所示。

实体表示　　　　　　属性表示　　　　　　关系表示

图 4.13　E-R 图的组成要素

3. E-R 图的规范化处理

为了确保数据维护(如增加、删除、修改、查询等)的一致性,克服多义性,避免模糊性,确保正确性,还必须对实体之间的一对多和多对多关系进行规范化处理,确保实体之间的一对一关系。

(1) 如果实体之间是一对一关系,如"考勤表"与"员工"之间的关系。在"考勤表"中有唯一表示员工的"编号",在"员工"实体中也有"编号"(如果没有,应添加上),于是,"编号"即是表明这两个实体间一对一关系的"关键项"。

(2) 如果实体之间是一对多的关系(即 $1:n$ 关系),如"仓库"与"产品"之间的关系。这时,应将 1 方的关键字纳入 n 方实体对应的"属性"中作为一个外部关键字。这样处理之后,通过这个关键字使得将原来的一对多($1:n$)关系转化为一对一关系。

得到的实体的新属性为:

仓库＝仓库号*＋地点＋面积＋…

产品＝货号*＋品名＋价格＋数量＋仓库号

其中,"产品"实体中的"仓库号"就是新加进来的"外部关键项"。通过这个"关键项"实现两个实体间的一对一关系,避免了多义性、不确定性。

(3) 如果实体之间是多对多的关系(即 $m:n$ 关系),如"学生"与"课程"之间的关系,一名学生可以学习多门课程,一门课程可以有多个学生学习,如果不处理这种关系,则会

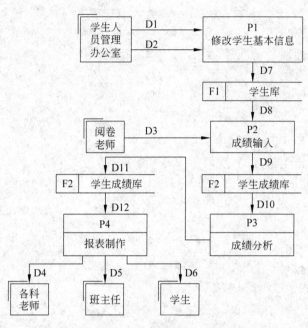

图 4.18　考试管理数据流的第一层数据流程图

四、考试管理信息系统数据字典

（一）数据项的定义

数据项编号：X01
数据项名称：学号
类型：字符型
长度：8

数据项编号：X02
数据项名称：班级代码
类型：字符型
长度：2

数据项编号：X03
数据项名称：班级名称
类型：字符型
长度：8

数据项编号：X04
数据项名称：姓名
类型：字符型
长度：8

数据项编号：X05
数据项名称：性别
类型：逻辑型
长度：1

数据项编号：X06
数据项名称：出生年月
类型：日期型
长度：8

数据项编号：X07
数据项名称：籍贯
类型：字符型
长度：20

数据项编号：X08
数据项名称：家庭情况
简述：学生家庭的基本情况
类型：字符型
长度：40

数据项编号：X09
数据项名称：家庭住址
类型：字符型
长度：20

数据项编号：X10
数据项名称：家庭电话
类型：字符型
长度：12

数据项编号：X11
数据项名称：备注
类型：备注型
长度：10

数据项编号：X12
数据项名称：数学成绩
类型：数值型
长度：5
小数字：1
取值范围：0～100

数据项编号：X13
数据项名称：语文成绩
类型：数值型
长度：5
小数字：1
取值范围：0～100

数据项编号：X14
数据项名称：英语成绩
类型：数值型
长度：5
小数字：1
取值范围：0～100

数据项编号：X15
数据项名称：政治成绩
类型：数值型
长度：5
小数字：1
取值范围：0～100

数据项编号：X16
数据项名称：历史成绩
类型：数值型
长度：5
小数字：1
取值范围：0～100

数据项编号：X17
数据项名称：物理成绩
类型：数值型
长度：5

小数字：1

取值范围：0～100

数据项编号：X18

数据项名称：化学成绩

类型：数值型

长度：5

小数字：1

取值范围：0～100

数据项编号：X19

数据项名称：生物成绩

类型：数值型

长度：5

小数字：1

取值范围：0～100

数据项编号：X20

数据项名称：地理成绩

类型：数值型

长度：5

小数字：1

取值范围：0～100

数据项编号：X21

数据项名称：总成绩

简述：一个学生各科成绩之和

类型：数值型

长度：5

小数字：1

取值范围：0～900

数据项编号：X22

数据项名称：科目

简述：各科科目名

类型：字符型

长度：4

数据项编号：X23

数据项名称：成绩

简述：个人单科成绩

类型：数值型

长度：5

小数字：1

取值范围：0～100

（二）数据流的定义

数据流编号：D1

数据流名称：学生人员基本情况名单

简述：学生的基本情况

数据流来源：学生人员管理办公室

数据流去向：修改学生基本信息处理功能

数据流组成：学号＋班级代码＋班级名称＋姓名＋性别＋出生年月＋籍贯＋家庭情况＋家庭住址＋家庭电话＋备注

流通量：2 份/每学期

数据流编号：D2

数据流名称：学生人员变动名单

简述：学生的变动情况

数据流来源：学生人员管理办公室

数据流去向：修改学生基本信息处理功能

数据流组成：学号＋班级代码＋班级名称＋姓名＋性别＋出生年月＋备注

流通量：2 份/每学期

数据流编号：D3

数据流名称：学生成绩单

简述：学生各科考试成绩及总成绩

数据流来源：阅卷老师

数据流去向：成绩输入处理功能

数据流组成：学号＋班级代码＋班级名称＋姓名＋数学成绩＋语文成绩＋英语成绩＋政治成绩＋历史成绩＋物理成绩＋化学成绩＋生物成绩＋地理成绩＋总成绩

流通量：2 份/每学期

数据流编号：D4

数据流名称：单科成绩表

简述：给各科老师的成绩

数据流来源：报表制作处理功能

数据流去向：各科老师

数据流组成：科目＋班级代码＋班级名称＋学号＋姓名＋成绩

流通量：2 份/每学期

数据流编号：D5

数据流名称：多科成绩表

简述：给班主任的成绩

数据流来源：报表制作处理功能

数据流去向：班主任

数据流组成：班级代码＋班级名称＋学号＋姓名＋数学成绩＋语文成绩＋英语成绩＋
政治成绩＋历史成绩＋物理成绩＋化学成绩＋生物成绩＋地理成绩＋总成绩

流通量：2 份/每学期

数据流编号：D6

数据流名称：各科成绩

简述：给学生的成绩

数据流来源：报表制作处理功能

数据流去向：学生

数据流组成：学号＋班级代码＋班级名称＋姓名＋数学成绩＋语文成绩＋英语成绩＋
政治成绩＋历史成绩＋物理成绩＋化学成绩＋生物成绩＋地理成绩＋总成绩

流通量：1 份/每学期

数据流编号：D7

数据流名称：变动后的学生基本情况

简述：将变动学生基本情况保存到学生库中

数据流来源：修改学生基本信息处理功能

数据流去向：学生库

数据流组成：学号＋班级代码＋班级名称＋姓名＋性别＋出生年月＋籍贯＋家庭情
况＋家庭住址＋家庭电话＋备注

流通量：1 份/每学期

数据流编号：D8

数据流名称：整理后的学生人员基本情况

简述：提供学生情况进行成绩输入

数据流来源：学生库

数据流去向：成绩输入处理功能

数据流组成：学号＋班级代码＋班级名称＋姓名＋性别＋出生年月＋籍贯＋家庭情

况＋家庭住址＋家庭电话＋备注

　　流通量：2 份/每学期

　　数据流编号：D9

　　数据流名称：学生成绩

　　简述：学生各科考试成绩及总成绩

　　数据流来源：成绩输入处理功能

　　数据流去向：学生成绩库

　　数据流组成：学号＋班级代码＋班级名称＋姓名＋数学成绩＋语文成绩＋英语成绩＋
政治成绩＋历史成绩＋物理成绩＋化学成绩＋生物成绩＋地理成绩＋总成绩

　　流通量：2 份/每学期

　　数据流编号：D10

　　数据流名称：学生成绩

　　简述：学生各科考试成绩及总成绩

　　数据流来源：学生成绩库

　　数据流去向：成绩分析处理功能

　　数据流组成：学号＋班级代码＋班级名称＋姓名＋数学成绩＋语文成绩＋英语成绩＋
政治成绩＋历史成绩＋物理成绩＋化学成绩＋生物成绩＋地理成绩＋总成绩

　　流通量：2 份/每学期

　　数据流编号：D11

　　数据流名称：分析后的学生成绩

　　简述：把分析后的学生各科考试成绩及总成绩存入学生成绩库中

　　数据流来源：成绩分析处理功能

　　数据流去向：学生成绩库

　　数据流组成：学号＋班级代码＋班级名称＋姓名＋数学成绩＋语文成绩＋英语成绩＋
政治成绩＋历史成绩＋物理成绩＋化学成绩＋生物成绩＋地理成绩＋总成绩

　　流通量：2 份/每学期

　　数据流编号：D12

　　数据流名称：学生成绩

　　简述：分析后的学生各科考试成绩及总成绩

　　数据流来源：学生成绩库

　　数据流去向：制作报表处理功能

　　数据流组成：学号＋班级代码＋班级名称＋姓名＋数学成绩＋语文成绩＋英语成绩＋
政治成绩＋历史成绩＋物理成绩＋化学成绩＋生物成绩＋地理成绩＋总成绩

　　流通量：2 份/每学期

（三）数据存储的定义

数据存储编号：F1

数据存储名称：学生库

简述：学生的学号、姓名等信息

数据存储结构：学号＋班级代码＋班级名称＋姓名＋性别＋出生年月＋籍贯＋家庭情况＋家庭住址＋家庭电话＋备注

关键词：学号

相关的处理：P1,P3

数据存储编号：F2

数据存储名称：学生成绩库

简述：记录学生各科及总成绩等信息

数据存储结构：学号＋班级代码＋班级名称＋姓名＋数学成绩＋语文成绩＋英语成绩＋政治成绩＋历史成绩＋物理成绩＋化学成绩＋生物成绩＋地理成绩＋总成绩

关键词：学号

相关的处理：P2,P3

（四）处理逻辑的定义

处理逻辑编号：P1

处理逻辑名称：修改学生基本信息

输入：数据流 D1、D2,来自学生人员管理办公室

输出：数据流 D7,去向学生库

描述：将有变动的学生情况进行修改录入,以备后用

激发条件：学生退学或新入学发生

处理逻辑编号：P2

处理逻辑名称：成绩输入

输入：数据流 D3、D8,分别来自阅卷老师、学生库

输出：数据流 D9,去向学生成绩库

描述：考试后将学生成绩整理输入到学生成绩库中

激发条件：考试后阅完卷发生

处理逻辑编号：P3

处理逻辑名称：成绩分析

输入：数据流 D10,来自学生成绩库

输出：数据流 D11,去向学生成绩库

描述：把阅卷后的成绩进行分析,整理后的成绩分发给各科老师、班主任、学生

激发条件：考试输入完毕后发生

处理逻辑编号：P4

处理逻辑名称：制作报表

输入：数据流 D12，来自学生成绩库

输出：数据流 D4、D5、D6，分别去向各科老师、班主任、学生

描述：把阅卷后的成绩进行分析，整理后制作成报表分发给各科老师、班主任、学生

激发条件：对考试成绩分析后发生

（五）外部实体的定义

外部实体编号：S1

外部实体名称：学生人员管理办公室

输出的数据流：D1、D2

外部实体编号：S2

外部实体名称：阅卷老师

输出的数据流：D3

外部实体编号：S3

外部实体名称：各科老师

输入的数据流：D4

外部实体编号：S4

外部实体名称：班主任

输入的数据流：D5

外部实体编号：S5

外部实体名称：学生

输入的数据流：D6

五、考试管理信息系统分析报告

提出新系统逻辑模型如图 4.19 所示。

六、考试管理信息系统分析报告

通过对现行系统的全面调查与分析，本系统数据流向是合理的，系统功能能够满足实际管理工作的需要。本系统的输入边界是学生人员名单、学生人员变动名单、学生成绩单和查询条件；输出边界是单科成绩单、多科成绩单、成绩条和查询结果。

通过对数据字典中数据量、数据处理和数据存储分析，该系统的总数据量较小，适宜于采用普通商用微机按批处理方式进行数据处理。

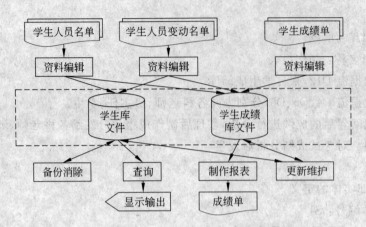

图 4.19 考试管理信息系统逻辑模型

（资料来源：华夏管理网 http：//www.hxjk.com/）

思考题：

本案例提供了系统分析实际过程，在熟练掌握这些内容的基础上，请设计本专业考试管理信息系统，并试着写出系统分析实际过程。

第五章

信息系统设计

引例：某企业集团管理信息系统的系统设计

某高校王教授领导的课题组完成了某企业集团管理信息系统的系统分析工作之后，马上召开了课题组的内部会议。在会议上王教授明确了开发组下一阶段的工作。首先王教授指派开发组中对计算机硬件及网络非常熟悉的张教授根据系统分析报告中给出的系统功能及信息需求与若干家计算机公司一起研究设计该企业集团管理信息系统的计算机及其网络硬件、系统软件的选型问题。通过比较各家给出的设计方案及报价，与该企业集团信息中心的陈主任、胡副主任共同选定了由 ABC 计算机公司提出的计算机和网络硬件及系统软件方案。为了使开发组及该企业集团能很快地掌握相关硬件及系统软件的使用与维护方法，开发组的骨干成员请相应计算机供应商进行了专门培训。在完成系统的硬件及系统软件平台的设计工作后，开发组的总体技术负责人傅博士指示各子系统的负责人带领各自的开发人员，以系统分析报告为基础，考虑到所采用的计算机硬件平台、数据库管理系统及开发工具，依据现有系统的业务流程设计新系统的数据处理流程，进而对相应的数据类进行设计（如增加新数据类，去除无用数据类，改造某些数据类等）。根据得到的新系统的数据流程最后确定该企业集团管理信息系统的功能结构，此时的功能结构实际上就是新系统的应用软件结构。完成上述工作后，在得到了新系统的数据处理流程和系统应用软件结构的同时，还得到了新系统的数据类（由数据字典给出）。在总体技术负责人傅博士的带领下，开发组依据得到的数据类的结构（即数据字典）完成了整个系统的数据库设计工作，并对其中系统全局性应用的共享代码类数据，如物资代码、供应商代码、产品代码、会计科目代码进行了全系统内各子系统之间的协调。开发组的设计人员对新系统的应用软件结构中的组成部分即功能模块进行了进一步的设计，包括对每一模块的用户界面、处理过程、输入输出的设计。最后各子系统开发人员将上述设计结果进行了汇总整理，形成了《某企业集团管理信息系统的系统设计报告》，并开始了下一阶段——系统实施阶段的工作。

（资料来源：许晶华，《管理信息系统》，华南理工大学出版社）

从某企业集团管理信息系统的系统设计情景案例可以看出，信息系统设计要遵循自顶向下的设计原则，首先进行总体设计，然后层层深入，直至完成系统每一模块的详细设计，这也说明了系统设计阶段的工作分为两部分，即系统的总体设计（或概要设计）和详细设计。

第一节

系统设计概述

系统设计阶段是对系统在物理上进行设计。这是在继系统分析之后系统改造的第二个阶段。这个阶段的主要任务是根据系统分析说明书所提供的逻辑方案,形成可以具体实现的物理方案。

一、系统设计的概念

在系统分析阶段,我们明确了新系统的逻辑模型,回答了新系统要"做什么"的问题。在系统设计阶段我们要回答"怎么做"的问题,即通过描述新系统物理模型的方式来实现在系统分析中规定的系统功能。

系统设计又称为物理设计,该阶段的主要任务是由开发人员参与,将目标系统的逻辑模型转换为目标系统的物理模型,该阶段得到最终工作成果是系统设计说明书。

二、系统设计内容

系统设计阶段的主要目标是在系统分析的基础上,根据新系统的设想,进行总体结构设计和详细设计,确定新系统具体的实施方案,即建立新系统的物理模型。

系统设计阶段的主要工作如下。

(一) 系统总体设计

1. 总体结构设计

系统规划和系统分析阶段中对子系统划分本质上只是定义了系统的总体功能,为了实现系统规划和系统分析阶段中所定义的总体功能,系统还要逐层向下分解为若干个子系统,这些子系统再继续分解,直至最小的程序模块。从整体上讲,上层的功能抽象而下层功能具体,上层功能包括下层功能,下层功能是上层功能的具体体现。功能模块的分解过程就是一个由整体到局部,由抽象到具体的逐步具体化过程。系统功能模块结构分解过程如图 5.1 所示。

2. 系统物理配置方案设计

管理信息系统是一个人机系统。从系统的物理组成来看,它是由计算机的硬件设备、操作系统、程序语言和软件等组成,如图 5.2 所示。系统物理配置方案设计包括计算机处理方式、软硬件设备选择、通信网络的选择和设计以及数据库管理系统的选择等。

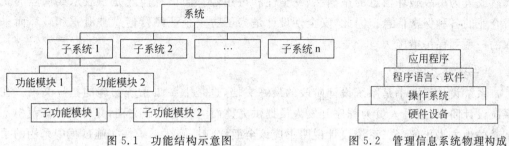

图 5.1　功能结构示意图　　　　　图 5.2　管理信息系统物理构成

3. 设计信息系统流程图

信息系统流程图表示的是计算机的处理流程,从数据流程图到信息系统流程图并非单纯的符号改换,信息系统流程图并不像数据流程图那样反映了人工操作部分。绘制信息系统流程图首先是要确定系统的边界、接口和数据处理方式,然后考虑哪些处理功能可以合并或分解,并把有关的处理看成是系统流程图中的一个处理功能。

(二) 详细设计

1. 代码设计

为了便于计算机数据处理,而对处理对象如物资资料、产品、部门和职工等进行编码。编码的名称可用数码或外文字母等字符代替汉字拼音或其他形式表示,也可以缩短数据项目的长度,从而减少存储空间的占用,使之标准化、系列化,便于对数据的识别和处理。

2. 输入设计

输入设计要遵循"使用方便,操作简单,便于录入,数据准确"的原则。输入数据准确决定了整个系统工作的质量。因此,系统的效率在某种程度上取决于计算机极高的运算速度和正确性。

3. 输出设计

输出设计的出发点是保证及时、正确地将有用的信息提供给用户,并能达到用户的要求。输出设计要有效地利用各种输出设备,选择合适的输出方式。

4. 人机界面设计

人机界面是指人机间相互施加影响的一切领域。人机界面设计包括狭义的人机界面设计和广义的人机界面设计。

5. 数据库设计

数据库设计包括概念结构设计、逻辑结构设计和物理结构设计,是在选定数据库管理系统基础上建立数据库的过程。

6. 系统可靠性设计

系统可靠性一方面是指采用正确的算法、程序,在正常的情况下,提供正确的信息;另一方面是指采取防错、查错、纠错的措施以及时纠错。

7. 系统安全性和保密性设计

系统安全性和保密性设计是信息系统设计的一个重要环节。系统安全性和保密性设计包括两个方面:一是防止信息不被破坏;二是力求信息不泄露。这里的信息破坏是指偶然或人为事故破坏信息的正确性、完整性和可用性。而信息泄露是指故意或偶然的获得企业的各种保密信息。因此,安全性设计是为了防止企业经营信息被泄露和破坏而采取的一系列保护措施。

(三)文档编写

系统设计说明书是系统设计阶段的最终文档,也是下一步系统实施的指导文书。在系统设计阶段,设计人员为程序开发人员提供完整而清楚的设计文档,并对设计规范中不清楚的地方做出解释。系统设计说明书应该全面详细地阐述系统在实施过程中采用的手段、方法、技术标准及环境要求。系统设计说明书还要对系统建设的标准化问题作详尽地阐述。

三、系统设计原则

系统设计总的原则是有效地运用各种技术资源以保证系统设计目标的实现。系统设计中,应遵循以下原则。

(一)合法性

企业作为市场经济的基本组成单位,其再生产经营活动是整个社会再生产经济活动的组成部分。因此企业的经济活动必须在国家的法律、法规和制度的规定范围内进行,符合社会经济发展的需要和时代的要求。合法性包含两层含义:一是符合企业管理制度等微观法律、法规的要求;二是符合宏观管理的需求。总之,管理信息管理应符合现行的企业管理制度和其他相关法规的规定。

(二)整体性

整体性是系统的最本质特征之一,系统的整体性要求从整个系统的角度考虑系统的设计。系统设计规范要标准,代码要统一,语言要一致,系统数据采集要做到数出一处、全局共享,争取达到"一次输入多次利用"的效果。

(三)适应性

为使系统保持长久生命力,系统设计要具有较好的开放性和结构的可变性,要求系统具有很强的环境适应性,因此,在系统设计中,应尽量采用模块化结构,减少模块的数据耦合,提高模块的独立性,使各子系统间的数据依赖减至最低限度。只有这样,才能提高系统适应环境变化的能力。

(四)可靠性

可靠性是一个成功的管理信息系统必须具备的品质。可靠性是指管理信息系统保证提供正确信息、决策和经营管理的能力。

(五)适用性

适用性是指所设计的系统是否适合用户使用。为此,在系统设计时,要充分考虑用户的人员素质、用户的业务类型、用户的工作基础、软件界面的友好程度、系统操作的难易程度等诸多因素的影响,设计出用户可接受的适用的系统。

（六）经济性

系统设计的经济性是指在满足系统要求的基础上，尽量减少系统的费用支出。一是系统设计中模块应简洁，避免复杂化；二是应以满足系统需要为前提，不去盲目追求在系统硬件投资上技术的先进性。

四、系统设计的步骤

系统设计可分为总体设计和详细设计两个阶段。总体设计决定系统的模块结构，详细设计则决定模块内部的具体算法。一般来说，总体设计包括硬件结构设计、软件结构设计、网络结构设计、数据库存储和处理方式设计等；详细设计阶段包括代码设计、功能模块设计、信息分类和数据库设计、输入输出设计等。详细设计是对总体设计的进一步细化，最终符合小组编程的要求。

五、系统设计方法

系统设计方法包括结构化设计方法、面向对象的设计方法和 Jackson 方法等。本章主要介绍前两种方法。

第二节

系统总体结构设计

一、系统物理配置方案设计

1. 设计依据

（1）系统吞吐量。吞吐量是指系统每秒钟执行的作业数。吞吐量越大，系统的处理能力越强，反之处理能力就差。吞吐量与硬、软件的配置有关，选择具有较高性能的计算机和网络系统会提高系统的吞吐量。

（2）系统响应速度。系统响应速度是指从用户向系统发出一个作业请求开始，经系统处理后给出应答结果所需的时间。选择运算速度较快的 CPU 及具有较高传递速率的通信线路会提高系统的响应速度。

（3）系统可靠性。系统可靠性可用系统可连续工作的时间来表示，是指系统受外界干扰时的抵御能力与恢复能力。

（4）分布式(distributed processing)或集中式(centralized processing)。如果一个系统采用分布式处理方式，信息系统可采用微机网络；如果一个系统采用集中式的处理方式，则信息系统既可以是主机系统，也可以是网络系统。

（5）地域范围。对于分布式系统，还需要根据系统覆盖的地域范围决定采用广域网还是局域网。

2. 系统物理配置

1）处理方式选择

计算机处理方式有批处理、联机实时处理、联机成批处理、分布式处理等方式，这些都要根据系统功能、业务处理的特点、性价比等因素来选择合适的方式。

2）计算机硬件选择

计算机硬件的选择原则是：处理速度快；数据存储容量大；有良好的性价比；技术上成熟可靠的系列机型；具有良好的兼容性与可扩充性、可维护性；售后服务与技术服务好；在一定时间内保持一定先进性。管理对计算机的基本要求是容量大，速度快，操作灵活方便。计算机的性能越高，价格就越昂贵。计算机硬件的选择主要取决于数据处理方式和运行的软件系统，包括 CPU 时钟；计算机主存；输入、输出和通信的通道数目；显示方式；外接转储设备及其类型。

3）计算机网络的选择

在信息系统开发中，对计算机网络的选择应根据不同商家的多种产品，做好网络的选型工作。

（1）网络拓扑结构。网络拓扑结构包括总线型、星型、环型和混合型等。在网络选型上要根据信息流量和应用系统的地域分布进行综合考虑。通常要把信息流量最大的应用放在同一网段上。

（2）网络的逻辑设计。首先将系统从逻辑上分为各个分系统或子系统，然后按需配备设备，如主服务器、子系统集线器（HUB）、主交换机、分系统交换机、通信服务器、路由器和调制解调器等，并考虑各设备之间的连接结构。

（3）网络操作系统。当前流行的网络操作系统有 WindowsNT、Netware、UNIX 等。WindowsNT 由于其 Windows 软件平台的集成能力，随着 Windows 操作系统的发展和客户机/服务器模式向浏览器/服务器模式延伸，无疑是有前途的网络操作系统；Netware 网络操作系统适用于文件服务器/工作站模式，具有较高的市场占有率；UNIX 历史最早，是唯一能够适用于所有应用平台的网络操作系统。

4）数据库管理系统的选择

管理信息系统都是以数据库系统为基础，一个好的数据库管理系统对管理信息系统的应用有着举足轻重的影响。在数据库管理系统的选择上，主要考虑以下方面。

（1）数据库的性能。

（2）数据库管理系统的系统平台。

（3）数据的类型。

（4）数据库管理系统的安全保密性能。

数据库管理系统软件的选择对管理信息系统的建设有着重要影响。目前市场上流行的数据库管理系统有 Oracle Sybase、SQL Server、Informix、Visual FoxPro 等，Oracle、Sybase 内置有大型数据库管理系统运行于客户/服务器等模式，是开发大型 MIS 的首选，而 FoxPro 在小型管理信息系统建设中选用较多。

另外在数据库选择时,还要注意的因素是数据库软件的行业占有性。如果在某一行业中企业采用 Oracle 的比例很高,那么同一行业中的其他企业为了方便相互的数据交换,通常也应采用相应的数据库系统。

5）应用软件的选择

管理信息系统最初的设计是根据应用需求而开发的,这样开发的系统最容易满足用户的需求,软件设计可操作性强,符合用户习惯。随着管理信息系统设计行业的发展,商品化应用软件模式在信息系统开发中逐渐成为主流模式。商品化应用软件设计规范,技术成熟,管理思想先进,应用这些商品化软件不仅可以节省投资,而且能够规范管理过程,加快系统应用的进度。因此,对管理信息系统应用软件的选择一定要选择成熟的商品化软件。

选择应用软件应考虑以下问题。

（1）软件是否具有足够的灵活性。

（2）软件是否能够满足用户的需求。

（3）软件是否能够得到长期、稳定的技术支持。这一方面是为了今后随着系统平台的升级而不断升级;另一方面是保证软件能够满足需求的变化。

6）系统环境的配置说明书

（1）硬件的配置：硬件配置包括对 C/S 或 B/S 服务器、工作站、机型、性能指标、数量、涉及的机构（或部门）、外围设备等的选择。

（2）网络设计：网络设计包括对网络拓扑结构、组网方式、传输介质、网络设备、网络协议和网络操作系统等的选择。

（3）软件的选择：软件的选择包括对 C/S 或 B/S 分服务器和工作站上的软件、网络管理软件、操作系统、数据库系统、开发平台与工具和中间介质等的选择。

二、系统功能模块设计

1. 结构化设计的概念

系统总体设计的主要任务是在分析系统构成和内部联系的基础上,从系统职能的角度,来划分子系统和确定信息系统模块划分。现代企业管理信息系统结构的复杂和数据处理量大以及处理流程的复杂,使企业管理信息系统的建立不能一蹴而就。信息系统的建立一般遵循"建立总体规划,分步实施"的策略。而实施这一策略的基础就是按职能划分子系统和功能模块。因此,按照"总体规划,分步实施"的思想,分析一个系统的职能构成,分析各职能模块之间的联系,以及数据处理的要求,分期分批开发,分期分批实现。

结构化设计（Structured Design,SD）方法是表示、描述子系统的划分的常用方法。它最早由美国 IBM 公司的 W. Stevens、G. Myers 和 L. Constantine 3 个人提出来的。这种方法在设计系统时强调系统模块、数据和功能结构,重视系统结构分析以及它们之间的数据接口,运用一套标准的设计准则和工具,采用模块化的方法进行系统结构设计。在实际应用中我们常把系统分析阶段的结构化分析与实施阶段中结构化程序设计方法前后衔接起来使用,系统结构化设计方法适用于管理信息系统的总体设计。结构化设计方法对信息系统的开发和使用有着十分重要的作用。

（1）结构化设计方法有助于合理组织和使用各职能子系统所需信息，设计出能满足子系统需要又结构合理，冗余度低，存取方便的高效管理数据库，提高系统整体效率。

（2）结构化设计方法有助于提高系统的适应性和实用性。适应性包括可扩充性、可移植性和可维护性等。

（3）结构化设计方法有助于提高整个系统的可靠性。系统如果某一环节、模块出现错误，只对其相应的子系统或模块有影响，恢复也相对容易，而不会对整个系统产生较大的影响。因此，一个好的模块划分能减少系统出错的可能。

（4）结构化设计方法有助于提高系统的通用化程度。按职能划分管理信息系统，使得管理信息系统的通用化程度大大提高。

2. 结构化设计的基本思想

结构化设计方法的基本思想是把一个系统自上而下逐步分解为若干个彼此独立而又有联系的模块。结构化设计方法的最终目标是使系统模块化。在这一基本思想的指导下，系统设计人员以逻辑模型为基础，借助一定的图表等工具和一套标准的设计准则，逐层地将系统分解成多个功能单一、大小适当、具有一定独立性的模块，把一个复杂的系统转换成易于实现、易于维护的模块化结构系统。

结构化设计的基本步骤：一是根据数据流程图导出系统初始结构图，二是对结构图的反复改进过程。因此，系统结构图是结构化设计的主要工具，它不仅反映了模块的调用关系和模块之间数据流的传递关系等特性，还可以表示一个系统的层次结构关系。

3. 结构化设计的特点

1）模块结构相对独立、功能单一

将系统设计成由多个相对独立、功能单一的模块组成的结构是结构化设计的基本思想。由于模块之间相对独立，每一模块就可以单独地被编写、排错和修改、测试，从而有效地防止错误在模块之间扩散蔓延，提高了系统的可维护性和可靠性等。因此，大大简化了系统研制开发的工作。

2）坚持"块内联系大、块间联系小"的模块性能标准

结构化设计中衡量模块"相对独立"性能的标准是"模块内部联系要大，模块之间联系要小"。实际上，块内联系和块间联系是同一件事的两个方面。系统中各组成成分之间是有联系的，若把联系密切的成分组织在同一模块中，块内联系高了，块间联系自然就少了。反之，若把联系密切的成分组织分散在各个模块中，块间联系高了，这将影响系统的可维护性。因此，在系统设计过程中一定要以结构化设计的模块性能标准为指导。

3）采用模块结构图的描述方式

结构化设计方法使用的描述方式是模块结构图。图 5.3 所示为计算工资的模块结构图。

4. 模块结构图

1）模块的含义

所谓模块，是组成系统、易于处理的基本单位，是可以组合、分解和更换的单元。系统中的任何一个处理功能都可以看作是一个模块。一个模块本身具有 3 种基本属性：一是

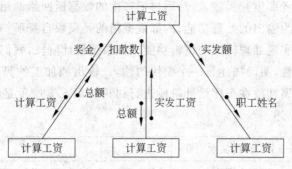

图 5.3　计算工资的模块结构图

功能属性,说明该模块实现什么;二是逻辑属性,描述模块内部如何实现要求的功能;三是状态属性,描述该模块的使用环境、条件及模块间的相互关系。

根据模块功能的具体化程度,可以把模块划分为逻辑模块和物理模块。在系统逻辑模型中定义的模块,如数据流程图上的"处理工资"、"处理订单"、"劳资统计"等处理功能都是逻辑模块。物理模块是一个特定逻辑模块的具体化,可以是一个计算机程序、子程序或程序段,也可以是一个人工过程的某项具体工作。

模块的大小是一个相对概念,要视具体的状态环境而定。模块是可以分解、组合的,一个复杂系统可以分解为几个大模块(或子系统),每个大模块又可以分解为多个更小的模块。在一个系统中,模块都是以层次结构组成的,从逻辑上说,上层模块包含下层模块,最下层是工作模块,执行具体任务。

因为系统的各个模块具有一定的独立性,所以可以进行独立设计或更换。当把一个模块加到系统中或从系统中去掉时,只是使系统增加或减少了这一模块所具有的功能,而对其他模块没有影响或影响很少。正是模块的这种独立性,使得系统具有良好的可修改性和可维护性。

2) 模块结构图的基本符号

模块结构图是结构化设计中描述系统模块结构的图形工具。作为一种文档,它必须严格地定义模块的名字、功能和接口,同时还应当在模块结构图上反映出结构化设计的思想。模块结构图由模块、调用、数据、控制信息和转接符号 5 种基本符号组成,如图 5.4 所示。

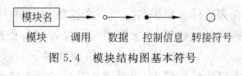

图 5.4　模块结构图基本符号

(1) 模块。在模块结构图中,通常用矩形来表示一个模块,在矩形内简要地指明模块的功能或功能名的简称或者标明模块的名称。这里所说的模块通常是指用一个名字就可以调用的一段程序语句为物理模块。一般模块的名称至少由一个动词和一个作为宾语的名词组成。另外还有一些模块是系统中的公用模块,这些模块一般预先定义好,用特殊的符号表示以区别于一般的模块。

模块是一个"具有 4 种属性的一组程序语句,这 4 种属性分别是输入/输出、逻辑功能、运行程序、内部数据"。一个模块的输入来源和输出去向应该是同一个调用者,也就是说这一模块从调用者那里获得输入,然后再把产生的数据返回给调用者;模块的逻辑功能表达了把输入转换为输出的处理功能;内部数据指的是模块自身所携带的数据;运行程序指的是如何用程序实现处理转换的逻辑功能。在系统设计阶段,我们只关注输入/输出和逻辑功能这两个属性,明确描述每一个模块的输入、输出和加工的具体内容,而内部数据和运行程序这两个属性放在程序设计阶段进行讨论。图5.5所示是一个简化了的"账务处理"系统的模块描述。

以功能作为模块名   以功能缩写作为模块名

图5.5　模块的表示

(2)调用。两个模块的调用可用连接箭头表示。箭头总是由调用模块指向被调用模块。多层的模块调用自然形成了多层的模块结构图。模块间的调用可分直接调用、选择调用和重复调用3种关系。如图5.6所示。

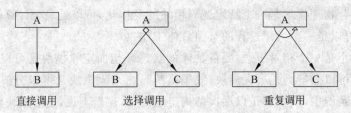

直接调用　　　　　选择调用　　　　　重复调用

图5.6　模块间的调用关系

直接调用:是一种最简单的调用关系,指一个模块无条件地调用另一模块。

选择调用:也称为条件调用。指一个模块是否调用另一个模块取决于调用模块内部的某个条件。用菱形符号表示根据条件满足情况决定调用哪一个模块。

重复调用:也称重复条件。如果一个模块内部存在一个循环过程,每次循环过程均需调用一个或几个模块,则称这种调用为重复调用或循环调用。

(3)数据:在模块之间传送的数据,使用与调用箭头平行的带空心圆的箭头表示,并在旁边标上数据名。当一个模块调用另一个模块时,调用模块可以把数据传送到被调用模块处供处理,而被调用模块又可以将处理的结果数据送回到调用模块。

(4)控制信息。为了指导程序下一步的执行,模块间有时还必须传送某些控制信息,在模块结构图中,用带实心圆点的箭头表示控制信息。控制信息与数据的主要区别是前者只反映数据的某种状态,不必进行处理。例如,数据输入完成后给出的结束标志,文件读到末尾所产生的文件结束标志等。图5.7中"无此职工"就是用来表示送来的职工号有误的控制信息。

(5)转接符号。当模块结构图在一张纸上画不下,需要转接到另外一张纸上,或为了避免图上线条交叉时,都可使用转接符号,圆圈内加上标号,如图5.8所示。

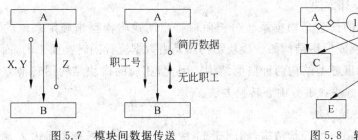

图 5.7 模块间数据传送   图 5.8 转接符号的使用

5. 模块结构图的标准形式

1）变换型

变换型模块结构描述的是变换型系统,它的功能是将输入的数据经过加工后输出。变换型系统包括输入、数据加工(中心变换)和输出 3 部分,如图 5.9 所示。

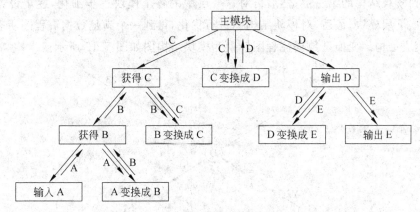

图 5.9 变换型模块结构图

2）事务型

事务型系统的功能是对接收的事务按其类型选择某一类事务处理。包括事务层、操作层和细节层 3 层组成,如图 5.10 所示。

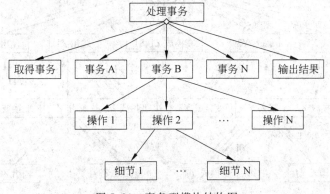

图 5.10 事务型模块结构图

• 137 •

6. 模块结构图设计方法

模块结构图设计的任务是根据系统分析阶段提出的逻辑模型来确定系统的总体结构，即将数据流图转换成模块结构图。模块结构图是由数据流程图转换而来的，而数据流程图有变换型结构和事务型结构两种典型结构。因此，相应的模块结构图转换方法就有两种：变换中心转换方法和事务中心转换方法。

1）变换中心的转换方法

如果数据流程图是一种线状结构，如图 5.11 所示，从同一数据来源而进入系统的数据流所经过的逻辑路径几乎都是相同的，并且数据流程图明显地分为 3 种处理逻辑：输入功能、处理逻辑变换功能和输出功能，则可采用变换中心转换方法。该方法的基本思想是以数据流程图为基础，首先找出主处理过程，将主处理作为模块结构图的顶模块；然后，按照"自顶向下"的设计原则逐步细化，以主处理模块为中心向左右两端移动，找出输入和输出，得到模块结构的第一层；然后再对这一层中的各个模块逐步细化，逐步设计出模块结构的中、下层模块；最后，对模块结构图进行优化，得到一个满足数据流程图所表达用户需求的模块结构。变换型数据流程图转换为模块结构图如图 5.12 所示。

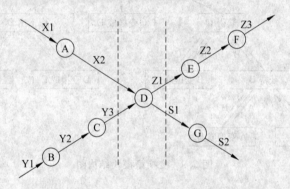

图 5.11　变换型数据流程图

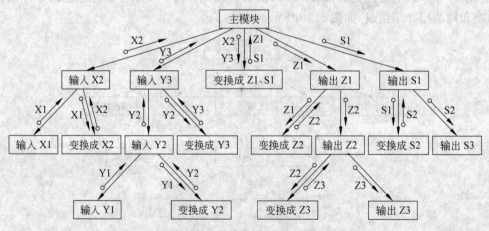

图 5.12　变换型数据流程图转换为模块结构图

2）事务中心转换方法

如果进入系统的业务有若干种，如图 5.13 所示，采用判断主处理模块再逐步细化的变换中心转换方法显然行不通，这时就可以采用事务中心转换方法。事务型结构的数据流程图通常都可以确定一个处理逻辑为系统的事务中心，采用事务中心转换方法的基本步骤是：首先分析数据流程图，确定结构类型，找出业务中心的位置和业务中心的标志，设计高层模块，如图 5.14 所示；再进行逐层分解与优化，直至获得一个完整的控制结构图。事务型模块结构图的典型层次结构如图 5.15 所示。

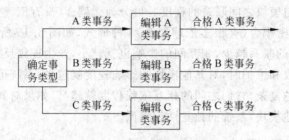

图 5.13　事务型数据流程图

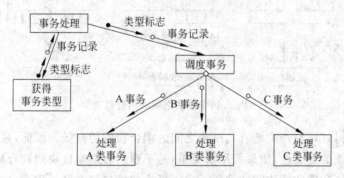

图 5.14　事务型模块结构图的高层结构

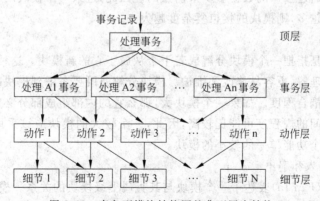

图 5.15　事务型模块结构图的典型层次结构

7. 模块结构的设计原则

模块结构设计是信息系统总体设计的重要组成部分。模块结构设计应遵循"高内聚，低耦合,精分解,高扇入,低扇出"的原则。

1）高内聚

"聚"指的是聚合(cohesion)的概念,所谓聚合,是指模块内部各成分之间的联系程序。高内聚指的是模块内部各组成部分之间的高联系程度。模块的聚合程度越高,其独立性也就越高。模块的聚合程度越低,其独立性也就越低,产生错误的机会就会增加。因此,模块结构设计时应尽可能使用高内聚,避免使用低内聚。

2）低耦合

耦合是指模块与模块之间联系的程度。可分为无耦合(没有依赖关系)、松散耦合(有少量依赖关系)和紧密耦合(有很多依赖关系)3种形式,如图5.16所示。模块耦合程度越低,说明模块之间的联系越少,相互间的影响也就越小,产生连锁反应的概率就越低,在对一个模块进行修改和维护时,对其他模块的影响程度就越少,系统可修改性就越高。模块之间的联系越多越复杂,它们之间的相互依赖程度就越高,如果对其中某一模块进行修改则必将影响到其他模块,系统的独立性就越低。

图5.16　模块之间的耦合程度

系统分解得好坏与否关键看其模块之间的耦合程度的高低。因此,系统模块设计时,应尽量减少系统的复杂性,使系统尽量简单,易于理解。影响模块间耦合程度的主要因素是模块的接口复杂度和模块间的耦合形式。模块的接口复杂度是用进入或访问一个模块的入口点个数和通过接口的数据多少来衡量的。因此,进入一个模块的入口点个数越多,通过接口的数据越多,则模块的接口复杂度越大。

3）模块分解

模块的分解是指把一个模块分解成若干个从属于它的新模块。这种做法主要是使得系统更容易被人理解,更容易修改和维护。模块分解时既要考虑到模块的聚合度,又要考虑到模块之间的耦合程度。如果一个模块大,那么它的内部组成部分必定比较复杂,或者它与其他模块之间的规程度可能比较高,因此,一个较大的模块应该采取分解的方法,尽可能分解成若干个功能单一的较小的模块。

4）模块的扇入和扇出

模块的扇入(Fan In)表达了一个模块与其直属上级模块的关系。模块的扇入系数是指其直接上级模块的个数。在系统维护时能够减少对同一功能的修改,要尽量提高模块的扇入系数。模块的扇入系数越大,表明它要被多个上级模块所调用,其公用性很强,说明模块分解得较好,在系统设计增加模块功能时,应先检查系统中是否已经有了能完成该功能的模块。如果有,应利用已存在的模块。

模块的扇出(Fan Out)表达了一个模块对它的直属下级模块的控制范围。模块的扇出系数是指其直属下级模块的个数。因此,要尽量把一个模块的直属下级模块控制在较小的范围之内,即模块的扇出系数不要太大。

8. 系统数据处理的总体结构设计

计算机网络数据处理的模式可分为集中式、分布式和协作式3种。

1) 集中式数据处理

集中式计算机网络由一个大型的中央系统,其终端是客户机,数据全部存储在中央系统,由数据库管理系统进行管理,所有的处理都由该大型系统完成,终端只是用来输入和输出。集中式计算机网络所有任务都在主机上进行处理,终端自己不作任何处理。

集中式数据存储的优点是数据资源容易备份和管理,可以集中处理,集中管理,安全可靠,系统成本低;集中计算的缺点是网络访问速度慢,提供的选择较少。由于这些限制,如今的大多数网络都采用了分布式和协作式网络计算模型。

2) 分布式数据处理

由于个人计算机的性能的提高及其使用的普及,使处理能力分布到网络上的所有计算机成为可能。分布式数据处理与集中式数据存储是两个相对立的概念,分布式数据处理可以分布在很大区域。

分布式网络可以适应用户的各种需要,同时允许他们共享网络的资源、数据和服务。在分布式网络中使用的计算机既能够作为独立的系统使用,也可以把它们连接在一起得到更强的网络功能。

分布式计算的优点是可以快速访问、多用户使用。系统设计上具有更大的灵活性,既可为独立的计算机的地区用户的特殊需求服务,也可为联网的企业需求服务,实现系统内不同计算机之间的通信;每台计算机可以访问系统内其他计算机的信息文件;每台计算机都可以拥有和保持所需要的最大数据和文件;减少了数据传输的成本和风险。为分散地区和中心办公室双方提供更迅速的信息通信和处理方式,为每个分散的数据库提供作用域,数据存储于许多存储单元中,但任何用户都可以进行全局访问,使故障的不利影响最小化,以较低的成本来满足企业的特定要求。

分布式计算的缺点是对病毒比较敏感,任何用户都可能引入被病毒感染的文件,并将病毒扩散到整个网络。备份困难,如果用户将数据存储在各自的系统上,而不是将它们存储在中央系统中,难于制订一项有效的备份计划。这种情况还可能导致用户使用同一文件的不同版本。为了运行程序要求性能更好的 PC;不同计算机的文件数据需要复制;对某些 PC 要求有足够的存储容量,形成不必要的存储成本;要求使用适当的程序;设备必须要互相兼容;管理和维护比较复杂。

3) 协作式数据处理

协作式计算允许各个客户计算机合作处理一项共同的任务,采用这种方法,任务完成的速度要快于仅在一个客户计算机运行。协作式数据处理系统内的计算机能够联合处理数据,处理既可集中实施,也可分区实施。协作式计算允许计算机在整个网络内共享处理能力,可以使用其他计算机上的处理能力完成任务。除了具有在多个计算机系统上处理任务的能力,该类型的网络在共享资源方面类似于分布式计算。

协作式计算和分布式计算具有相似的优缺点。协作式计算的优点是处理能力强，允许多用户使用。缺点是病毒可迅速扩散到整个网络。因为数据能够在整个网络内存储，形成多个副本，文件同步困难。并且也使得备份重要数据的工作比较困难。

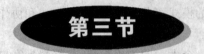

详 细 设 计

系统的详细设计就是在系统的总体设计的基础上，进行输入、输出、数据处理和数据存储等各种详细具体的设计。

一、代 码 设 计

代码设计是系统开发的一项重要工作，设计出一个好的代码方案对于系统的开发十分有利。它可以方便很多机器处理（如某些统计、校对查询等），也可把一些现阶段计算机很难处理的工作变得十分简单。

1. 代码的概念与功能

代码是客观实体或属性的一种表示符号。是人与计算机的共同语言，在管理信息系统中起着沟通人与计算机的作用。采用代码可以使数据表达标准化，程序设计简化，加快输入，减少出错，节省存储空间，提高处理速度。代码设计是一项重要基础工作，设计时必须进行长远考虑、统筹规划，充分征求使用人员的意见。

代码设计是未来系统数据规范化管理的基础，共享代码的设计质量直接影响到未来系统的效率。代码设计的主要工作是完成对共享数据类中的关键字段的码结构设计并形成代码库。所谓共享数据类是指多个子系统都要用到的数据类，如"产品基本信息"、"物资基本信息"等。

2. 代码设计的原则

（1）唯一性：代码应唯一标志它所代表的事物或属性，通过代码可唯一地确定编码对象，这是代码在数据管理中最基本的作用。

（2）规范性：代码要遵循一定的规则，这些规则包括代码的分段、代码的位数、每段的类型和含义等。例如，会计科目代码，会计科目反映经济业务和会计核算的内容，能在一定范围内综合汇总会计指标。财政部已颁布了"会计科目代码总则"，规定了一级科目代码，各行业、各地区在财政部规定的基础上，制定了部分二级、三级科目编码。会计科目代码的结构一般可采用以下的 3-2-2-2 代码结构，如图 5.17 所示。

（3）可识别性：代码的可识别性是指通过代码能够比较容易地识别被编码对象。如物资代码 CTV21 表示彩色电视机 21 吋。

（4）可扩展性：代码的可扩展性要求代码规则对已有编码对象留有足够的余量，是

图 5.17 会计科目代码

保证系统对企业管理业务变化的适应性。例如,在产品代码已经按其代码规则被全部占用的情况下,若企业再开发出新产品,系统就无法对其进行编码并进行管理了。

(5) 标准化与通用性:为了保证企业信息系统与主管部门通信与联网的需要,代码尽量利用国际、国内、部门的标准代码。

(6) 实用性:尽量使用原业务处理上已使用的且行之有效的代码,方便使用。

(7) 简明性:在不影响代码系统的容量和扩充性的前提下,代码尽可能简短、统一。

3. 代码的种类

目前人们对代码分类的看法很不一致。一般说来,代码可按文字种类或功能进行分类。按文字种类可分为数字代码、字母代码(英语字母或汉语拼音字母)和数字字母混合码;按功能则可以分为顺序码、层次码、十进制码和助记码 4 类。

1) 顺序码

顺序码是一种最简单、最常用的代码。用连续数字代表编码对象,通常从 1 开始编码。顺序码的一个特例是分区顺序码,它将顺序码分为若干区,例如按 50 个号码或 100 个号码分区,并赋予每个区以特定意义。这样就可进行简单的分类,又可在每个区插入号码。例如职工代码:

0001 为张三,0002 为李四,0001~0009 的代码还表示为厂部人员;

……

1001 为王五,1002 为赵六,1001~1999 的代码还可以表示为第一车间职工。

2) 层次码

层次码也是区间码。层次码适用于线性分类体系,它是按分类对象的从属、层次关系为排列顺序的一种代码。

例 1:GB4784—84《国民经济行业分类和代码》就是采用 3 层 4 位数字的层次码。第一层、第二层、第三层分别表示大类、中类、小类。

例 2:财务管理中的会计科目代码可写成 6110501,其意义如下:

一级科目二级科目三级科目

6110501

利润营业外支出劳保支出

层次码能明确地表示分类对象的类别,有严格的隶属关系,代码结构简单,容量大,便于机器汇总。缺点是代码结构弹性较差,当层次较多时,有时会造成代码过长。

3) 十进制码

十进制码是学校图书馆里常用的分类法。它先把整体分成十份,然后把每一份再分成十份,这样层层分解。该分类对于那些事先不清楚产生什么结果的情况是十分有效的。

例如：

500·理学

510·文学

520·天文学

530·物理学

531·机构

531·1 机械

531·11 杠杆和平衡

4）助记码

将编码对象的名称、规格等作为代码的一部分，以帮助记忆。例如：

TVB1717 吋黑白电视机

TVC3434 吋彩色电视机

DFI1×8×20 规格 1"×8"×20"的国产热轧平板钢

助记码适用于数据项数目较少的情况，否则容易引起联想出错。

4. 代码中的校验位

为了保证输入的正确，必须对输入计算机中的代码进行校验。在代码设计结构中原有代码的基础上，另外加上一个校验位，使它成为代码的一个组成部分。校验位通过事先规定的数学方法计算出来，代码一旦输入时，计算机用同样的方法按代码数字计算出校验位，与输入的校验位进行比较，以验证输入的正确与否。计算校验位的方法很多，这里举出几种。

1）算术级数法

原代码 53421

各乘以权 45332

乘积求和 $20+15+12+6+2=55$

以 11 为模去除乘积之和，取余作为校验码：$55/11=1$

由此得出代码为 534211

2）几何级数法

原代码 53421

各乘以权 3216842

乘积求和 $160+48+32+8+2=250$

以 11 为模去除乘积之和，取余作为校验码：$250/11=8$

由此得出代码为 534218

3）质数法

原代码	1	2	3	4	5
各乘以权	17	13	7	5	3
乘积之和	$17+26+21+20+15=99$				

以 11 为模去除乘积之和（若余数是 10，则按 0 处理），取余作为校验码：$99/11=0$

由此得出代码为 123450

144

计算校验码时,由于权与模的取值不同,检测效率也不同。一般来说,校验码是对数字代码进行检查。但是,对于字母或字母数字组成的代码,也可以用校验码进行检查,但这时校验位必须是两位,在计算时要将 A~Z 跟随着 0~9 的顺序变为 A=10,B=11,…,Z=35。

二、输 出 设 计

系统的详细设计过程是根据管理和用户的需要先进行输出设计,然后反过来根据输出所要求获得信息来进行输入设计。输出信息的使用者是用户,故输出的内容与格式等是用户最关心的问题之一,因此,在设计过程中,开发人员必须深入了解并与用户充分协商。

对输出信息的基本要求是准确、及时而且适用。输出设计主要考虑输出要求的确定、输出方式的选择和输出格式的设计。输出设备和介质的选择也要考虑在内。

1. 输出要求的确定

在确定一个系统究竟应输出什么信息时,应按照下列步骤加以调查和分析。

(1)详细分析现行系统的输出报表和内容。其中包括哪些报表是真正需要的,哪些是重复的或可以合并的,各份报表的输出周期,等等。

(2)参考与用户同类型企业或部门的情况,借鉴业务性质类似的其他管理信息系统的经验。

(3)与用户单位的实际业务人员讨论。

2. 输出方式的选择

我国目前管理信息系统主要使用的输出方式是屏幕显示和打印机打印。磁盘或磁带则往往作为一种备份(保存)数据的手段。

通常在功能选择、查询、检索信息时,采用屏幕输出方式。用屏幕输出方式的优点是实时性强,但输出的信息不能保存。

打印机一般用于输出报表、发票等,这种方式输出的信息可以长期保存和传递。输出介质主要是各种规格的打印用纸,包括专用纸和通用纸。通用纸用于我们通常用的打印机,输出内容全部需打印。专用纸是事先印刷好的报表或票据,输出时只要打印有关的数据即可,不需打印表格框架等。

3. 输出格式的设计

对输出格式设计的基本要求如下。

(1)规格标准化、文字和术语统一。

(2)使用方便,符合用户的习惯。

(3)美观大方,界面漂亮。

(4)便于计算机实现。

(5)能适当考虑系统发展的需要。

设计屏幕输出格式时,除了合理安排数据项的显示位置,还应注意适当的色彩搭配,美观的屏幕格式能给人以享受,容易获得用户的好感。

设计纸质报表的格式时,要先了解打印机的特性,包括对各种制表符号、打印字体大小、换页走纸命令的熟悉,因为不少打印机往往其控制方式有独特之处。

为了便于编写输出程序,以免在调试程序时作反复修改,设计输出格式时,最好先在方格纸上拟出草图。

三、输 入 设 计

输出设计完成以后,就可进行输入设计。输入设计的重要性可以用这样一句话来形容:"进去的是垃圾,出来的也还是垃圾!"即要求输出高质量的信息,首先就要求输入高质量的信息。输入设计的目标是:在保证输入信息正确性和满足输出需要的前提下,应做到输入方法简便、迅速、经济。

前面已经介绍了常用的输入设备和介质的用途和特点。下面讨论输入设计的原则、输入数据的获得和输入格式的设计。

1. 输入设计的原则

输入设计应遵循以下基本原则。

(1) 输入量应保持在能满足处理要求的最低限度。应明白这样一个道理,输入的数据越多,则可能产生的错误也越多。

(2) 杜绝重复输入,特别是数据能共享的大系统、多子系统一定要避免重复输入。

(3) 输入数据的汇集和输入操作应尽可能简便易行,从而减少错误的发生。

(4) 输入数据应尽早地用其处理所需的形式进行记录,以便减少或避免数据由一种介质转换到另一种介质时可能产生的错误。

2. 输入数据的获得

在管理信息系统中,最主要的输入是向计算机输送原始数据,例如,仓库入库单、领料单、财务记账凭证等。因此在输入的前期,应详细了解这些数据的产生部门、输入周期、输入信息的平均发生量和最大量,并研究、计划今后这些数据的收集时间和收集方法等。

原始数据通常通过人机交互方式进行输入,为了提高输入速度并减少出错,可设计专门供输入数据用的记录单,在输入数据时,屏幕上画面格式与输入记录单保持一致。输入记录单的设计原则是:易使用,减少填写量,便于阅读,易于分类、整理和装订保存。有时也可以不专门填写输入记录单,而只在原始票据上框出一个区域,用来填写需特别指明的向计算机输入的数据。此方法容易为业务人员所接受,因为他们可减少填写记录单的工作量,但对输入操作不一定有利。

对于某些数据,最好的方法是结合计算机处理和人工处理的特点,重新设计一种新的人机共用的格式。例如,入库单和领料单,可在原有人工使用的单据格式上增加材料代码、经手人员的职工号等栏目。业务部门和计算机操作员都可直接使用该单据,这样既可减少填写输入记录单的工作量,又方便了输入操作。当然,对于单据中的代码填写,业务人员仍需经过一段时间的使用才能适应。

3. 输入格式的设计

输入格式应该针对输入设备的特点进行设计。若选用键盘方式人机交互输入数据,则输入格式的编排应尽量做到计算机屏幕显示格式与单据格式一致。输入数据的形式一般可采用"填表式",由用户逐项输入数据,输入完毕后系统应具有要求"确认"输入数据是否正确无误的功能。

4. 输入数据的校验

由于管理信息系统中数据输入量往往较大,为了保证其正确性,一般都设置输入数据校验功能,对已经输入的数据进行校验。校验的方法很多,常用的有以下两种:

1) 重复输入校验

由两个操作员分别输入同一批数据,或由一个操作员重复输入两次,然后由计算机校对两次输入的数据是否一致,若一致则存入磁盘,否则显示出不一致部分,由操作员修正。

2) 程序校验法

根据输入数据的特性,编写相应的校验程序对输入的数据进行检查,自动显示出错信息,并等待重新输入。例如,对于财务管理中的记账凭证输入,可设置科目代码字典,对输入的凭证中的科目代码进行自动检查。

四、处理过程设计

在获得了一个合理的模块划分即模块结构图以后,就可以进一步设计各模块的处理过程了,这是为程序员编写程序作准备,它是编程的依据。

处理过程设计,也称模块详细设计,通常是在 IPO 图上进行的。模块详细设计时除了要满足某个具体模块的功能、输入和输出方面的基本要求以外,还应考虑以下几个方面。

(1) 模块间的接口要符合通信的要求。

(2) 考虑将来实现时所用计算机语言的特点。

(3) 考虑数据处理的特点。

(4) 估计计算机执行时间不能超出要求。

(5) 考虑程序运行所占的存贮空间。

(6) 使程序调试跟踪方便。

(7) 估计编程和上机调试的工作量。

在设计中还应重视数学模型求解过程的设计。对于管理信息系统常用的数学模型和方法,通常都有较为成熟的算法,系统设计阶段应着重考虑这些算法所选定的高级语言实现的问题。

五、数据存贮设计

在管理信息系统中对数据的存贮和管理有文件、数据库两种方式(也可以把数据库看作是文件的集合)。

1. 文件设计

文件是按一定的组织方式存放在存贮介质上的同类记录的集合。文件设计就是根据文件的使用要求、处理方式、存贮的数据量、数据的活动性及所能提供的设备条件等,确定文件类别、选择文件媒体、决定文件组织方法、设计记录格式,并估算文件容量。具体内容如下:

(1) 对数据字典描述的数据存贮情况进行分析,确定哪些是数据需要作为文件组织存贮,其中哪些是固定数据,哪些是流动数据,哪些是共享数据等等,以便决定文件的类别。

(2) 决定需要建立的文件及其用途和内容,并为每个文件选取文件名。

(3) 根据文件的使用要求选择文件的存贮介质和组织形式。例如经常使用的文件应该采用磁盘介质随机方式(硬盘或软盘),不常用但数据量大的文件可采用磁带方式和顺序存贮组织方式。

(4) 根据数据结构设计记录格式。记录格式设计内容包括:
- 确定记录的长度。
- 确定要设置的数据项数目以及每个数据项在记录中的排列顺序。
- 确定每个数据项的结构。
- 若需要时,确定记录中的关键字(数据项)。

文件中记录的长度取决于各个数据项的结构和数据项的数目。各数据项在记录中的排列顺序可根据实际需要和使用习惯决定。每个数据项的结构,包括数据项名称、数据类型及数据长度。在设计时不仅要考虑实际的需要,还要考虑计算机系统软件或语言所提供的条件和限制。例如,在 FOXPRO 数据库文件中,规定每个记录中的字段(数据项)个数不能超过 128 个。

(5) 根据记录长度、记录个数和文件总数估算出整个系统的数据存贮容量。

整个系统的存贮容量等于各个存贮容量之和。文件存贮容量的计算与文件的组织方式、存贮介质、操作系统和记录格式等有密切关系。详细计算文件存贮容量的过程比较复杂,读者可参考有关资料。在微机管理信息系统中,一个估计文件存贮容量的简单方法就是将记录长度乘以估计的记录个数,或者用实验方法,先编写一个临时程序,按已确定的记录格式自动生成一个以空记录组成的文件,其记录个数与估计数目相同,这样,就可通过操作系统的有关命令,从屏幕上看出该文件的实际容量了。

2. 数据库设计

数据库设计是在选定的数据库管理系统基础上建立数据库的过程。数据库设计除用户要求分析外,还包括概念结构设计、逻辑结构设计和物理结构设计 3 个阶段。由于数据库系统已形成一门独立的学科,所以,当我们把数据库设计原理应用到管理信息系统开发中时,数据库设计的几个步骤就与系统开发的各个阶段相对应,且融为一体。

1) 数据库的概念结构设计

概念结构设计应在系统分析阶段进行。任务是根据用户需求,设计数据库的概念数据模型(简称概念模型)。概念模型是从用户角度看到的数据库,可用 E-R 模型表示。

2) 数据库的逻辑结构设计

逻辑结构设计是将概念结构设计阶段完成的概念模型转换成能被选定的数据库管理系统(Data Base Management System,DBMS)支持的数据模型。数据模型可以由实体联系模型转换而来。

通常不同的 DBMS 其性能不尽相同。为此数据库设计者还需深入了解具体 DBMS

的性能和要求,以便将一般数据模型转换成所选用的DBMS能支持的数据模型。

逻辑结构设计阶段提出的关系数据模型应符合第三范式(3NF)的要求。

如果选用的DBMS是支持层次、网络模型的DBMS,则还需完成从关系模型向层次或网络模型转换的工作。

到此为止,数据库的逻辑结构设计并未完成。下一步是用DBMS提供的数据描述语言(Data Description Language,DDL)对数据模型予以精确定义,即所谓模式定义。例如FoxPro中的CREATE命令,其作用类似于DDL,可用来定义逻辑数据结构。

3)数据库的物理结构设计

物理结构设计是为数据模型在设备上选定合适的存储结构和存取方法,以获得数据库的最佳存取效率。物理结构设计的主要内容包括:

(1)库文件的组织形式。如选用顺序文件组织形式、索引文件组织形式等。

(2)存贮介质的分配。例如将易变的、存取频度大的数据存放在高速存储器上;稳定的、存取频度小的数据存放在低速存储器上。

(3)存取路径的选择等。

六、用户界面设计

用户界面设计是整个系统设计重要的一步。系统是否好用,数据是否能够无差错地进入系统,以及用户对于系统的印象,在很大程度上取决于用户界面设计的结果。

用户界面设计的基本要求如下。

(1)输入、输出对用户友好。

(2)提供的表现形式和术语符合用户的接受能力。

(3)各种界面的信息表现一致性。

(4)提供学习功能。

用户界面设计包括输入方式设计和输入、输出画面设计。用户输入可采用3种方式:脱机输入方式、机器读入方式和人机交互方式。脱机输入方式是早期商业信息系统常用的一种方式。目前这种处理方式只用在一些特定的情况下,例如,处理数据量较大或必须事先进行手工处理的情况下就要采用这种方式。机器读入方式通常由感应仪器和转换设备等构成,用在输入数据量较大、需要提高效率的场合,如采用POS系统。图书馆、股票市场、银行、税收机关和金融机构等也大量采用这类设备。

第四节

系统设计说明书

系统设计报告(又称系统物理设计说明书)是系统设计阶段的主要成果,是新系统的物理模型,也是系统实施的重要依据。

系统设计报告主要包括以下内容：

（1）系统概述

（2）总体结构方案（包括总体结构图、子系统结构图、计算机流程图等）

（3）计算机系统配置方案

（4）代码设计方案

（5）文件、数据库设计方案

（6）输入输出设计方案

（7）系统详细设计方案

（8）接口及通信环境设计

（9）安全、保密设计、数据准备

（10）系统测试计划

（11）培训计划

系统设计报告要经领导批准，并得到用户的认可。一旦系统设计报告得到批准，则成为系统实施阶段的工作依据。

例：概要设计说明书和详细设计说明书（资料来源：中华人民共和国国家标准——计算机软件产品开发文件编制指南）

1. 概要设计说明书

概要设计说明书又可称系统设计说明书，这里所说的系统是指程序系统。编制的目的是说明对程序系统的设计考虑，包括程序系统的基本处理流程、程序系统的组织结构、模块划分、功能分配、接口设计、运行设计、数据结构设计和出错处理设计等，为程序的详细设计提供基础。编制概要设计说明书的内容要求如下：

1.1　引言

1.1.1　编写目的

说明编写这份概要设计说明书的目的，指出预期的读者。

1.1.2　背景

说明：

（1）待开发软件系统的名称。

（2）列出此项目的任务提出者、开发者、用户以及将运行该软件的计算中心。

1.1.3　定义

列出本文件中用到的专门术语的定义和缩写词的原词组及其含义。

1.1.4　参考资料

列出有关的参考文件，如：

（1）本项目的经核准的计划任务书或合同，上级机关的批文。

（2）属于本项目的其他已发表文件。

（3）本文件中各处引用的文件、资料，包括所要用到的软件开发标准。列出这些文件的标题、文件编号、发表日期和出版单位，说明能够得到这些文件资料的来源。

1.2　总体设计

1.2.1　需求规定

说明对本系统的主要的输入输出项目、处理的功能性能要求等。

1.2.2 运行环境

简要地说明对本系统的运行环境(包括硬件环境和支持环境)的规定等。

1.2.3 基本设计概念和处理流程

说明本系统的基本设计概念和处理流程,尽量使用图表的形式。

1.2.4 结构

用一览表及框图的形式说明本系统的系统元素(各层模块、子程序、公用程序等)的划分,扼要说明每个系统元素的标识符和功能,分层次地给出各元素之间的控制与被控制关系。

1.2.5 功能需求与程序的关系

说明各项功能需求的实现同各模块程序的分配关系。

1.2.6 人工处理过程

说明在本软件系统的工作过程中不得不包含的人工处理过程。

1.2.7 尚未解决的问题

说明在概要设计过程中尚未解决而设计者认为在系统完成之前必须解决的各个问题。

1.3 接口设计

1.3.1 用户接口

说明将向用户提供的命令和它们的语法结构,以及软件的回答信息。

1.3.2 外部接口

说明本系统同外界的所有接口的安排包括软件与硬件之间的接口、本系统与各支持软件之间的接口关系。

1.3.3 内部接口

说明本系统之内的各个系统元素之间的接口的安排。

1.4 运行设计

1.4.1 运行模块组合

说明对系统施加不同的外界运行控制时所引起的各种不同的运行模块组合,说明每种运行所历经的内部模块和支持软件。

1.4.2 运行控制

说明每一种外界的运行控制的方式方法和操作步骤。

1.4.3 运行时间

说明每种运行模块组合将占用各种资源的时间。

1.5 系统数据结构设计

1.5.1 逻辑结构设计要点

给出本系统内所使用的每个数据结构的名称、标识符以及它们之中每个数据项、记录、文卷和系的标识、定义、长度及它们之间的层次的或表格的相互关系。

1.5.2 物理结构设计要点

给出本系统内所使用的每个数据结构中的每个数据项的存储要求,访问方法、存取单位、存取的物理关系(索引、设备、存储区域)、设计考虑和保密条件。

1.5.3 数据结构与程序的关系

说明各个数据结构与访问这些数据结构的形式。

1.6 系统出错处理设计

1.6.1 出错信息

用一览表的方式说明每种可能的出错或故障情况出现时,系统输出信息的形式、含义及处理方法。

1.6.2 补救措施

说明故障出现后可能采取的变通措施,包括:

(1)后备技术说明准备采用的后备技术,当原始系统数据丢失时启用的副本的建立和启动的技术,例如周期性地把磁盘信息记录到磁带上去就是对于磁盘媒体的一种后备技术。

(2)降效技术说明准备采用的后备技术,使用另一个效率稍低的系统或方法来求得所需结果的某些部分,例如一个自动系统的降效技术可以是手工操作和数据的人工记录。

(3)恢复及再启动技术说明将使用的恢复再启动技术,使软件从故障点恢复执行或使软件从头开始重新运行的方法。

1.6.3 系统维护设计

说明为了系统维护的方便而在程序内部设计中作出的安排,包括在程序中专门安排用于系统的检查与维护的检测点和专用模块。

2. 详细设计说明书

详细设计说明书又可称程序设计说明书。编制目的是说明一个软件系统各个层次中的每一个程序(每个模块或子程序)的设计考虑,如果一个软件系统比较简单,层次很少,本文件可以不单独编写,有关内容合并入概要设计说明书。对详细设计说明书的内容要求如下:

2.1 引言

2.1.1 编写目的

阐明编写详细设计说明书的目的,指明读者对象。

2.1.2 背景

说明:

(1)待开发软件系统的名称。

(2)本项目的来源和主管部门、任务提出者、开发者和用户等。

2.1.3 定义

列出本文件中用到专门术语的定义和缩写词的原词组及其含义。

2.1.4 参考资料

列出有关的参考资料,如:

(1)本项目的经核准的计划任务书或合同、上级机关的批文。

(2)属于本项目的其他已发表的文件。

(3)本文件中各处引用到的文件资料,包括所要用到的软件开发标准。列出这些文件的标题、文件编号、发表日期和出版单位,说明能够取得这些文件的来源。

2.2　程序系统的结构

用一系列图表列出本程序系统内的每个程序(包括每个模块和子程序)的名称、标识符和它们之间的层次结构关系。

2.3　程序1(标识符)设计说明

从本章开始,逐个地给出各个层次中的每个程序的设计考虑。以下给出的提纲是针对一般情况的。对于一个具体的模块,尤其是层次比较低的模块或子程序,其很多条目的内容往往与它所隶属的上一层模块的对应条目的内容相同,在这种情况下,只要简单地说明这一点即可。

2.3.1　程序描述

给出对该程序的简要描述,主要说明安排设计本程序的目的意义,并且,还要说明本程序的特点(如是常驻内存还是非常驻,是否子程序,是可重入的还是不可重入的,有无覆盖要求,是顺序处理还是并发处理等)。

2.3.2　功能

说明该程序应具有的功能,可采用IPO图(即输入—处理—输出图)的形式。

2.3.3　性能

说明对该程序的全部性能要求,包括对精度、灵活性和时间特性的要求。

2.3.4　输入项

给出对每一个输入项的特性,包括名称、标识、数据的类型和格式、数据值的有效范围、输入的方式。数量和频度、输入媒体、输入数据的来源和安全保密条件等。

2.3.5　输出项

给出对每一个输出项的特性,包括名称、标识、数据的类型和格式,数据值的有效范围,输出的形式、数量和频度,输出媒体、对输出图形及符号的说明、安全保密条件等等。

2.3.6　算法

详细说明本程序所选用的算法,具体的计算公式和计算步骤。

2.3.7　流程逻辑

用图表(例如流程图、判定表等)辅以必要的说明来表示本程序的逻辑流程。

2.3.8　接口

用图的形式说明本程序所隶属的上一层模块及隶属于本程序的下一层模块、子程序,说明参数赋值和调用方式,说明与本程序直接关联的数据结构(数据库、数据文卷)。

2.3.9　存储分配

根据需要,说明本程序的存储分配。

2.3.10　注释设计

说明准备在本程序中安排的注释,如:

(1) 加在模块首部的注释。

(2) 加在各分支点处的注释;对各变量的功能、范围、缺省条件等所加的注释。

(3) 对使用的逻辑所加的注释等等。

2.3.11 限制条件

说明本程序运行中所受到的限制条件。

2.3.12 测试计划

说明对本程序进行单体测试的计划,包括对测试的技术要求、输入数据、预期结果、进度安排、人员职责、设备条件驱动程序及桩模块等的规定。

2.3.13 尚未解决的问题

说明在本程序的设计中尚未解决而设计者认为在软件完成之前应解决的问题。

2.4 程序2(标识符)设计说明

用类似3的方式,说明第2个程序乃至第N个程序的设计考虑。

……

本 章 小 结

从系统调查、系统分析到系统设计是信息系统开发的主要工作,这3个阶段的工作量几乎占到了总开发工作量的70%。而且这3个阶段所用的工作图表较多,涉及面广,较为繁杂。系统设计是管理信息系统开发的重要阶段,主要目的是在系统分析阶段提出的反映用户需求的逻辑方案的基础上,科学合理地将逻辑方案转换成可以实施的物理(技术)方案。

系统设计阶段包括概要设计和详细设计两个步骤。概要设计阶段的主要任务是确定系统的硬件结构、软件结构和网络结构设计,详细设计阶段包括代码设计、数据库设计、输入输出设计和功能模块设计等内容。代码设计涉及科学管理的问题,好的代码方案有利于系统的开发工作。

按照结构化系统分析与设计的基本思想,按照自顶向下把整个系统划分为若干个大小适当,功能明确,具有相对独立性,并容易实现的子系统,然后再自下而上地逐步设计。功能模块的划分应注意高内聚、低耦合的原则,系统划分为功能模块可增大系统的可维护性和提高系统开发工作的效率。

数据库设计是系统设计的重要部分,数据库设计的好坏决定着整个系统开发的优劣,具有集中统一规划的数据库是管理信息系统成熟的重要标志。数据库系统实现和运行阶段包括数据库的实施、数据库运行与维护、必要时需要进行数据库的重组。

一个好的输入系统设计可以为用户和系统双方带来良好的工作环境,一个好的输出设计可以为管理者提供简洁明了、有效、实用的管理和控制信息。模块功能与处理过程设计是系统设计的最后一步,也是最详细的涉及到具体业务处理过程的一步。它是下一步编程实现系统的基础。

系统设计的最终结果是系统说明书,这些说明书包括技术方面的描述,详细说明系统的输出、输入和用户接口,以及所有的硬件、软件、数据、远程通信、人员和过程的组成部分及这些组成部分涉及的方法。这些说明书是设计报告的一部分,而设计报告是系统设计的主要结果。

<h1 style="text-align:center">思考与训练</h1>

1. 系统设计中,应遵循哪些原则?

2. 结构化设计的基本思想是什么?

3. 模块结构设计应遵循的原则有哪些?

4. 代码设计有哪些基本原则?

5. 校验码有何作用?

6. 输出、输入设计中应注意哪些问题?

7. 系统物理配置内容有哪些?

8. 代码的种类有哪几种?

9. 数据输入出错的校验方法有哪些?

10. 按照本章所讲内容试做一个系统设计,并最终给出所有的设计资料和系统设计报告。

<h1 style="text-align:center">课 外 阅 读</h1>

1. 钟珞,杨波. 软件技术基础. 武汉:武汉理工大学出版社

2. 中国软件网 http://www.soft6.com/

3. 陈平,褚华. 软件设计师教程. 第 2 版. 北京:清华大学出版社

<h1 style="text-align:center">案 例 分 析</h1>

<h3 style="text-align:center">考试管理信息系统设计</h3>

一、系统目标设计

通过系统分析报告,制订本系统目标如下:

(1)采用统一的人机对话方式,方便的数据输入性能,良好的人机界面,尽量避免汉字的人工重复输入。

(2)查询模式通用、方便、灵活,能快速实现按学生姓名、学号,以及按分数段的分数查询。

(3)考虑到学生的升降级,对学生信息能够进行删除。

(4)系统应具有一定的操作合法权检验功能。

二、新系统功能结构设计

综合考虑新系统逻辑模型和设计的新系统目标的要求,绘制的新系统功能结构如图 5.18 所示。

对图 5.18 中各项功能说明如下:

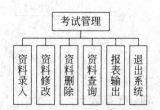

图 5.18　考试管理信息系统功能结构图

（一）资料录入

（1）学生库的数据输入。在系统初次建成待实际使用之前，所整理好的学生基本情况输入到学生库文件中，包括学号、班级代码、班级名称和姓名等数据。

（2）学生成绩库的数据输入。根据成绩单录入如下资料：学号、班级代码、班级名称和姓名。并将各科成绩及总成绩的值标为 0，以表示尚未录入过成绩。

（二）资料修改

（1）学生库文件的资料修改。根据给的学生人员变动名单来修改学生库文件中的记录资料。

（2）学生成绩库文件的资料修改。一是根据给定的整理人员名单和学生成绩单来修改相应的资料。需要注意的是，这两个库的唯一联系标记是学号。

（三）资料删除

资料删除同资料修改基本上是一致的，只不过这里是将删除的记录从相应的数据库文件中删除掉。当然，需要注意的是，学生库文件中的记录不要轻易删除，否则会引起不必要的麻烦。

（四）资料查询

为了实现方便灵活的快速查询功能，本系统的资料查询功能包括按"学号"查询、按"姓名"查询、按"分数段"查询等方式。

（五）报表输出

输出学生情况、学生成绩等。

三、考试管理信息系统流程设计

根据系统分析阶段提出的系统逻辑模型，考虑数据处理的方便性，进行了相应改进。主要是为了便于输出打印成绩报表，可以先根据学生库文件和学生成绩库文件生成一个临时成绩库文件，然后再根据这个临时成绩库文件进行打印输出。一旦打印输出结束，便将这个临时库报表文件清空。因此，该信息系统流程图设计成图 5.19 所示的形式。

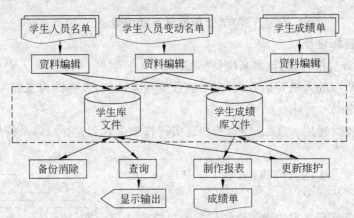

图 5.19　考试管理信息系统流程图

四、代码设计

1. 学号的代码设计

考虑到本学校只有三个年级：初一、初二、初三，每年级人数不超过三位数，年级用人学年份表示,因此用复合码,并用8位字符表示。设计方案如图5.20所示。

2. 班级代码设计

班级代码采用两位字符表示,采用方案如图5.21所示。

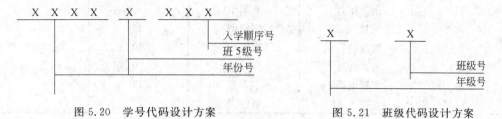

图 5.20　学号代码设计方案　　　　　图 5.21　班级代码设计方案

五、输出设计

本系统的输出报表单科成绩单、多科成绩单、成绩条,打印输出格式设计成表5.1、表5.2和表5.3所示的基本形式。

表 5.1　单科成绩表

科目_____　　　　　班级代码_____　　　　　班级名称_____

学号	姓名	成绩

表 5.2　多科成绩表

班级代码_____　　　　　班级名称_____

学号	姓名	数学成绩	语文成绩	英语成绩	政治成绩	历史成绩	物理成绩	化学成绩	生物成绩	地理成绩	总成绩

表 5.3　成　绩　条

学号	班级代码	班级名称	姓名	数学成绩	语文成绩	英语成绩	政治成绩	历史成绩	物理成绩	化学成绩	生物成绩	地理成绩	总成绩

六、存储文件设计

根据系统分析和设计的要求,本系统中建立3个基础数据库,如表5.4和表5.5所示。为了便于阅读理解,库文件中的字段名均用汉字命名。

表 5.4　学生情况表结构

字段	字段名	类型	宽度	小数字
1	学号	字符型	8	
2	班级代码	字符型	2	
3	班级名称	字符型	8	
4	姓名	字符型	8	

字段	字段名	类型	宽度	小数字
5	性别	逻辑型	1	
6	出生年月	日期型	8	
7	籍贯	字符型	20	
8	家庭情况	字符型	40	
9	家庭住址	字符型	20	
10	家庭电话	字符型	12	
11	备注	备注型	10	

表 5.5　学生成绩表结构

字段	字段名	类型	宽度	小数字
1	学号	字符型	8	
2	班级代码	字符型	2	
3	班级名称	字符型	8	
4	姓名	字符型	8	
5	数学成绩	数值型	5	1
6	语文成绩	数值型	5	1
7	英语成绩	数值型	5	1
8	政治成绩	数值型	5	1
9	历史成绩	数值型	5	1
10	物理成绩	数值型	5	1
11	化学成绩	数值型	5	1
12	生物成绩	数值型	5	1
13	地理成绩	数值型	5	1
14	总成绩	数值型	5	1

七、输入设计

本系统的输入报表学生人员名单、学生人员变动名单和学生成绩单打印输出格式设计成表 5.6、表 5.7 和表 5.8 所示的基本形式。

表 5.6　学生人员名单

学号	班级代码	班级名称	姓名	性别	出生年月	籍贯	家庭情况	家庭住址	家庭电话	备注

表 5.7　学生人员变动名单

学号	班级代码	班级名称	姓名	性别	出生年月	备注

表 5.8　学生成绩单

学号	班级代码	班级名称	姓名	数学成绩	语文成绩	英语成绩	政治成绩	历史成绩	物理成绩	化学成绩	生物成绩	地理成绩	总成绩

（资料来源：华夏管理网 http：//www.hxjk.com/）

思考题：

本案例提供了系统设计实际过程,在熟练掌握这些内容的基础上,请设计本专业考试管理信息系统,并试着写出系统设计实际过程。

第六章

系统实施

引例：杭州市医保管理信息系统实施案例

杭州医保管理信息系统以市医疗保险服务中心为中心，覆盖了银行、地税、工商、定点医疗机构、定点药店、参保企业等多家单位和个人，主要包括参保对象管理子系统、基金管理子系统、费用审核管理子系统、账户管理子系统等11个系统。其中医院端动态链接库子系统主要为医疗中心管理系统与医院管理系统（HIS）的数据交换提供统一规范和标准，医保卡管理子系统是根据本地医保系统和银行系统对卡管理的需求，与商业银行联合开发的医保卡管理系统，实现了银行联网和医疗保险系统的联网。整个系统开发完成了多达上百个模块，并和原有养老系统做了数据共享。杭州市劳动和社会保障局经过对投标单位的摸底和考察，对杭州市城镇职工基本医疗保险管理信息系统项目进行招标。招标内容涉及技术咨询、软件开发、系统硬件集成、系统维护人员的培训以及售前和售后服务等多方面内容。东软软件股份有限公司一举中标。按照整个工作计划，在 2001 年 11 月，要将 75 万参保职工、上万家参保企业、100 多家定点医疗机构纳入杭州医疗保险信息管理系统内。

前期的规划和设计工作是整个系统实施的基础，同时杭州医保管理信息系统涉及面非常广泛。

在需求分析阶段，有省劳社厅、省卫生厅、市卫生局、市商业银行、市地税局、省市的定点医疗机构、各定点医疗机构的 HIS 开发商、市广电、市电信局、参保企业等多家相关部门共同参与。系统庞大复杂，杭州劳动和社会保障局和东软都投入了最强大的力量。经过详细的需求分析、各部门大量的沟通和项目会议，初步确定了杭州医保项目的实施范围，决定以广电线路为主干线路，以电信线路为备份线路，采用磁卡作为医保卡，系统采用C/S 结构，以大集中模式来搭建医保系统。

在系统设计阶段，需要考虑 75 万参保职工账户的建立、上万家参保企业医疗保险基金的征缴、上百家定点医疗机构医药费用的审核与偿付、医疗保险基金的监控、征集比例的测算等多种问题。在系统架构上，市医保中心主机系统的架构以 IBMRS/6000M80 为核心，以 7133—SSA 高速磁盘阵列为共享链接，以 3590—E11 磁带库为系统备份。在市医保中心内部，局域网主干网络带宽为千兆，与各二级交换机也采用千兆互联，为内部的各个科室提供 10/100M 到桌面的一套局域网系统。该系统的广域网系统则根据各个定点医疗机构的具体数据量的大小情况，设计了不同的适合自身通讯线路的解决方案。

在软件开发上,东软采取了国际流行的控制方法。首先经过正式评审和认可,将一组配置项当作基准,作为进一步开发的基础,只有通过正式的更改控制规程才能被更改,因客户的业务需求变更而进行更改时应有客户的确认。因此,在合同阶段,与客户明确了系统更改的控制方法,防止开发人员对软件的随意更改,以确认系统的成功实施。

各项目小组采用团队开发的方法,开发过程中配置管理工具 SourceSafe 6.0 来管理,在项目各阶段自动产生配置报告,提交给质量保证 QA 负责人和项目经理,以便随时了解项目的状态。在各项目开发结束后,所有代码和文档备份到专用的代码备份服务器中归档。后期的维护作为新任务的开始,定期整理维护活动产生的结果,追加到原项目的备份中去,同时更新配置状态报告。测试时采用暗箱测试方法。

系统硬件平台搭建的工作主要分为设备到货的跟踪、设备到货的验收、系统的搭建、IP 地址的规划、系统的验证等几个方面。在项目实施过程中,主要利用 Microsoft Project 工具软件来管理项目。

通过采用以上的方法,确保了杭州医保管理信息系统在 2001 年 4 月 1 日的试运行和 5 月 1 日的正式上线。上线时,纳入杭州医保的参保职工有将近 3 万人,定点医疗机构将近 20 家左右,确保了杭州市医疗保险制度改革的顺利启动。

(资料来源:中国计算机报)

当系统分析与系统设计的工作完成以后,系统开发人员的工作重点就从分析、设计和创造性思考的阶段转入实践阶段。在此期间,将投入大量的人力、物力和时间进行物理系统的实施、程序设计、程序和系统调试系统转换、人员培训、系统管理等一系列工作,这个过程称为系统实施。系统实施阶段既是成功地实现新系统,又是取得用户对系统信任的关键阶段。因此,在系统实施开始之前,要制订周密具体的实施计划,既确定出系统实施的方法、步骤、所需的时间和费用,又要监督计划的执行,做到既有计划又有检查,以保证系统实施工作的顺利进行。

第一节

系统实施过程与策略

系统实施是指把系统设计阶段的结果在计算机上实现,即将新系统方案转换成可执行的应用软件系统。系统实施阶段的主要内容包括:物理系统的实施、程序设计与调试、整理基础数据、培训操作人员,系统评价以及系统切换与运行维护工作。

一、物理系统的实施

(一)计算机系统的实施

信息时代,计算机技术的发展日新月异,不同厂家、型号的计算机产品为信息系统的应用提供了广阔的舞台,但也给系统的实施带来了一定的复杂性。我们必须从这些计算机产品中选择最适合应用需要的品牌。

购置计算机系统的基本原则如下。

(1) 能够满足信息系统的设计要求。

(2) 计算机系统是否具有良好的性价比。

(3) 系统是不是具有良好的可扩充性。

(4) 售后服务和技术支持如何等。

计算机对周围环境比较敏感,尤其在安全性较高的应用场合,对机房的温度、湿度等都有特殊的要求。通常,机房要安装双层玻璃门窗,并且要求无尘。硬件通过电缆线连接至电源,电缆走线要安放在防止静电感应的耐压有脚的活动地板下面。另外,为了防止由于突然停电造成的事故发生,应安装备用电源设备,如功率足够的不间断电源(Uninterruptable Power Supply, UPS)。

(二) 网络系统的实施

信息系统由通信线路把各种设备连接起来组成的网络系统。信息系统网络有局域网和广域网两种。局域网(Local Area Network, LAN)通常指一定范围内的网络,可以实现楼宇内部和邻近的几座大楼之间的内部联系。广域网(Wide Area Network, WAN)设备之间的通信,通常利用公共电信网络,实现远程设备之间的通信。

网络系统的实施主要是通信设备的安装、电缆线的铺设及网络性能的调试等工作。常用的通信线路有双绞线、光纤电缆同轴电缆以及微波和卫星通信等。

二、程 序 设 计

程序设计是系统实施阶段最主要的工作。程序设计是根据系统设计文档(系统设计说明书)中有关模块的处理过程描述,选择合适的计算机程序语言,编制出正确、清晰、健壮,易理解、易维护、工作效率高的程序的过程。

(一) 程序设计原则

在管理信息系统的开发过程中,程序设计就是实现系统功能的重要手段,因而程序设计是非常重要的一步。过去程序设计主要强调程序的正确和效率,现在已倾向于强调程序的可维护性、可靠性和可理解性,而后才是效率。因此,从目前的技术发展来看,设计性能优良的程序,除了要正确实现程序说明书所规定的功能外,还要遵循以下 5 条基本原则。

1. 可靠性(reliability)

系统的可靠性是衡量系统质量的首要指标。可靠性指标包括两个方面的内容:一方面是程序或系统的安全可靠性,如通信的安全可靠性,数据存取的安全可靠性,操作权限的安全可靠性,这些工作一般都要在系统分析和设计时来严格定义;另一方面是程序运行的可靠性,这一点只能在调试时的严格把关(特别是委托他人编程时)来保证编程工作的质量。

2. 可维护性(maintainability)

可维护性是指程序各部分相互独立,没有调用子程序以外的其他数据关联。也就是说不会发生那种在维护时,牵一发动全身的连锁反应。系统在其运行期间,逐步暴露出的隐含错误需要及时排错;同时,用户新增的要求也需要对程序进行修改或扩充;此外,计算机软硬件的更新换代也要求应用程序作相应的调整或移植。一个规范性、可读性、结构划分都很好的程序模块,它的可维护性也是比较好的。

3. 可读性(readability)

可读性要求程序清晰,没有太多繁杂的技巧,能够让他人容易读懂。可理解性对于大规模工程化地开发软件非常重要,这是因为程序的维护工作量很大,程序维护人员经常要维护他人编写的程序。如果程序不便于阅读,那么对程序检查与维护工作将会带来极大的困难,而无法修改的程序是没有生命力的程序。

4. 实用性(suability)

实用性是指一般从用户的角度来审查,它是指系统各部分是否都非常方便实用。它是系统今后能否投入实际运行的重要保证。

5. 健壮性(robustness)

健壮性是指系统对错误操作、错误数据输入能予以识别与禁止的能力,不会因错误操作、错误数据输入及硬件故障而造成系统崩溃。这是系统长期平稳运行的基本前提。

(二) 常用的编程工具

随着计算机技术的发展,程序设计语言也在不断发展,种类越来越多,功能越来越完善。据不完全统计,目前已有数百种之多,这些工具不仅在数量和功能上突飞猛进,而且在其内涵和拓展上也日新月异。这既给我们开发系统提供了越来越多、越来越方便的手段,同时也要求我们了解和选用恰当的编程工具,以保证实现这一环节的质量和效率。

比较流行的软件工具为一般编程语言、数据库系统、程序生成工具、专用系统开发工具、客户(Client)/服务器(Server)型工具,以及面向对象的编程工具等。目前,这类工具的划分在许多具体软件上又是交叉的。

1. 常用编程语言类

常用编程语言包括 C 语言、C++语言、Visual BASIC 语言、PL/1 语言、PROLOG 语言和 OPS 语言等。这类语言一般不具有很强的针对性,因而适应范围很广,原则上任何模块都可以用它们来编写。这类语言的缺点是程序设计的工作量很大,其适应范围广是以用户编程的复杂程度为代价的。

2. 数据库类

它是信息系统中数据存放的中心和整个系统数据传递和交换的枢纽。目前市场上提供的数据库软件工具产品主要有两类,一类是以微机关系数据库为基础的 XBASE 系统,一类是大型数据库系统。前者以 dBASE-Ⅱ、dBASE-Ⅲ、dBASE-Ⅳ、dBASE-Ⅴ 和 FoxBASE2.0、FoxBASE2.1 以及 FoxPro 的各种版本为典型产品;后者以 ORACLE 系统、SYBASE 系统、INGRES 系统、INFORMAX 系统和 DB2 系统等为典型产品。这类系统的最大优点是功能齐全,容量巨大,适合于大型综合类数据库系统的开发。在使用时配有专门的接口语言,可以允许各类常用的程序语言(称之为主语言)任意地访问数据库内的数据。

3. 程序生成类工具

程序生成类工具又称为第四代生成语言(4th Generation Language)是一种基于常用数据处理功能和程序之间对应关系的自动编程工具。较为典型的产品有 AB(Application Builder,应用系统建造工具)、屏幕生成工具、报表生成工具以及综合程序生成工具,即有 FoxPro、Visual BASIC、Visual C++、CASE 和 Power Builder 等。目前这类工具发展的一个趋势是功能大型综合化,生成程序模块语言专一化。

4. 系统开发类工具

系统开发类工具是在第四代程序生成工具基础上发展起来的,它不但具有 4GLs 的各种功能,而且更加综合化、图形化,使用起来更加方便。目前系统开发工具主要有两类:即专用开发工具类(常见的如 SQL、SDK 等)和综合开发工具类(常见的如 FoxPro、dBASE-V、Visual BASIC、Visual C++、CASE 和 Team Enterprise Developer 等)组成。这种工具虽然不能帮用户生成一个完整的应用系统,但可帮助用户生成应用系统中大部分常用的处理功能。

5. 客户/服务器工具类

它是采用了人类在经济和管理学中经常提到的"专业化分工协作"的思想而产生的开发工具,常见的如:基于 Windows 的 FoxPro,Visual BASIC,Visual C++,Excel,PowerPoint,Word 以及 Borland International 公司的 Delphiclient/Server,Powersoft 公司的 Power Builder Enterprise,Sysmantec 的 Team Enterprise Developer 等等。此类开发工具所开发出来的应用软件系统对硬件的要求较高。这类工具的特点是它们之间相互调用的随意性。例如在 FoxPro 中通过 DDE(Dynamic Data Exchange,动态数据交换)或OLE(Object Linking and Embedding,对象的链接和嵌入)或直接调用 Excel,这时FoxPro 应用程序模块是客户,Excel 应用程序是服务器。

6. 浏览器/服务器工具类

目前 B/S 模式成为管理信息系统开发主流,常见 B/S 模式开发平台有:.Net 平台和J2EE 平台,开发技术有 ASP、PHP、JSP 及最新的 JCL(Javascript Component Library)技术。目前使用最广泛的 B/S 模式开发工具有 ASP.NET 和 JAVA。

7. 面向对象的编程工具

面向对象的编程工具主要是指与 OOP、OOA 和 OOD 方法相对应的编程工具,目前常见的工具有 C++、Visual C++ 和 Visual FoxPro。这是一类针对性较强,并且很有潜力的系统开发工具。这类工具最显著特点是:它必须与整个 OO 方法相结合。没有这类OO 工具,OO 方法的特点将受到极大的限制,反之,没有 OO 方法,该类工具也将失去其应有的作用。

由于管理信息系统是以数据处理为主,且基于微机和微机局域网络系统的硬件开发环境,因此,在我国的管理信息系统中,目前使用最多的是 FoxPro、Visual FoxPro 和Oracle 等关系数据库管理系统,并结合 C 语言进行开发。

不管使用哪种语言,在实际的管理信息系统开发过程中,设计语言的选择都应考虑以下因素。

（1）管理系统所处理问题的性质。管理信息系统是以数据处理为主，故应选择数据处理能力强的语言。

（2）计算机的软、硬件和所选语言在相应机器上所能实现的功能。有的程序设计语言尽管在文本的规定上具有较强的语言功能，但限于具体的计算机条件（大型机、小型机、微型机、计算机的内存容量等条件），其功能没能全部实现。即使有的语句功能实现了，但其实际处理能力和效率可能有所下降，如最大文件个数、文件的类型、数字的精度等。

（3）系统的可维护性和可移植性。分析用户对计算机语言的掌握程度，选择用户较为熟悉，或易于学习、易于应用的语言，便于用户维护。并且要考虑语言本身的结构化程度好坏，便于系统的维护和修改。

对于管理类专业的学生，一般均为非专业程序开发人员，实际编程工作中 FoxPro 和 Visual FoxPro 用的较多，特别是具有强大辅助编程功能的 Visual FoxPro 已成为他们当前主要的编程语言。

（三）结构化程序设计方法

目前程序设计的方法大多是按照结构化方法、原型方法、面向对象的方法进行。而且，我们也推荐这种充分利用现有软件工具的方法，因为这样做不但可以减轻开发的工作量，而且还可以使得系统开发过程规范，使得系统功能更强，更易于维护和修改。

这里主要介绍结构化程序设计方法。结构化程序设计（Structured Programming，SP）方法是 E. Djkstra 等人于 1972 年提出，用于详细设计和程序设计阶段，指导人们用良好的思想方法，开发出易于理解，又正确的程序的一种程序设计方法。用 SP 方法设计程序，任何程序逻辑都可以用顺序、选择和循环 3 种基本结构来表示。

1. 顺序结构

顺序结构的程序，始终按照语句排列的先后次序，一条接一条地依次执行。它是程序中最基本、最常用的结构，如图 6.1 所示。

2. 选择（分支）结构

选择结构是根据判断给定的条件成立与否，转向执行不同的程序路径的结构，如图 6.2 所示。

图 6.1　顺序结构

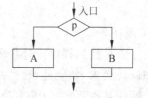

图 6.2　选择结构

选择结构一般有以下 3 种形式。

（1）结构一：

```
IF<条件>
    <程序段>
ENDIF
```

(2) 结构二：

```
IF<条件>
    <程序段 1>
ELSE
    <程序段 2>
ENDIF
```

(3) 结构三：

```
DOCASE
    CASE<条件 1>
        <程序段 1>
    CASE<条件 2>
        <程序段 2>
        …
[OTHERWISE
    <程序段 n+1>]
ENCASE
```

3. 循环结构

循环结构是指定一段程序不断地循环，直到循环的条件不满足为止。

```
DOWHILE<条件>
    <程序段 1>
[LOOP]
    <程序段 2>
[EXIT]
    <程序段 3>
ENDDO
```

循环结构如图 6.3 所示。

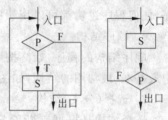

图 6.3　循环结构

（四）程序设计的步骤

程序的设计一般应该遵循以下几个步骤。

1. 明确任务

在设计人员接到程序设计任务时，根据系统设计及其他有关资料，弄清楚该程序设计的条件和设计要求，如硬件、软件的状况和采用的编码、语言、输入、输出、文件设置、数据处理等方面的基本要求，以及本程序和其他各项程序之间的关系等。只有明确了这些方面的情况之后，才能进一步考虑程序的设计。

2. 分析数据

数据是程序中加工和处理的对象。要设计好一个程序，必须要对处理的数据进行仔细地分析，弄清楚数据的详细内容和特点之后，才能进一步按照要求确定数据的数量和层次结构，安排输入、输出、存储、加工处理的步骤以及一些具体的计算方法。

3. 确定流程

流程是为了完成开发任务而给计算机安排的具体操作步骤。一般用统一的符号把数据的输入、输出、存储、加工等处理过程绘制成程序流程图（简称框图），作为编写程序的依据。

4. 编写程序

编写程序是采用一种程序设计语言，按其规定的语法规则把确定的流程描写出来。在程序的编写过程中，必须仔细考虑处理过程中的每一个细小的环节，并严格遵守语法规则，准确使用各种语句，只有这样才能编写符合要求的程序。稍有疏忽大意就会影响程序的正常运行，得不到预期的结果。

5. 检查和调试

程序编写好之后，还要经过反复严格的检查和调试。检查内容包括程序结构是否得当，语句的选用和组织是否合理，语法是否符合规定，语义是否正确等。一旦发现问题，应及时进行修改。

6. 编写程序使用说明书

程序使用说明书是为了向程序使用者说明该程序需要使用的设备，程序输入、输出的安排，操作的步骤，以及出现意外情况时应采取的应急措施等，以便程序能够有条不紊地运行。

（五）编程的风格

随着企业管理信息系统的规模和复杂性不断的增加，程序不仅要被计算机正确地理解和执行，还由于测试、维护和修改等工作的需要而经常被人阅读。因此，程序的可读性对于企业管理信息系统的质量有着重要的影响。要提高程序的可读性，在编程时应在风格上注意以下几点。

1. 标识符的命名

标识符包括程序中用到的模块名、常量名、变量名、过程名、类名以及数据库字段名等。理解程序中这些名字的含义是理解程序的关键。所以，标识符应当按照编程前统一约定的标准来选取，并使其直观、易于理解和记忆。例如：应尽可能采用有实际意义的标识符；不要使变量的命名过于相似；同一标识符应具有唯一含义；名字不要过长等。

2. 编程的书写格式

编程时应注意语句简单明了，不能为了提高效率而使语句过于复杂。恰当的书写格式将有助于程序的阅读。例如：不要为了节省空间而把多个语句写在一行；避免过于复杂的条件测试；利用括号使多条件表达式清晰直观；将同一层次的语句行左端对齐，而下一层次的语句向右边缩进若干格，以体现程序逻辑结构的深度等。

3. 程序的注释

程序中应适当地加上注释，以便在阅读程序时不必翻阅其他说明材料，使程序的可读性更好。注释原则上可以出现在程序的任何位置，如果将注释和程序的结构配合起来，则效果会更好。注释一般分为序言性注释和描述性注释两类。序言性注释通常出现在程序的首部，内容包括模块功能说明，界面描述（如调用语句格式，所有参数的解释和该模块需调用的模块名等），某些重要变量的使用与限制，开发信息（如作者，修改日期等）。书写注释时应注意：注释应正确,修改程序时应同时修改注释,否则会起反作用;注释应提供一些程序本身难以表达的信息;为了方便程序的维护,注释中应尽可能多的使用汉字。

系统调试与转换

　　系统测试是企业管理信息系统开发过程中十分重要的环节,就是要在计算机上以各种可能的数据和操作条件反复地对程序进行试验,发现存在的错误并及时加以修改,使其完全符合设计要求。有人把这一过程叫程序调试或程序测试,两者未加区分。实际上"调试"和"测试"是有区别的。一般认为,"调试"本是程序设计人员对所编程序的一种调整、检查方法,而"测试"则是指非程序员对系统的检查。严格来讲,程序调试之前是程序测试。程序测试的目的是为了发现尽可能多的错误;程序调试的任务则是根据测试时发现的错误,找出原因和具体位置,并进行改正。程序测试是程序调试的基础,有效的测试才能找出问题,并对程序进行调试以解决问题。它们是系统实施中非常重要的环节,也是系统实施成功的重要保证。本书统一称为系统调试。

　　调试的目的在于根据系统说明书和系统实施方案,对程序设计的结果进行全面地检查,找出并纠正其错误,使可能发生的错误,尽量消灭在系统正式运行之前。即使这样,调试通过也不能证明系统绝对无误,只不过说明各模块、各子系统的功能和运行情况正常,相互之间连接无误,系统交付用户使用以后,在系统的维护阶段仍有可能发现少量错误并进行纠正,这也是正常的。

一、调试的基本原则

　　系统调试还要注意以下一些基本原则:

　　(1)调试用例应该由"输入数据"和"预期的输出结果"组成。在执行程序之前应该对期望的输出有很明确的描述,调试后可将程序的输出同它仔细对照检查。如果不事先确定预期的输出,就会把错误的结果当成是正确结果。

　　(2)不仅要选用合理的输入数据进行调试,还应选用不合理的甚至错误的输入数据。人们往往只注意前者而忽略了后一种情况,为了提高程序的可靠性,应认真组织一些异常数据进行调试,并仔细观察和分析系统的反应。

　　(3)除了检查程序是否做了它应该做的工作,还应检查程序是否做了它不该做的事情。例如,除了检查工资管理程序是否为每个职工正确地产生了一份工资单以外,还应检查它是否还产生了多余的工资单。

　　(4)应该长期保留所有的调试用例,直至该系统被废弃不用为止。在管理信息系统的调试中,设计调试用例是很费时的,如果将用过的例子丢弃了,以后一旦需要再调试有关的部分时(例如技术鉴定系统维护等场合)就需要再花很多人工。通常,人们往往懒得再次认真地设计调试用例,因而下次调试时很少有初次那样全面。如果将所有调试用例作为系统的一部分保存下来,就可以避免这种情况的发生。

二、系统调试的方法

系统调试的常用技术包括静态测试、动态测试和程序正确性证明 3 种。一般源程序通过编译后,要先经过静态测试,然后再进行动态测试。

（一）静态测试

静态测试又称代码复审,是指通过人工方式评审系统文档和程序,目的在于检查程序的静态结构,找出编译不能发现的错误。主要有下列 3 种方法。

1. 个人复查

指源程序编完以后,直接由程序员自己进行检查。由于对自己的错误不易发现,如果对功能理解有误,自己也不易纠正。所以这是针对小规模程序常用的方法,效率不很高。

2. 走查

一般由 3～5 人组成测试小组,测试小组成员应是从未介入过该软件的设计工作的有经验的程序设计人员。测试在预先阅读过该软件资料和源程序的前提下,由测试人员扮演计算机的角色,用人工方法将测试数据输入被测程序,并在纸上跟踪监视程序的执行情况,让人代替机器沿着程序的逻辑走一遍,以发现程序中的错误。由于人工运行很慢,因此走查只能使用少量简单的测试用例,实际上走查只是个手段,随着"走"的进程中不断从程序中发现错误。

3. 会审

测试小组构成与走查相似,要求测试成员在会审前仔细阅读软件有关资料,根据错误类型清单(从以往经验看一般容易发生的错误)填写检测表,列出根据错误类型提出的问题。会审时,由程序作者逐个阅读和讲解程序,测试人员逐个审查、提问,讨论可能产生的错误。会审要对程序的功能、结构及风格等全面进行审定。

（二）动态测试

动态测试是运用事先设计好的测试用例,有控制地运行程序,从多种角度观察程序运行时的行为,对比运行结果与预期结果的差别以发现错误。动态测试中的测试用例由输入数据和预期的输出结果两部分组成。理论上,只需用各种可能的输入数据运行程序,通过输出的结果来判断程序是否正确。但实际上,这是不可能的,即使一个很简单的程序,也无法穷尽所有可能的输入数据,这就要求测试人员从可能的输入数据中找出一组最具代表性、最有可能发现程序中错误的数据进行测试。这就是测试用例设计。

测试用例设计是测试阶段的关键技术,测试用例包括要测试的功能、应该输入的测试数据和预期结果。不同的测试数据发现程序错误的能力差别很大。因此,为了提高测试效率,应该选用高效的测试数据。设计测试用例的方法有两种:白箱法和黑箱法。在不同的测试阶段可采用不同的方法或交叉使用这两种方法。

1. 白箱法

白箱法是把被测试的程序看成是一个透明的箱子,对系统内部过程性细节做细致的检查。它是以程序内部的逻辑结构及相关信息来设计或选择测试用例,使测试数据覆盖被测试程序的所有逻辑路径,检查所有路径是否正确。如图 6.4 所示。

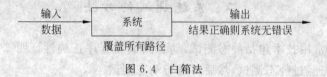

图 6.4　白箱法

2. 黑箱法

黑箱法是将软件看作黑盒子,在完全不考虑程序的内部结构和特性的情况下,测试软件的外部特性。根据软件的需求规格说明书设计测试用例,从程序的输入输出特性上测试是否满足设定的功能。如图 6.5 所示。

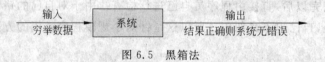

图 6.5　黑箱法

三、系统调试过程

企业管理信息系统在分析、设计、编程等每个阶段都有可能产生各种各样的错误,为了发现各阶段产生的错误,调试过程应该同分析、设计、编程的过程具有类似的结构,以便针对每一阶段可能产生的错误,采用某些特殊的测试技术。

系统调试有多种形式,一般分模块测试(单调)、子系统测试(分调)和系统测试(联调),如图 6.6 所示。系统测试成功后,还有用户的验收测试。

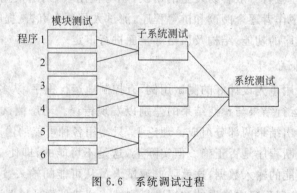

图 6.6　系统调试过程

1. 模块测试(单调)

模块就是指一段能够完成一定功能的程序语句,是程序设计的最小单元,是程序最小的独立编译单位。

模块测试是独立地对单个模块进行测试,是整个系统测试的基础。模块测试比系统测试更容易发现错误之所在,也能更有效地进行排错处理。模块测试前必须先通过编译检查并改正所有语法错误。

模块测试主要从下述 5 个方面去检验模块。

(1) 模块接口:测试信息能否正确无误地流入、流出模块。

(2) 模块内部之数据结构:测试内部数据的完整性,包括内容、形式及相互关系。

(3) 逻辑路径:测试应覆盖模块中关键的逻辑路径。

(4) 出错处理:测试模块对错误及产生错误的条件的预见能力,并且检测其出错处理是否适当。

(5) 边界条件:软件往往容易在边界条件上发生问题,如循环的第一次和最后一次执行,判断选择的边界值等。

2. 子系统测试(分调)

子系统测试是在模块测试的基础上,根据系统模块结构图将各个模块连接起来进行测试,以考查各模块的外部功能、接口以及各模块间相互调用的问题。但是如果使用其他还没有测试过又与之相联系的模块,则难以判断错误来自哪一个模块。为了解决这个问题,就得设计一些辅助模块来模拟与之联系的真实模块。辅助模块有两种:一种是模拟被测试模块的上一级调用模块,一般称为"驱动模块";另一种是模拟被测试模块的下一级被调用模块,称之为"桩模块"。子系统测试工作的实质可归结为图 6.7。

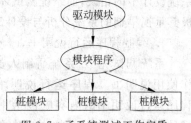

图 6.7 子系统测试工作实质

子系统测试,通常可以用自顶向下测试和自底向上测试两种测试方法。

(1) 自顶向下测试。先用主控模块作为测试驱动模块,然后将其所有下属模块用桩模块代替。桩模块中只保留所代替模块的名字、输入输出参数,而没有具体的处理功能。在子系统测试过程中再逐步用实际模块替换桩模块。在替换时,按数据流动的方向以输入模块、处理模块、输出模块的顺序逐步替换。在替换桩模块时,通常是完成一组测试后,用一个实际模块替换一个桩模块,然后再进行下一组测试,这样依次结合构成一个完整的子系统,为保证模块替换后没有引入新的错误,可以在模块替换后先进行回归测试即重复以前已进行过的部分或全部测试,然后再进行新的测试。

(2) 自底向上测试。从系统结构的最低一层模块开始、进行组装和测试。这种测试方法需要设计一些测试驱动模块而不是桩模块。测试驱动模块主要是用来接受不同测试用例的数据。并把这些数据传递给被测试模块,最后打印出测试结果。

自底向上测试子系统,先将一些低层模块组合成实现某一特定功能的模块群。然后为这些模块设计一个驱动模块,作为测试的控制模块,以协调测试用例的输入输出。在完成这一模块群的测试后,按照系统的层次结构从下到上用实际模块替换驱动模块,组合成一个新的规模更大的模块群,然后再进行新的一轮测试。

上述两种子系统测试方法各有其优缺点,一种方法的优点正是另一种方法的不足之处。自顶向下方法的优点在于和子系统整体有关的接口问题可以在子系统测试的早期得到解决,但设计测试用例比较困难。自底向上测试方法的优点在于设计测试用例比较容易，但它必须在最后一个模块组装出来后，才能使模块群作为一个整体存在。

通常在进行子系统测试时，是将这两种方法结合起来进行，即对子系统的较高层次使用自顶向下的组装方法，对子系统的较低层次使用自底向上的组装方法。

3. 系统测试（联调）

所有子系统都测试成功以后，还需进行系统测试。它主要解决各子系统之间的数据通信和数据共享（公用数据库）的问题以及满足用户要求的测试。

在系统测试完成后要进行用户的验收测试，它是用户在实际应用环境中所进行的真实数据测试。主要使用原手工系统所用过的历史数据，将运行结果和手工所得相核对，以考察系统的可靠性和运行效率。如果测试数据只用一个月，则最好选择十二月份数据。因为管理业务数据在年底时较全面，数据量也大，并且有许多报表要处理。

系统测试的依据是系统分析报告，要全面考核系统是否达到了系统的目标。在系统测试中可以发现系统分析中所遗留下来的未解决的问题。

经过以上分析可得出：模块测试时可发现程序设计中的错误，子系统测试可以发现系统设计中的错误，而系统测试才发现系统分析中的错误。因此，系统分析与设计人员要极其重视早期的系统分析与设计工作。

4. 编制程序运行说明书

系统调试完毕，系统研制人员要及时整理和编印详细的程序运行说明书，即系统操作使用说明书。程序运行说明书与系统原理说明书在内容上和作用上都完全不同。程序运行说明书的内容应包括用户怎样启动并运行系统，怎样调用各种功能，怎样实现数据的输入、修改和输出，并附有必要的图示和实例。它是指导用户正确地使用和运行系统的指导文件。而系统原理说明书的内容包括系统目标、功能和原理，并附有全部程序框图与源程序清单。它的作用是为以后的系统维护提供参考资料，也是技术交流的主要素材。

四、人员培训与系统切换

（一）人员培训

企业各层次人员参与管理信息系统的操作、维护和运行，因而，必须对企业各层次人员开展有针对性的培训以确保管理信息系统正常运行并充分发挥作用。

1. 培训内容

为提高培训效果，通常对各层次人员实施不同内容的培训。具体如下。

（1）操作人员：培训专门的操作和管理技能。

（2）业务用户：了解系统的基本原理和岗位职责，学会系统的使用方法，正确熟练地进行业务操作。

（3）知识型用户：掌握信息系统资源的使用方法，能够与桌面系统有效地集成。

（4）管理人员：懂得如何利用系统分析数据来辅助决策和管理工作，了解数据来源和分布情况，掌握必要的数据查询和分析方法。

各层次人员培训内容还应包括系统规则、管理制度、行为规范与防范措施等。

2. 培训方式

人员培训的方式可以根据实际需要灵活设置,通常采用的有如下 4 种方式。

(1)集中授课:对用户集中授课是一种快捷、直接的培训方式,但这种方式要求用户有专门时间。

(2)模拟演练、实习操作:让用户借助原型系统进行模拟演练、实习操作可以取得良好的培训效果,但要求有原型系统。

(3)机上帮助:用户个人利用系统自带的帮助进行培训,虽然方便,但学习速度慢、还会对系统造成直接影响,因而不适用于对时间和损失敏感的操作。

(4)在使用中进行指导:在用户使用系统过程中对其进行指导,是一种效果很好的培训方式,但这种方式需要有较多的 IT 力量支持。

无论企业采用哪一种的方式,一般要求培训工作有充分的提前量。这不仅是为了在系统完成之后就可以立即投入使用,也可以对硬件和软件进行及时的检验和进一步的修改和完善。

(二)系统转换

系统转换是系统调试工作的延续,对系统最终使用的安全、可靠、准确性来说,是一项十分重要的工作。这项工作包括既相对独立又彼此联系的两项任务。首先要完成数据的整理与录入(系统初始化),然后完成系统转换(系统转换)任务,即用新系统代替老系统。

1. 数据的整理与录入

数据整理就是按照新系统对数据要求的格式和内容统一进行收集、分类和编码。录入就是将整理好的数据送入计算机内,并存入相应的文件中,作为新系统的操作文件。另外还要完成运行环境的初始化工作(如权限设置等)。数据的整理与录入是关系到新系统成功与否的重要工作,绝不能低估它的作用。

基础数据的准备要注意以下几方面问题。

(1)基础数据统计工作要严格科学化,具体方法要程序化、规范化。

(2)计量工具、计量方法、数据采集渠道和程序都应该固定,以确保新系统运行有稳定可靠的数据来源。

(3)各类统计和数据采集报表要标准化、规范化。

(4)变动数据在系统转换时一定要使它们保持最新状态,否则是无意义的。

新系统的数据整理与录入工作量特别庞大,而给定的完成时间又很短,所以要集中一定的人力和设备,争取在尽可能短的时间内完成这项任务。为了保证录入数据的正确,首先数据整理要正确,其次尽量利用各种输入检验措施保证录入数据的质量。

2. 系统转换

系统转换是指系统开发完成后新老系统之间的切换。系统转换的方式有 4 种,分别为直接切换方式、并行切换方式、阶段切换方式和试点切换方式,如图 6.8 所示。

1)直接切换方式

直接切换方式是指在某一时刻,旧系统终止使用,新系统投入运行,新系统一般要经过较详细的测试和模拟运行。考虑到系统测试中试验样本的不彻底性,以及新系统没有真正担负过实际工作,因而这种方式虽然最简单、最省钱,但风险性最大,在切换过程中很

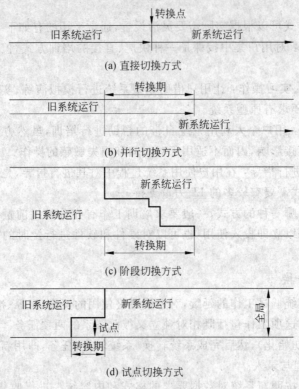

图 6.8　系统转换方式

可能出现事先预想不到的问题。

　　一般只有在老系统已完全无法满足需要或新系统不太复杂或数据不很重要的情况下采用这种方法。一些比较重要的大型系统则不宜采用这种切换方式。

　　2) 并行切换方式

　　针对直接式存在的问题,并行切换方式新投入运行时,老系统并不停止运行,而是与新系统同时运行一段时间,新老系统并存的时间一般为 3～5 个月左右。在这段时间内,既保持系统工作不间断,又可以对照两个系统的输出,利用老系统对新系统进行检验。经过一段时间运行,在验证新系统处理准确可靠后,老系统停止工作。

　　新老系统的并行,保证安全可靠、无风险系统运行,消除了尚未认识新系统之前的惊慌与不安。并行式的主要问题是费用太高,这是因为并存期间,新老系统的工作人员也要并存,需要双倍的费用。当系统太大时,费用开销更大。

　　在银行、财务和一些企业的核心系统中,这是一种经常使用的切换方式。

　　3) 阶段切换方式

　　阶段切换方式实际上是以上两种切换方式的结合。对由多个部分构成的系统分多个步骤进行切换,每次用部分新系统代替老系统中的某些部分,平衡后再进行下次切换,直到整个系统转换完成。例如,公司可以先切换旧的订单录入系统,然后再切换库存系统。这种切换方式既避免了直接式的风险性,又避免了并行式发生的双倍费用。

　　阶段式系统转换方式中的最大问题表现在接口的增加上。系统各部分之间往往是互相联系的,当老系统的某些部分切换给新系统去执行,其余部分仍然由老系统去完成,于是在已切换部分和未切换部分之间就出现了如何衔接的问题,这类接口是十分复杂的。

因而,阶段切换方式在较大系统使用较合适,当系统较小时不如用第二种方式方便。

4) 试点切换方式

试点是一个执行了所有操作的试验系统,如一个部门或地区分部。试点切换是指先在一个试点安装运行新系统,如果试点成功,可以采取上述 3 种切换方式中的一种继续逐渐推广新系统。这种切换方式时间短、费用低,通过试点的成功切换,可大大增强系统用户或管理者对新系统的信心。

在实际的系统转换工作中,并行切换方式用的较多,因这样做既安全,技术上也简单。当然,也有为数不少的系统是将 4 种切换方式配合起来使用,例如,在阶段方式中的某些部分采用直接式,其他部分采用并行式。

无论一个系统采用何种切换方式,都应该保持系统的完整性,或者说,系统的切换结果应当是可靠的。因此,系统转换也存在着一个控制问题。在新老系统交替前,必须为系统建立验证控制,如用户应掌握新老系统处理的全部控制数字记录,用此来验证系统转换是否破坏了系统的完整性。

第三节

系统评价与验收

一、系统评价的概念

管理信息系统投入运行后,要在平时运行管理工作的基础上,定期地对其运行状况进行追踪和监督,并做出评价。进行这项工作的目的是通过对新系统运行过程和绩效的审查,来检查新系统是否达到了预期目的,是否充分地利用了系统内各种资源(包括计算机硬件资源、软件资源和数据资源),系统的管理工作是否完善,以及指出系统改进和扩展的方向是什么等。

系统评价主要的依据是系统日常运行记录和现场实际监测数据。评价的结果可以作为系统维护、更新以及进一步开发的依据。通常,新系统的第一次评价与系统的验收同时进行,以后每隔半年或一年进行一次。参加首次评价工作的人员有系统研制人员、系统管理人员、用户、用户领导和系统外专家,以后各次的评价工作主要是系统管理人员和用户参加。

(一) 系统评价的主要指标

信息系统评价是一项难度较大的工作,它属于多目标评价问题,目前大部分的系统评价处于非结构化的阶段,只能就部分评价内容列出可度量的指标,不少内容还只能用定性方法做出描述性的评价。其指标体系一般有经济效益评价、技术评价和综合性能评价 3 项。

1. 经济效益评价

使用新系统后产生的经济效益是评价新系统的一个决定性因素。但是经济效益的评价是一个非常复杂的问题,因为要收集各种定量的指标值需要较长的时间。同时,有的经济效益是不能单纯通过数字来反映的。目前是将系统经济效益分成直接经济效益和间接经济效益两种进行统计。

1) 直接经济效益

系统的直接经济效益是指可以定量计算的效益,通常可通过以下指标来反映。

(1) 一次性投资,包括系统硬件、软件和系统开发费用。其中硬件费用包括主机设备费用、终端设备、通信设备和机房建设(电源、空调和其他)费用。软件费用包括系统软件、应用软件、试验软件等费用。系统开发费用包括调查研究、系统规划、系统分析和设计,系统实施等阶段的全部费用。

(2) 运行费用,包括计算机及其外部设备的运行费用(如磁盘、打印纸等)、人工费用(人员工资)管理费和设备、备件的折旧费用,运行费用是使新系统得到正常运行的基本费用。

(3) 年生产费用节约额,使用新系统以后,年生产费用的节约额可用下式求得:

$$u = \sum (Ci - Ca) + E\left[\sum (Ki - Ka)\right] + un$$

式中:Ci——应用计算机后节约的费用;

　　　Ca——应用计算机后增加的费用;

　　　E——投资效益系数;

　　　Ki——采用计算机后节约的投资;

　　　Ka——建立计算机管理信息系统所用的投资;

　　　un——本部门以外其他部门所获得的年度节约额。

需要指出的是,上述年生产费用节约额的计算公式只是一个理想化的公式,尤其是投资效益系数 E 的选取,目前还没有统一的看法,国外曾有人建议取 E=0.25。如何选择符合我国国情的效益系数,还有待于进一步的探索。

(4) 机时成本,计算机的机时成本可用下式计算。

$$CP = (s + m + d + p)(1 + h\%)/(t \cdot k)$$

式中:s——工作人员的工资;

　　　m——材料费;

　　　d——设备折旧费

　　　p——电力费用;

　　　h——间接费率;

　　　t——机器正常工作时间;

　　　k——机器利用系数。

从上式可见,降低机时成本的一个重要途径,就是设法降低各项费用和增大机器利用系数。

2) 间接效益评价

间接效益主要表现在企业管理水平和管理效率的提高程度上。这是综合性的效益,可以通过许多方面体现,但很难用某一指标来反映间接效益,主要体现在以下几个方面。

(1)提高管理效率用计算机代替人工处理信息,减轻管理人员的劳动强度,使他们有更多时间从事调查研究和决策工作;由于各类数据集中处理,使综合平衡容易实现;由于采用计算机网络等手段,加强了各部门之间的联系,提高了管理效率。

(2)提高管理水平。由于信息处理的效率提高,从而使事后管理变为实时管理;使管理工作逐步走向定量化。

(3)提高企业对市场的适应能力由于用计算机提供辅助决策方案,因此当市场情况变化时,企业可及时进行相应决策以适应市场。

具体来说,例如,物资管理系统的建立,可以明显提高库存记录的准确性和及时性,减少库存量,从此减少物资的积压浪费,同时也能保证生产用料的供应,避免因原料短缺而生产停顿,最终提高了生产力。生产管理系统的建立可以更合理的安排人力物力,及时掌握生产进度和产品质量,从而提高生产率和生产管理水平。销售管理系统的建立,可提供较强的查询功能,提高服务质量并即及时提供各项经营决策。财务管理系统的建立,可大大提高业务处理能力,减少差错,提高资金周转率等等。以上这些都是间接效益的表现形式。

总之,计算机管理系统的建立,将对企业或部门的管理工作产生重大影响,对这些直接或间接的效益必须要充分认识,给予肯定。

2.技术评价

系统的技术评价指标是客观评价系统的依据。系统技术评价指标一般分为性能指标和经济效益指标两大类。

系统性能指标由如下方面组成:

(1)系统平均无故障时间。

(2)系统联机相应时间、处理速度和吞吐量。

(3)系统操作灵活性和方便性。

(4)系统利用率。

(5)系统的安全性和保密性。

(6)系统加工数据的准确性。

(7)系统的可扩充性。

(8)系统的可维护性。

3.综合评价

综合评价是对系统总体性能的评价,它包括:

(1)功能的完整性。功能是否齐全,是指能否覆盖主要的业务管理范围。还有各部分接口尽可能完备,数据采集和存储格式统 ,便于共享,各部分协调 致形成一个整体。

(2)商品化程度。首先要考虑性能价格比,其次是文档资料的完整性,是否有成套的用户手册、系统管理员手册及维护手册等。是否有后援,能不能为用户培训人才。

(3)程序规模。总语句行数,占用存储空间大小。

(4)开发周期。从系统总体规划到新系统转换所花费时间。

(5)存在的问题。系统还存在哪些问题以及改进的建议。

（二）系统评价方法

管理信息系统可以用定性与定量的方法进行评价。

1. 定性方法

（1）结果观察法：完全通过观察对系统的效果进行评价。

（2）模拟法：采用人工或计算机做定性的模拟计算，估计实际的效果。

（3）对比法：与基本相同的系统进行对比，得出大概的结果。

（4）专家打分法：同行专家评审打分，再加权平均。

2. 定量方法

定量方法主要有德尔菲法（Delphi）方法、贝德尔（Beded）方法和卡尼斯（Chames）方法等。实际中用得不多。

（三）系统评价报告

系统评价结束后应形成正式书面文件即系统评价报告。系统评价报告既是对新系统开发工作的评定和总结。也是今后进行系统维护工作的依据。因此，必须认真、客观地编写。

系统评价报告通常由以下主要内容组成。

1. 引言

（1）摘要系统名称、功能。

（2）背景系统开发者、用户。

（3）参考资料设计任务书、合同和文件资料等。

2. 系统评价的内容

（1）性能指标评价包括整体性评价（设计任务书要求是否达到，功能设置是否合理）；可维护性评价；适应性评价；工作质量评价（操作的方便、灵活性、系统的可靠性、设备利用率、响应时间、用户的满意程度）；安全及保密性评价。

（2）经济指标评价包括系统开发与试运行费用总和，将它与设计时的预计费用进行比较，若有不符，则找出原因；新系统带来的直接和间接效益；系统后备需求的规模与费用。

（3）综合性评价包括文档的完整性和质量评价；开发周期和程序规模；各类指标的综合考虑与分析；系统的不足之处和改进建议。

二、系统验收

对于管理信息系统这样大的项目，在系统完成并试运行了一段时间（一般为半年或一年）之后，要进行必要的验收。系统评价是专业人员分别对各项指标进行技术评定，而系统验收则是投资项目并使用系统的企业，同时聘请有关专家和主管部门人员参加，按照系统总体规划和合同书、计划任务书进行的全面检查和综合评定。其内容不仅包括上述系统评价的各项指标，还包括企业的相应管理措施和应用水平，检查是否达到建立管理信息系统的目标。系统通过验收，标志着整个开发阶段的结束。

下面的各项要求可供系统验收时参考。

1. 管理机构

（1）企业应有领导分管信息工作。

（2）有信息管理机构负责 MIS 的规划、开发、运行、维护以及数据管理等综合管理工作。

（3）配备必要的专业技术人员。

（4）各业务部门应设有专职或兼职的信息工作人员。

2．建立信息分类编码体系

（1）建立企业的信息分类编码体系表。

（2）各部门应有相应的编码规划，使用的标准要明确，比如使用国家标准、行业标准或企业标准等。

（3）各类企业编码的编制、修改、维护和审批的权限。

3．信息管理的工作规范和制度

（1）制定必备的信息、软件、文档管理制度和各工作岗位规范。

（2）基层数据采集、维护由各部门负责，信息部门协调各部门对数据的更新、维护等日常工作，并定期提出评价。

（3）对外部信息网络的数据交换由信息部门统一负责并组织实施。

4．总体规划和系统分析

（1）经过评审的总体规划报告应包括：需求调查分析、目标系统规划、开发策略和计划、可行性分析及效益分析。

（2）系统分析报告就包括现行系统的分析、系统目标及总体结构、逻辑模型、子系统划分、数据库模式、基本处理功能、数据库模式、基本处理功能和数据字典等。

（3）物理配置及网络规划应包括规模、配置、选型、通信条件及拓扑结构等。

（4）信息分类编码表，应包括部门代码明细表等。

5．系统功能

（1）建成以企业关键指标体系为对象的共享数据库和部门的专用库。

（2）按规划建成能覆盖企业主要管理职能和生产过程的子系统。

（3）建成数据传输网络，能覆盖企业主要管理部门和生产车间。

（4）随时查询订单执行情况和生产进度，编制生产计划，根据市场或合同变化调整计划。

（5）具有为企业领导决策服务的动态信息查询、综合分析信息预测功能。

（6）具有为企业其他系统资源共享功能，以统一的接口与多种外部信息网络连接为 MIS 传输数据。

6．技术指标

（1）系统的平均无故障时间。

（2）联机作业响应时间、作业处理速度等。

本 章 小 结

系统实施阶段的主要任务是：物理系统的实施、程序设计与调试、培训操作人员、系统评价以及系统转换工作。

系统实施阶段最主要的工作是程序设计。程序设计要遵循可靠性、可维护性、可理解性、效率和健壮性等原则。

系统调试的目的在于发现其中的错误并及时纠正，所以在调试时应想方设法使程序的各个部分都投入运行，力图找出所有错误。系统进行调试的常用技术有 3 种，分别为静态测试、动态测试和程序正确性证明。设计测试用例的方法有两种：白箱法和黑箱法。在不同的测试阶段可采用不同的方法或交叉使用这两种方法。

系统转换是指系统开发完成后新老系统之间的切换。系统转换的方式有 4 种，分别为直接切换方式、并行切换方式、阶段切换方式和试点切换方式。

系统评价的主要指标有经济效益评价、技术评价和综合性能评价 3 项。

思 考 与 训 练

1. 系统实施阶段的主要任务是什么？
2. 程序设计的主要方法有哪些，结构化程序设计方法可用哪 3 种基本结构来表示？
3. 程序调试的方法有哪些？
4. 系统有哪些评价指标？
5. 系统切换有几种方式？每种方式各有什么利弊？

课 外 阅 读

1. 李代平. 信息系统分析与设计. 北京：冶金工业出版社
2. 闪四清. ERP 系统原理和实施. 北京：清华大学出版社

案 例 分 析

案例一 考试管理系统实施

一、试验资料的准备

为应用程序调试准备的试验资料如表 6.1～表 6.2 所示。

二、程序框图设计

按分数段查询功能模块设计程序框图（也可是 N-S 图），如图 6.9 所示。

三、实施样例

实例界面如图 6.10～图 6.13 所示。

表 6.1　学生情况表的试验资料

学号	班级代码	班级名称	姓名	性别	出生年月	籍贯	家庭情况	家庭住址	家庭电话	备注
19990305	33	初三三班	焦阳	☑	82-11-2	石家庄		桥东新石小区	6059114	
19990307	33	初三三班	吕丽	☐	83-10-2	张家口		桥东华药宿舍	6096509	
19990308	33	初三三班	刘唱	☑	83-5-1	江苏徐州		桥西石甫小区	3942654	
20000101	21	初二一班	陈振中	☑	84-4-5	张家口		桥西棉四小区	3954257	
20000508	25	初二五班	贾烨	☐	84-4-8	石家庄		桥东新城区	5664892	
20010205	12	初一二班	吕丽	☐	84-5-6	河南新乡		桥西望花小区	3445545	
20010509	15	初一五班	杜梅	☐	85-6-6	安徽淮北		镇定县丽园小区	2115546	
				☐						

表 6.2　学生成绩表的试验资料

学号	姓名	数学	语文	物理	英语	历史	地理	生物	化学	政治
19990305	焦阳	50	34	66	25	32	37	57	68	54
19990307	吕丽	50	90	60	80	40	49	86	51	98
19990308	刘唱	90	92	86	92	88	86	95	88	54
20000101	陈振中	80	90	89	70	90	98	100	89	78
20000508	贾烨	78	85	86	72	80	77	78	53	90
20010205	吕丽	95	80	87	85	78	96	98	95	68
20010509	杜梅	78	80	65	60	63	72	54	66	91

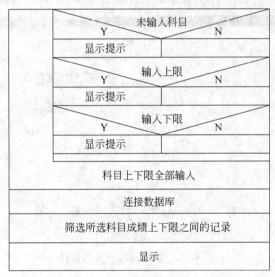

图 6.9　程序框图

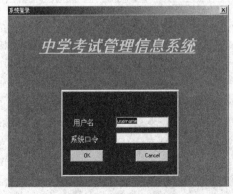

图 6.10　系统登录窗口

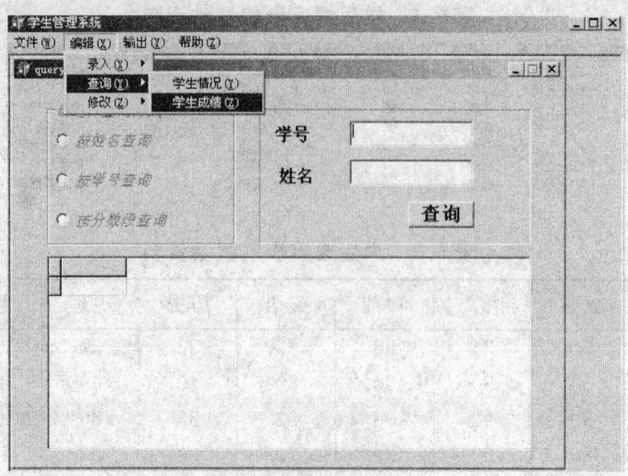

图 6.11　系统主菜单窗口

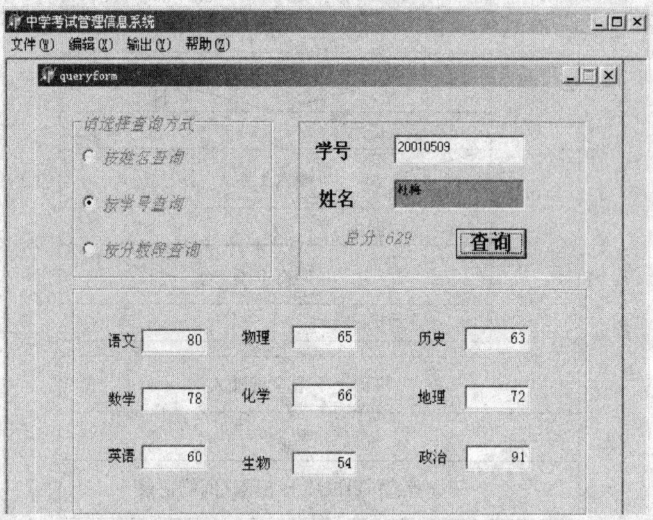

图 6.12　数据输入子菜单窗口

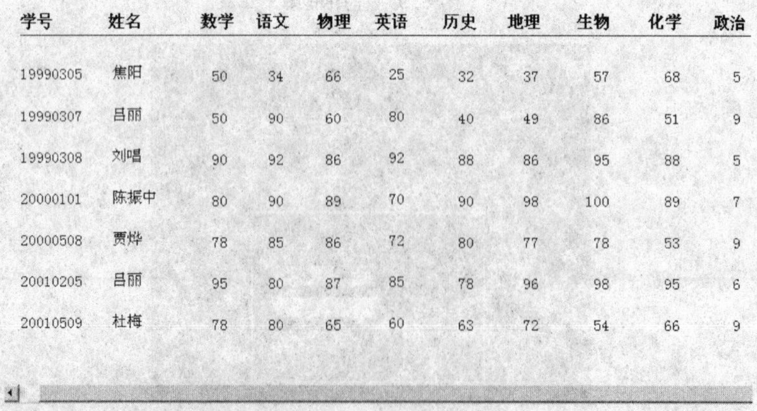

学号	姓名	数学	语文	物理	英语	历史	地理	生物	化学	政治
19990305	焦阳	50	34	66	25	32	37	57	68	5
19990307	吕丽	50	90	60	80	40	49	86	51	9
19990308	刘喟	90	92	86	92	88	86	95	88	5
20000101	陈振中	80	90	89	70	90	98	100	89	7
20000508	贾烨	78	85	86	72	80	77	78	53	9
20010205	吕丽	95	80	87	85	78	96	98	95	6
20010509	杜梅	78	80	65	60	63	72	54	66	9

图 6.13　报表输出

四、系统使用说明书

使用本系统时,请双击 zhzy.exe 文件,进入登录界面。用户名可任意,系统口令为0000。进入系统后单击"编辑"→"查询"→"学生成绩"菜单命令,进入查询窗口,可按姓名、学号、分数段 3 种条件进行查询。单击"输出"→"打印预览"菜单命令可进行打印预览。单击"文件"→"退出"菜单命令可退出系统。

(资料来源:华夏管理网 http://www.hxjk.com/)

思考题:

本案例提供了系统实施的实际过程,在熟练掌握这些内容的基础上,请设计本专业考试管理信息系统,并试着写出系统实施的实际过程。

案例二 Oxford 公司中的系统切换问题

Oxford Health Plans 公司位于康涅狄格州的 Norwalk,是一家拥有 30 亿美元的公司,管理细致。1996 年,CareData 在纽约对 3000 名保健消费者进行了调查,在所有消费者满意程度方面 Oxford 排在第一位。但在 Oxford 的纽约病人中,对公司系统的处理能力持高度满意态度的仅占 34%。34% 的数字似乎较低,但仍比 26% 的满意率要好,这是相同市场的消费者给予其他处理者的评定等级。继那次调查之后,Oxford 将它所需要的处理系统升级了。不幸的是,系统转换项目主管采用了直接方式,新系统的转换方式没有做好,所有在满意程度方面并没有得到改善,由于系统转换问题,Oxford 现在还欠纽约医生和医院几百万美元的债。

一些技术问题被积压下来。公司只转换了 150 万美元部分的 80%,供应商的账已经结清,而文件中的 20% 较复杂,比系统设计人员预料的更具挑战性。Oxford 运行新系统模拟 3000 个并发用户同时访问系统的多个应用时,失败了。系统丧失了 60%~70% 的处理能力。结果,从客户服务响应到处理所需的平均时间从 4 分钟增至 8 分钟。Oxford公司的系统转换宣告失败。

思考题:

1. 在本案例中,如果你是系统转换项目的主管,你将建议 Oxford 采用哪种转换方式?

2. 为了避免出现 Oxford 公司所遇到的问题,你将在系统转换中进行哪些工作?

第七章

系统的运行维护

引例：不同的信息系统运作

A公司和B公司先后购买了C公司的办公自动化软件(LX_OA1.0)，实施办公自动化系统。A公司上至领导下至员工，LX_OA已成为他们不可或缺的办公工具，公文收发、文件交换、任务提示、协同办公、知识共享、内部邮箱等大大提高了企业的办公效率，乃至浏览公告牌、新闻、邮箱等已成为A公司员工每日必做的日常工作，OA系统改变了他们的办公方式。最近领导又批准了信息中心追加资金的申请，准备升级服务器并上马即时通信系统。B公司除了刚上线时，员工都注册账户和邮箱外，现在只有办公室和计算机室的一些人用LX_OA发发新闻、邮件外，其他人(包括领导)很少使用它。同样的系统缘何有不同的境遇呢？调查分析发现：

- A公司领导重视，组织并带头参加信息化讲座和系统操作等全员培训；而B公司因为领导更迭，批准OA系统的领导调走，新领导对OA漠不关心，培训工作只注重软件操作，领导和员工办公自动化认识薄弱。

- A公司设立了以副总裁为CIO的信息中心，统一管理企业信息化工作。建立了完善的信息化工作制度(包括OA使用要求、规范和考核指标)，促进了全员使用OA的自觉性和积极性，进而提高企业的信息管理效率；而B公司，尽管负责项目实施的计算机室的同志做了大量的宣传和操作培训工作，但缺乏明确可行的OA应用规范，员工可用可不用，领导也不监察，从而导致系统运行效果差，浪费了投资。

- A公司信息中心的软件应用、维护和管理工作到位，有专职系统维护人员，负责网络及应用系统维护和服务，包括系统配置管理、问题解答、在线服务、安全措施等。而B公司没有专职维护人员，OA系统由办公室懂IT的几个人轮流负责，系统维护和服务差，影响了OA系统的正常运行。

同样的软件但不同的运作，产生了不同的效果。可见，运作一个复杂的信息系统会遇到许多管理问题，通常涉及组织的方方面面，需要不同层次的人(用户)完成必要的培训、操作、维护、应用与管理工作，这便是信息系统运作。

(资料来源：《信息化管理与运作(高专高职类计算机系列规划教材)》)

所开发的管理信息交付用户后，就进入管理信息系统生命周期的最后一个阶段——系统运行维护阶段。系统运行维护阶段的工作包括系统维护和系统日常运行管理。

系 统 维 护

一、系统维护的含义

系统维护是指在管理信息系统交付使用后,为了改正错误或满足新的需要而修改系统的过程。企业管理信息系统是一个复杂的人机系统,系统内外环境,以及各种人为的、机器的因素都不断地在变化着。为了使系统能够适应这种变化,充分发挥软件的作用,产生良好的社会效益和经济效益,就要进行系统维护的工作。

另外,大中型企业软件产品的开发周期一般为 1～3 年,运行周期则可达 5～10 年,在如此长的时间内,除了要改正软件中遗留的错误外,还可能多次更新软件的版本,以适应改善运行环境和加强产品性能等需要,这些活动也属于维护工作的范畴。能不能做好这些工作,将直接影响软件的使用寿命。

系统的维护是系统生存的重要条件。编程大师曾说过:"哪怕程序只有三行长,总有一天你也不得不对它进行维护。"系统维护工作十分重要。统计和估测结果表明,在系统整个生命周期中,信息技术中硬件费用一般占 35%,软件占 65%,而软件后期维护费用有时竟高达软件总费用的 80%,所有前期开发费用仅占 20%。从人力资源的分布看,现在世界上 90% 的软件人员在从事系统的维护工作,开发新系统的人员仅占 10%。这些统计数字说明系统维护任务是十分繁重的。重开发、轻维护是造成我国信息系统低水平重复开发的原因之一。

二、系统的可维护性

软件可维护性可以定性的定义为:维护人员理解、改正、改动和改进这个软件的难易程度。提高可维护性是开发管理信息系统所有步骤的关键目标,系统是否能被很好的维护,可用系统的可维护性这一指标来衡量。

维护就是在系统交付使用后进行的修改,修改之前必须理解待修改的对象,修改之后应该进行必要的测试,以保证所做的修改是正确的。如果是改正性维护,还必须预先进行调试以确定错误的具体位置。因此,系统的可维护性可通过以下方面来衡量。

(一)可理解性

可理解性是指别人能理解系统的结构、界面功能和内部过程的难易程度。模块化、详细设计文档、结构化设计和良好的高级程序设计语言等,都有助于提高系统的可理解性。

(二)可测试性

好的文档资料有利于诊断和测试,诊断和测试的容易程度取决于易理解的程度。同时,程序的结构、高性能的调试工具以及周密计划的测试工序也是至关重要。开发人员在系统设计和编程阶段就应尽力把程序设计成易诊断和测试的。此外,在系统维护时,应该充分利用在系统调试阶段保存下来的调试用例。

(三）可修改性

诊断和测试的容易程度与系统设计所制定的设计原则有直接关系。模块的耦合、内聚、作用范围与控制范围的关系等,都对可修改性有影响。

(四）软件文档

文档是软件可维护性的决定因素。由于长期使用的大型软件系统在使用过程中必然会经受多次修改,所以文档比程序代码更重要。软件系统的文档可以分为用户文档和系统文档两类。用户文档主要描述系统功能和使用方法,并不关心这些功能是怎样实现的;系统文档描述系统设计,实现和测试等各方面的内容。

通常软件文档应该满足以下要求:

(1) 必须描述如何使用这个系统,没有这种描述即使是最简单的系统也无法使用。

(2) 必须描述怎样安装和管理这个系统。

(3) 必须描述系统需求和设计。

(4) 必须描述系统的实现和测试,以便使系统成为可维护的。

(五）可维护性复审资料

在软件工程的每一个阶段都应考虑并提高软件的可维护性,在每个阶段结束前的技术审查和管理复查中,应该着重对可维护性进行复审。在需求分析阶段的复审过程中,应该对将来要改进的部分和可能会修改的部分加以注意并指明;应该讨论软件的可移植性问题,并且考虑可能影响软件维护的系统界面。在正式的和非正式的设计复审期间,应该从容易修改、模块化和功能独立的目标出发,评价软件的结构和过程;设计中应该对将来可能修改的部分作准备。代码复审应该强调编码风格和内部说明文档这两个影响可维护性的因素。

每个测试步骤都可以提示在软件正式交付使用前,程序中可能需要做预防性维护的部分。在测试结束时进行最正式的可维护性复审,这个复审称为配置复审。配置复审的目的是保证软件配置的所有成分是完整的、一致的和可理解的,而且为了便于修改和管理已经编目归档了。在完成了每项维护工作之后,都应该对软件维护本身进行仔细认真地复审。

三、系统维护的内容和类型

根据维护活动的目的不同,可将系统维护分成改正性维护、适应性维护、完善性维护和安全性维护4大类。根据维护活动的具体内容不同,可将维护分成程序维护、数据维护、代码维护和设备维护。

(一）根据维护活动的目的分类

1. 改正性维护

在软件交付使用后,因开发时测试的不彻底、不完全,必然会有部分隐藏的错误遗留到运行阶段。这些隐藏下来的错误在某些特定的使用环境下就会暴露出来。为了识别和纠正软件错误、改正软件性能上的缺陷、排除实施中的误使用,应当进行的诊断和改正错误的过程就叫做改正性维护。

2. 适应性维护

由于计算机科学技术的迅速发展,新的硬、软件不断推出,使系统的外部环境发生变化。这里的外部环节不仅包括计算机硬、软件的配置,而且包括数据库、数据存贮方式在内的"数据环境"。为使软件适应这种变化,而去修改软件的过程就叫做适应性维护。

3. 完善性维护

在软件的使用过程中,用户往往会对软件提出新的功能与性能要求。为了满足这些要求,需要修改或再开发软件,以扩充软件功能、增强软件性能、改进加工效率、提高软件的可维护性。这种情况下进行的维护活动叫做完善性维护。

4. 安全性维护

企业管理信息系统要收集、保存、加工和利用全局的或局部的社会经济信息,涉及企业、地区、部门乃至全国的财政、金融、市场、生产和技术等方面的数据、图表和资料。随着病毒和计算机罪犯的出现,管理信息系统对安全性和保密性提出了更为严格和复杂的要求。除了建立严格的防病毒和保密制度外,用户往往会提出增加防病毒的功能和保密的新措施,而且随着更多的病毒出现,有必要定期进行防病毒功能的维护和保密措施的维护。

（二）根据维护活动的内容分类

1. 程序的维护

程序维护是指改写一部分或全部程序,程序维护通常都充分利用原程序。修改后的原程序,必须在程序首部的序言性注释语句中进行说明,指出修改的日期、人员。同时,必须填写程序修改登记表,填写内容包括:所修改程序的所属子系统名、程序名、修改理由、修改内容、修改人、批准人和修改日期等。同时,程序维护不一定在发现错误或条件发生改变时才进行,效率不高的程序和规模太大的程序也应不断地设法予以改进。一般说来,管理信息系统的主要维护工作量是对程序的维护。

2. 数据的维护

数据维护是指不定期的对数据文件或数据库进行修改,这里不包括主文件或主数据库的定期更新。数据维护的内容主要是对文件或数据中的记录进行增加、修改和删除等操作,通常采用专用的程序模块。

3. 代码的维护

随着用户环境的变化,原有的代码已经不能继续适应新的要求,这时就必须对代码进行变更。代码的变更(即维护)包括订正、新设计、添加和删除等内容。当有必要变更代码时,应有现场业务经办人和计算机有关人员组成专门的小组进行讨论决定,用书面格式写清并事先组织有关使用者学习,然后输入计算机并开始实施性的代码体系。代码维护过程中的关键是如何使新的代码得到贯彻。

4. 设备的维护

管理信息系统正常运行的基本条件之一就是保持计算机及外部设备的良好运行状

态。因此,计算机室建立相应的规章制度,有关人员要定期的对设备进行检查、保养和杀病毒工作,应设立专门设备故障登记表和检修登记表,以便设备维护工作的进行。

四、系统维护的步骤、组织和管理

(一)系统维护的步骤

"三分开发,七分维护。"维护比开发更困难,需要更多的创造性工作。因此,首先维护人员必须用较多的时间理解别人编写的程序和文档,且对系统的修改不能影响该程序的正确性和完整性。其次,整个维护的工作又必须在所规定的很短时间内完成。

图 7.1 简要说明了维护工作的全过程的步骤,从图 7.1 中可以看出,在某个维护目标确定以后维护人员必须先理解要维护的系统;然后建立一个维护方案;由于程序的修改涉及面较广,某处修改很可能会影响其他模块的程序,所以建立维护方案后要加以考虑的重要问题是修改的影响范围和波及面的大小;然后按预定维护方案修改程序;还要对程序和系统的有关部分进行重新测试,若测试发现较大问题,则要重复上述步骤。若通过,则可修改相应文档并交付使用结束本次维护工作。

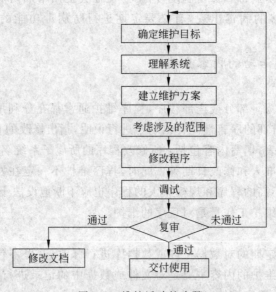

图 7.1　维护活动的步骤

必须强调的是,维护是对整个系统而言的。因此,除了修改程序、数据、代码等部分以外,必须同时修改涉及的所有文档。

从图 7.1 还可以看出,系统维护和系统开发有许多共同之处,所以前几章介绍的开发技术和工具在这里都可以使用。

(二)维护的组织和管理

从本质上讲,维护工作可以看成开发工作的一个缩影。而且事实上远在提出一项维护要求之前,与软件维护有关的工作已经开始了。为了有效地进行维护工作,首先必须建立一个维护组织,由这个维护组织确定维护报告、进行维护工作的评价,而且必须为每个维护要求规定一个标准化的事件序列。此外,还应该建立一个适用于维护活动的记录保管过程,并且规定复审标准。

1. 维护组织

维护是软件开发单位的责任。维护组织可由软件开发单位根据本身规模的大小,指定一名高级管理人员担任,或者由高级管理人员和专业人员组成维护领导小组。管理的内容,应包括对申请的审查与批准、维护活动的计划与安排、人力资源的分配、批准并向用户提供维护的结果(例如软件的新版本),以及对维护工作进行评价与分析等。其责任是负责管理本单位开发的软件维护工作。

维护组织应在维护活动开始之前就明确维护责任,这样做可以大大减少维护过程中可能出现的混乱。并根据对维护工作定量度量的结果,做出关于开发技术、语言选择、维护工作量规划、资源分配及其他许多方面的规定,确保维护工作有效的进行。而且可以利用这些数据去分析评价维护工作的质量。

具体的维护工作,可以由原开发小组承担,也可以指定专门的维护小组。每个维护要求都通过维护管理员转交给相应的系统管理员去评价。系统管理员是被指定去熟悉一小部分产品程序的技术人员。系统管理员对维护任务作出评价以后,提交给维护授权人决定应该进行的活动。

2. 维护报告

应用标准化的格式表达所有软件维护要求。软件维护人员通常给用户提供空白的维护申请表——有时称为软件问题报告表,这个表格由要求一项维护活动的用户填写。如果遇到了一个错误,那么必须完整描述导致出现错误的环境(包括输入数据,全部输出数据,以及其他有关信息)。对于适应性和完善性的维护要求,应该提出一个简短的需求说明书。如前所述,由维护管理员和系统管理员评价用户提交的维护要求表。维护申请表(如表 7.1 所示)是一个外部产生的文件,它是计划维护活动的基础。在拟订进一步的维护计划之前,把维护报告提交给维护授权人审查批准。

表 7.1　系统维护申请表

项目名称	网络测评系统	项目编号	
问题说明:(数据输入、错误现象)不同类型的人员可以进行交叉测评 按需求:各类人员只进行自身类型的测评,如管理人员只能对管理人员进行测评,教师只能测评教师		预计维护的结果: 修正程序中的人员权限,使得每种类型的人员只能进行自身类型的测评	
		维护安排	☐ 远程维护 ☑ 现场维护
		维护类型	软件:☑ 纠错维护 　　　☐ 适应维护 　　　☐ 完善维护 硬件:☐ 系统设备 　　　☐ 外部设备

项目名称	网络测评系统	项目编号	
维护要求及优先级： 在测评之前必须修正,否则会造成测评结果的不准确		维护时间	自 ____ ****年**月**日 至 ____ ****年**月**日 共计 __0.5__ 人月
		环境	
申请人：***		☑批准	□拒绝
申请评价结果：修正错误		评价负责人：***	

3. 维护的事件流

图 7.2 描绘了由一项维护申请而引出的一串事件。首先根据申请要求确定维护的类型。用户常常把一项要求看作是为了改正软件的错误(改正性维护),而开发人员可能把同一项要求看作是适应性或完善性维护。当存在不同意见时必须协商解决。

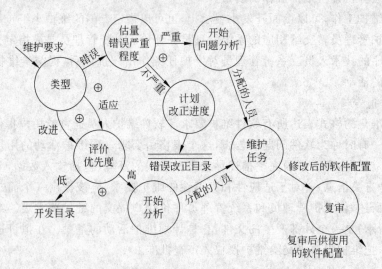

图 7.2 维护的事件流

从图 7.2 描绘的事件流中可以看到,对一项改正性维护要求的处理,从估量错误的严重程度开始。如果是一个严重的错误(例如,一个关键性的系统不能正常运行),则在系统指导员的指导下分派人员,并且立即开始问题分析过程。如果错误并不严重,那么改正性的维护将列入改正项目表中和其他要求软件开发资源的任务一起统筹安排。

4. 维护记录

有效的保存维护记录是极端重要的。维护记录是维护管理员评价维护工作有效性的主要依据。建立维护记录遇到的第一个问题就是,哪些数据是值得记录的? 一般维护记录主要应包括以下 3 方面的内容:

(1) 维护前程序的情况。例如程序的名称,语句或指令条数,所用的语言,安装启用日期以及启用以来运行的次数和其中运行失效的次数等。

(2) 维护中对程序修改的情况。例如修改程序的层次和标识,因程序变动而增加和删除的源语句数,修改日期与修改人,以及每一项改动耗费的人—时数。

(3) 其他的重要数据,如维护申请单的编号,维护的类型,维护起止日期,耗用的总人—时数,维护完成后产生的净收益等。

维护记录在每次维护完成后填写,如表 7.2 所示,它是软件配置的组成部分,也可以存入配置管理数据库,供需要时查询。应该为每项维护工作收集上述数据。

表 7.2　维护记录

记录编号:eval_wh_012		日期:****年**月**日
计划编号:eval_wh_012	项目名称:网络测评系统	
初始状态描述:不同类型的人员可以进行交叉测评。按需求:各类人员只进行自身类型的测评,如管理人员只能对管理人员进行测评,教师只能测评教师		
模块名称:测评控制管理 源程序行数:210 编程语言:PHP 失效次数:3	编号:evalobject_01 机器指令长度:25kb 程序安装日期:****年**月**日 程序运行时间:	

日期	维护内容	增/删/改	工作量	维护人员
月日	查错,确定错误位置	修改部分源程序	0.2 个人月	***
!—!—				

维护结果:经过对需求的进一步确认,对指定编号的模块进行了修改,纠正了源程序中出现的错误
维护人员:***

5. 评价维护活动

缺乏有效的数据就无法评价维护活动。如果已经开始保存维护记录了,则可以对维护工作做一些定量度量。至少可以从下述 7 个方面度量维护工作:

(1) 每次程序运行平均失效的次数。

(2) 用于每一类维护活动的总人时数。

(3) 平均每个程序、每种语言、每种维护类型所做的程序变动数。

(4) 维护过程中增加或删除一个源语句平均花费的人时数。

(5) 维护每种语言平均花费的人时数。

(6) 一张维护要求表的平均周转时间。

(7) 不同维护类型所占的比例。

五、系统维护中常见的问题

一个系统的质量高低和系统分析、系统设计工作有关,也和系统的维护有很大关系。在维护工作中常见的绝大多数问题,都可归因于系统开发的方法有缺点。在系统生存周期的前两个阶段没有严格而又科学的管理和规划,必然会导致在最后阶段出现问题。系

统维护中常见的问题如下：

（1）理解别人写的程序通常非常困难，而且困难程度随着软件配置成分的减少而迅速增加。如果仅有程序代码而没有说明文档，则会出现严重的问题。

（2）需要维护的软件往往没有合适的文档，或者文档资料显著不足。认识到软件必须有文档仅仅是第一步，容易理解的并且和程序代码完全一致的文档才真正有价值。

（3）当要求对软件进行维护时，不能指望由开发人员来仔细说明软件。由于维护阶段持续的时间很长，因此，当需要解释软件时，往往原来写程序的人已不在附近了。

（4）绝大多数软件在设计时没有考虑将来的修改。除非使用强调模块独立原理的设计方法论，否则修改软件既困难又容易发生差错。

上述种种问题在现有的没采用结构化思想开发出来的软件中，都或多或少的存在着。使用结构化分析和设计的方法进行开发工作可以从根本上提高软件的可维护性。

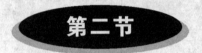

第二节

系统的运行管理

企业信息信息系统的运行管理就是对系统的运行进行控制，记录其运行状态，进行必要的修改与补充，以便使信息系统真正符合管理决策的需要，为管理决策服务。企业管理信息系统的运行管理工作应该由一个专门的信息管理机构负责，在一套完整的操作规范与管理规范的约束下，靠全体管理与使用信息系统的人员共同来完成。运行管理的目标是使信息系统在一个预期的时间内能正常地发挥其应有的作用，产生其应有的效益。信息系统运行管理的任务围绕这一目的展开，一般包括制度建设和日常运行管理两个方面的工作。

一、制度建设

新的企业管理信息系统投入使用后，便进入长期的使用、运行和维护期。为保证系统运行期正常工作，就必须明确规定各类人员的职权范围和责任，建立和健全信息系统管理体制，保证系统的工作环境和系统的安全，为此，企业需要制定一系列新的管理制度。

（一）信息系统运行的机房管理制度

一个较大的系统往往是一个网络系统，除中心机（服务机房）房外，工作站大多安装在业务人员的办公室，没有专门的机房。设立机房主要有两个目的，一是给计算机设备创造一个良好的运行环境，保护计算机设备；二是防止各种非法人员进入机房，保护机房内的设备、机内的程序和数据的安全。机房安全运行是通过制定与贯彻执行机房管理制度来实施的。专用机房要有一套严格的管理制度，主要内容包括：

（1）出入机房人员的资格审查。一般说来，系统管理员、操作员、录入员、审核员、维护人员以及其他系统管理员批准的有关人员可进入机房,系统维护员不能单独进入机房。

(2) 机房内的各种环境要求。比如机房的机房的温度、湿度、清洁度。

(3) 机房内的各种环境设备的管理要求。

(4) 机房中禁止的活动或行为,例如,严禁吸烟、喝水等。

(5) 设备和材料进出机房的管理要求。

(6) 严格禁止上网玩游戏和与外来盘互相复制,防止计算机病毒感染和传染。

(7) 操作人员的操作行为。例如,开机、关机、登记运行日记、异常情况处理等。

(8) 不得在带电状态下拔、插机器部件和各电线、电缆。

(二)信息系统的其他管理制度

企业管理信息系统的运行制度,还表现为软件、数据、信息等其他要素必须处于监控之中。其他管理制度包括如下:

(1) 必须有重要的系统软件、应用软件管理制度。

(2) 必须有数据管理制度,如重要输入数据的审核、输出数据备份保管等制度。

(3) 必须有权限管理制度,做到密码专管专用,定期更改并在失控后立即报告。

(4) 必须有网络通信安全管理制度。

(5) 必须有病毒的防治管理制度,及时检查、清除计算机病毒,并备有检测、清除的记录。

(6) 必须有人员调离的安全管理制度。人员调离的同时马上收回钥匙、移交工作、更换口令、取消账号,并向被调离的工作人员申明其保密义务,人员的录用调入必须经过人事组织技术部门的考核和接受相应的安全教育。

二、系统的日常管理

企业管理信息系统的日常运行管理是为了保证系统能长期有效地正常运转而进行的活动,具体有系统运行情况的记录、系统运行的日常维护及系统的适应性维护等工作。

(一)系统运行情况的记录

在信息系统的运行过程中,需要收集和积累的资料包括以下 5 个方面。

(1) 有关工作数量的信息

如,开机的时间,每天(周、月)提供的报表的数量、每天(周、月)录入数据的数量、系统中积累的数据量、修改程序的数量、数据使用的频率、满足用户临时要求的数量等反映系统的工作负担、所提供的信息服务的规模以及计算机应用系统功能的最基本的数据。

(2) 工作的效率

即系统为了完成所规定的工作,占用了多少人力、物力及时间。如,完成一次年度报表的编制,用了多长时间、多少人力。又如,使用者提出一个临时的查询要求,系统花费了多长时间才给出所要的数据。此外,系统在日常运行中,例行的操作所花费的人力是多少,消耗性材料的使用情况如何等等。

（3）信息系统所提供的信息服务的质量

信息服务和其他服务一样，应保质保量。如果一个信息系统生成的报表，并不是管理工作所需要的，管理人员使用起来并不方便，那么这样的报表生成得再多再快也毫无意义。

（4）信息系统的维护修改情况

系统中的数据、软件和硬件都有一定的更新、维护和检修的工作规程。这些工作都要有详细的及时地记载，包括维护工作的内容、情况、时间和执行人员等。

（5）信息系统的故障情况

无论大小故障，都应该及时地记录以下这些情况：故障的发生时间、故障的现象、故障发生时的工作环境、处理的方法、处理的结果、处理人员、善后措施、原因分析。

系统运行情况的记录应事先制定尽可能详尽的规章制度，具体工作主要由使用人员完成。系统运行情况无论是自动记录还是由人工记录，都应作为基本的系统文档作长期保管，以备系统维护时参考。

（二）系统运行的日常维护

信息系统的维护包括硬件维护与软件维护两部分。软件维护主要包括正确性维护、适应性维护、完善性维护3种。正确性维护是指诊断和修正错误的过程；适应性维护是指当企业的外部环境、业务流程发生变化时，为了与之适应而进行的系统修改活动；完善性维护是指为了满足用户在功能或改进已有功能的需求而进行的系统修改活动。软件维护还可分为操作性维护与程序维护两种。操作性维护主要是利用软件的各种自定义功能来修改软件，以适应企业变化；操作性维护实质上是一种适应性维护。程序维护主要是指需要修改程序的各项维护工作。

在硬件维护工作中，较大的维护工作一般是由销售厂家进行的。使用单位一般只进行一些小的维护工作，一般通过程序命令或各种软件工具即可满足要求。使用单位一般可不配备专职的硬件维护员。硬件维护员可由软件维护员担任，即通常所说的系统维护员。

对于使用商品化软件的单位，程序维护工作是由销售厂家负责，单位负责操作维护。单位可不配备专职维护员，而由指定的系统操作员兼任。

对于自行开发软件的单位一般应配备专职的系统维护员，系统维护员负责系统的硬件设备和软件的维护工作，及时排除故障，确保系统正常运行，负责日常的各类代码、标准摘要、数据及源程序的改正性维护、适应性维护工作，有时还负责完善性的维护。

在数据或信息方面，必须日常加以维护的有备份、存档、整理及初始化等。大部分的日常维护应该由专门的软件来处理，而处理功能的选择与控制一般还是由使用人员或专业人员来完成。为安全起见，每天操作完毕后，都要对变动过的或新增加的数据作备份。一般来讲，工作站点上的或独享的数据由使用人员备份，服务器上的或多项功能共享的数据由专业人员备份。除正本数据外，至少要求有两个以上的备份，并以单双方式轮流制作，以防刚被损坏的正本数据冲掉上次的备份。数据正本与备份应分别存于不同的磁盘上或其他存储介质上。数据存档或归档是当工作数据积累到一定数量或经过一定时间间隔后转入档案数据库的处理，作为档案存储的数据成为历史数据。

维护的管理工作主要是通过制定维护管理制度和组织实施来实现的。维护管理制度主要包括以下内容：系统维护的任务、维护工作的承担人员、软件维护的内容、硬件维护的内容、系统维护的操作权限、软件修改的手续。

（三）系统的适应性维护

企业是社会环境的子系统，企业为适应环境，为求生存与发展，也必然要作相应的变革。作为支持企业实现战略目标的企业信息系统自然地也要作不断地改进与提高。从技术角度看，一个信息系统不可避免地会存在一些缺陷与错误，它们会在运行过程中逐渐暴露出来，为使系统能始终正常运行，所暴露出的问题必须及时地予以解决。为适应环境的变化及克服本身存在的不足对系统作调整、修改与扩充即为系统的适应性维护。

实践已证明系统维护与系统运行始终并存，系统维护所付出的代价往往要超过系统开发的代价，系统维护的好坏将显著地影响系统的运行质量、系统的适应性及系统的生命期。我国许多企业的信息系统开发好后，不能很好地投入运行或难以维持运行，在很大程度上就是重开发轻维护所造成的。

系统的适应性维护是一项长期的有计划的工作，并以系统运行情况记录与日常维护记录为基础，其内容如下。

(1) 系统发展规划的研究、制定与调整。

(2) 系统缺陷的记录、分析与解决方案的设计。

(3) 系统结构的调整、更新与扩充。

(4) 系统功能的增设、修改。

(5) 系统数据结构的调整与扩充。

(6) 各工作站点应用系统的功能重组。

(7) 系统硬件的维修、更新与添置。

(8) 系统维护的记录及维护手册的修订等。

信息系统的维护不仅为系统的正常运行所必须，也是使系统始终能适应系统环境，支持并推动企业战略目标实现的重要保证。系统适应性维护应由企业信息管理机构领导负责，指定专人落实。

三、系统文档的管理

企业管理信息系统的文档是系统开发过程的记录，是系统维护人员的指南，是开发人员与用户交流的工具。规范的文档意味着系统是工程化、规范化开发的，意味着信息系统的质量有了程序上的保障。文档的欠缺、文档的随意性和文档的不规范，极有可能导致原来的系统开发人员流动后，系统难以维护、难以升级，变成一个没有扩展性、没有生命力的系统。所以为了建立一个良好的管理信息系统，不仅要充分利用各种现代化信息技术和正确的系统开发方法，同时还要做好文档的管理工作。

信息系统开发过程中的主要文档有系统开发立项报告、可行性研究报告、系统开发计划书、系统分析说明书、系统设计说明书、程序设计报告、系统测试计划与测试报告、系统使用与维护手册、系统评价报告、系统开发月报与系统开发总结报告等。

文档的重要性决定了文档管理的重要性，文档管理是有序、规范地开发与运行信息系统所必须做好的重要工作。目前我国信息系统的文档内容与要求基本上已有了较统一的规定。根据不同的性质,可将文档分为技术文档、管理文档及记录文档等若干类。

信息系统文档是相对稳定的,随着系统的运行及情况的变化,它们会有局部的修改与补充,当变化较大时,系统文档将以新的版本提出。

信息系统文档的管理工作主要有以下一些。

1) 文档管理的制度化、标准化

(1) 文档标准与格式规范的制定。

(2) 明确文档的制定、修改和审核的权限。

(3) 制定文档资料管理制度。例如文档的收存、保管与借用手续的办理等。

2) 维护文档的一致性

信息系统开发建设过程是一个不断变化的动态过程,一旦需要对某一文档进行修改,要及时、准确地修改与之相关的文档;否则将会引起系统开发工作的混乱。而这一过程又必须有相应的制度来保证。

3) 维护文档的可追踪性

为保持文档的一致性与可追踪性,所有文档都要收全,集中统一保管。

四、系统的安全保密

企业管理信息系统的各种软硬件设备是企业的重要资产。企业管理信息系统所处理和存储的信息是企业的重要资源,它们既有日常业务处理信息、技术信息,也有涉及企业高层的计划、决策信息,其中有相当部分信息是企业极为重要的并有保密要求的,这些信息几乎反映了企业所有方面的过去、现在与未来。如果信息系统软硬件的损坏或信息的泄露就会给企业带来不可估量的经济损失,甚至危及企业的生存与发展。因此信息系统的安全与保密是一项必不可少的、极其重要的信息系统管理工作。

近年来世界范围内的计算机犯罪、计算机病毒泛滥等问题,使信息系统安全上的脆弱性表现得越来越明显。一方面是信息安全与保密的重要性;另一方面,信息系统普及和应用使得信息系统深入到企业管理的不同层面,互联网技术在企业信息化建设中的应用又使得企业与外界的信息交往日益广泛与频繁。所以信息系统安全的问题显得愈发重要。

企业管理信息系统的安全与保密是两个不同的概念,系统的安全是为防止有意或无意的破坏系统软硬件及信息资源行为的发生,避免企业遭受损失所采取的措施;系统的保密是为防止有意窃取信息资源行为的发生,使企业免受损失而采取的措施。

（一）影响信息系统安全性的因素

信息系统的安全性问题主要由以下几方面原因造成:

(1) 自然现象或电源不正常引起的软硬件损坏与数据破坏了,如地震、火灾、水灾、雷击等造成计算机系统的破坏,导致存储数据被破坏或完全丢失。

(2) 操作失误导致的数据破坏。

(3) 病毒侵扰导致的软件与数据的破坏。

(4) 人为对系统软硬件及数据所作的破坏。

（二）维护措施

为了维护信息系统的安全性与保密性，我们要重点做好以下工作：

（1）依照国家法规及企业的具体情况，制定严密的信息系统安全与保密制度，作深入的宣传与教育，提高每一位涉及信息系统的人员的安全与保密意识。

（2）制定信息系统损害恢复规程，明确在信息系统遇到自然的或人为的破坏而遭受损害时应采取的各种恢复方案与具体步骤。

（3）配备齐全的安全设备，如稳压电源、电源保护装置、空调器等。

（4）设置切实可靠的系统访问控制机制，包括系统功能的选用与数据读写的权限、用户身份的确认等。

（5）完整地制作系统软件和应用软件的备份，并结合系统的日常运行管理与系统维护，做好数据的备份及备份的保管工作。

（6）敏感数据尽可能以隔离方式存放，由专人保管。

上述措施必须完整地严格地贯彻，尤其是人的安全保密意识，必须强调自觉、认真的参与，承担各自的责任。只有这样才可能从根本上解决信息系统的安全与保密问题。

第三节

企业管理信息系统成败的主要问题

企业管理信息系统成败的问题几乎是每个企业的信息系统建设中都不同程度地遇到过的。有的企业花费了比预期计划多得多的金钱和时间，使企业无法收回投资。有的系统不能正确地实现设计功能，使企业中的问题不能得到有效地解决。因此，用户、设计者和开发者都应该对系统的成功与失败的原因及方式进行研究。

一、信息系统的失败

据调查约有 75% 的大系统是失败的，尽管这些系统可能也在运行。

这里所说的系统失败，并不一定指系统彻底崩溃。它们或者是明显地不能按约定方式使用；或者是根本就不能用，用户不得不开发一些手工过程与系统一起运行；或者是产生出的各种报告对决策者没有帮助，根本就没有人去看；或者是因为系统内所用的数据不准确，使人们感到系统不可靠；或者是系统不够"健壮"经常"死机"，需要重新启动，使系统的维护人员总是处于处理和应付日常操作当中发生的各种意外，修补程序和数据的问题。所有这些情形，都可以看做系统失败的表现。

引起信息系统失败的问题是多元的，主要可以归为设计、费用、数据和运行 4 个方面。这些问题的产生不仅有技术上的原因，也有许多非技术因素，尤其是组织方面的因素。

（一）设计问题

设计中容易产生两类问题。一类与技术有关,另一类是非技术问题。比较明显的技术问题是功能问题。由于设计上的缺陷,系统功能不能满足用户的基本需求。比如,响应速度慢,达不到用户要求;提供的信息不明确,不便于理解和使用;系统不能提高组织的运转效率,也不能改进管理的质量。用户接口设计不良也是常见的技术问题。有些用户界面设计得过于复杂,屏幕排列混乱,容易误操作;还有的菜单嵌套层次太深,排列不合理,操作顺序烦琐,造成用户不便于使用,甚至不愿意使用。数据库设计不良是更为严重的技术问题,存在有害的数据冗余,缺少数据完整性控制,代码设计不周全等等,都会成为系统潜在的威胁。

非技术性的设计问题与管理和组织理论有关。管理和组织理论认为,信息系统是组织的密不可分的一个组成部分,它与组织中的其他要素,如结构、任务、目标、人员和文化等都有着内在的紧密的联系,应该完全相容。当组织中的信息系统发生变化时,必然会影响到组织的结构、任务、人员、文化等发生相应的变化,系统建立的过程就是一个组织再设计的过程。如果新的信息系统不能与组织中的其他要素相容,这个系统也被视做是失败的。人们总是倾向于对系统设计中的技术问题特别给予较多的关注,后果是会产生一些技术上先进但与组织的结构、文化和目标却不相容的系统。这种系统没有能给组织带来协调和高效,而是产生了紧张、不安、抵触和冲突。

（二）数据问题

数据方面的问题容易被开发人员所忽略。到正式运行以后才越来越严重,最后可能导致系统失败。系统中数据的不准确(含有错误)、不确切(有二义性)、输入不完整(缺项)、不一致等都会导致系统不能正常工作。这些问题如果不能及时地得到解决,用户会丧失对系统的信任,最终将放弃使用。首次开发的新系统和新录入的数据更容易发生数据问题。

（三）费用问题

有些系统开发得很好,运行得也很好,但是运行成本过高,超过了原来的预算;还有些系统在开发时就产生了超支现象。这两种情况都不能算做成功。

（四）运行问题

系统运行得不好是最令人烦恼的。经常性的死机,重启动会导致用户不能及时获得信息。在线联机系统如果响应时间过长,也会有类似的后果。尽管这些系统功能的设计可能是正确的、完美的,最后也会被这些运行问题拖垮。

二、信息系统成功的标准

如何判定一个企业管理信息系统是否成功,这是一个较难回答的问题。因为系统成功与失败的问题是一个多元化、多视角的问题。对同一个系统,高层领导与低层直接用户的评价不会一样,甚至同一个组织中的不同管理人员,因为他们的决策风格不同,也会得出不同的结论。尽管如此信息系统专家们还是总结出了若干评价的准则。

（1）系统的使用率：可以通过用户调查发放问卷、统计在线完成事务处理的数量（例如，联机订票量）等方式加以测量。

（2）用户对系统的满意度：通过问卷或面谈，了解用户对系统性能的意见，它包括信息的准确性、及时性和实用性，是否提高了工作的效率和质量，另外，还要特别注意管理者们的意见，他们认为系统在多大程度上满足了他们的信息需求。

（3）用户对系统的态度：用户是否对系统以及系统的工作人员持肯定的和积极的态度。

（4）实现目标的程度：运行新系统后，用户组织运营的绩效与决策过程的改进，都能够反映出系统达到预期目标的程度。

（5）财务上的收益：包括降低成本、增加产量和利润等。

需要强调的是第 5 项准则要恰当地运用，不是系统所有的效益都能量化成财务收益。人们对系统的评价已经越来越多地看重系统对企业运营以及企业职工所产生的影响等无形效益。

三、信息系统实施成功与失败的原因

我们常常会看到，在一些十分类似的企业中，同样的一个系统，在有的企业中获得了成功，而在另一些企业中却失败了。这又是为什么呢？企业管理信息系统实施的最后结果在很大程度上是由下述 4 项因素决定的。

（一）用户的参与和影响

用户参与企业管理信息系统的设计与操作有许多好处。首先，用户如果能较深入地介入系统设计，他们就能使设计出的模型更符合业务要求；其次，由于他们自己已经成为变革过程的活跃参与者，所以他们会对整个系统持积极的态度。

（二）管理层的支持

如果一个企业管理信息系统项目在各个层次上都能得到管理人员的支持，那么该系统就很可能被用户和专业开发人员从正面给予理解。他们都会感到，参与开发过程会受到高层领导的注意和重视，他们的努力和付出都会得到回报。管理层的重视还会保证项目能够获得足够的资金和其他必要的资源支持。当系统要改变原有的工作习惯和流程的时候，尤其是要重新改组原有的组织结构的时候，领导层的支持就更不可缺少，如果缺少这种支持或支持的力度不够，都会造成失败。

（三）复杂性和风险

企业管理信息系统依照其规模、范围、复杂度、技术含量和组织要素的不同而有很大的不同。它们实施的成功可能性也因其风险的大小而异。影响系统风险的要素主要可以从以下 3 个方面来进行考察。

1. 项目规模

规模可以由项目所需要的资金、实施项目所需要人员的数量和时间、项目所影响到的单位和部门的数量来衡量。显然规模越大的项目风险也越大。

2. 系统的结构化程度

系统的结构化程度是指系统输入输出以及数据处理过程的确定性。结构化程度高的系统有明确的输入输出定义和处理过程定义。结构化程度低的系统则相反,用户常常说不清楚究竟需要什么,或者需求常常随着用户不同、时间不同和情况不同而不断改变。结构化程度高的系统风险就小。

3. 技术经验

如果开发小组缺乏技术经验,项目将面临较大的风险。如果开发小组不熟悉所需要的硬件、软件和数据库,他们将可能为了熟悉这些内容而耗用额外的时间,使项目拖期。表 7.3 给出了不同情况下的项目风险。

表 7.3　项目风险的 3 个方面

结构化程度	技术水平	项目规模	风险程度
高	低	大	低
高	低	小	很低
高	高	大	中
高	高	小	中偏低
低	低	大	低

（四）实施过程管理的难题

项目的实施过程需要有效的管理,由于项目实施中有相当多的不确定因素和人的因素,使得这一过程的管理变得异常困难。如果管理不当,就会造成许多后果。

本 章 小 结

管理信息系统运行维护是系统生命周期的最后一个阶段。该阶段的主要工作包括系统维护和系统日常运行管理。

系统维护是指在管理信息系统交付使用后,为了改正错误或满足新的需要而修改系统的过程。根据维护活动的目的不同,可把维护分成改正性维护、适应性维护、完善性维护和安全性维护 4 大类。另一方面,根据维护活动的具体内容不同,可将维护分成程序维护、数据维护、代码维护和设备维护。

信息系统的运行管理就是对系统的运行进行控制,记录其运行状态,进行必要的修改与补充,以便使信息系统真正符合管理决策的需要,为管理决策服务。运行管理的目标是使信息系统在一个预期的时间内能正常地发挥其应有的作用,产生其应有的效益。信息系统运行管理的任务围绕这一目的展开,一般包括制度建设和日常运行管理两个方面的工作。

引起信息系统失败的问题是多元的,主要可以归为设计、数据、费用和运行 4 个方面。这些问题的产生不仅有技术上的原因,也有许多非技术因素,尤其是组织方面的因素。

信息系统实施的最后结果在很大程度上是由用户的参与与影响、管理层的支持、复杂性和风险、实施过程管理的难题 4 项因素决定的。

思考与训练

1. 什么是信息系统维护？
2. 系统维护的内容和类型可以分为哪几方面？
3. 系统维护的步骤有哪些？
4. 信息系统的运行管理包括哪几方面的工作？
5. 影响信息系统实施的因素有哪些？

课 外 阅 读

1. 陈禹. 信息系统管理工程师教程. 北京：清华大学出版社
2. 韩柯，孟海军译. 软件维护：概念与实践(第2版). 北京：电子工业出版社

案 例 分 析

计算机犯罪

早在二十多年前，1984年美国律师协会(American Bar Association，ABA)的报告中就下了这样一个结论：计算机犯罪给美国企业和行政机构所带来的损失是十分巨大的。通过对美国顶尖300家公司发送调查问卷，对其回答结果进行预测表明：各公司每年的损失在200~1000万美元之间。该报告认为：这个调查只是对一个小范围的公司进行的，但可以认为："美国全国的因计算机犯罪所带来的损失是一个巨额数字。"近年来一个研究机构的调查表明：美国全国企业一年中的损失合计约为30~50亿美元之间。在一项以240个企业为对象的调查中，半数以上的企业说它们曾因计算机上不正当的行为而蒙受损失。产生这种现象的一个重要原因是：现在，使用电子资金转移(Electronic Fund Transfer，EFT)已经是一种非常普遍的方式。例如纽约银行的自动付款机系统每天转移资金高达2000亿美元，与之同时，犯罪的机会也在增多。只要使用电子资金转移的密码被他人得知，即使在国外，也可能在数秒内将巨额资金提走。1989年的一个案件就是使用这一手段犯罪的：美国一家银行的顾问斯坦莱·马克里夫金利用一个机会进入了银行的有线电子资金转移室，记住了EFT密码。几天后，他装成分店的一个领导给洛杉矶的银行挂电话，使用密码将1020万美元转移到纽约的分行。然后，他又命令纽约的分行将这笔资金转移到瑞士，而自己跑到瑞士去提出了现金，并换成钻石带回美国。

然而专家们认为：公开揭露的计算机犯罪只是冰山的一角，实际上因计算机犯罪所造成的损失，比这个数字大得多。之所以这样考虑，是因为：第一，尚未破获的计算机犯罪数目要远比已破获的数目来得大；第二，公司、企业和金融公司，特别是银行非常害怕它们的顾客对它们的计算机系统不信任，即使有计算机犯罪，它们也很不愿意将这类事件公布，因此还有许多事件尚未揭露出来。因此，有人估计公开揭露的计算机犯罪大约占实际犯罪数的1%。专家们还指出，有时公司虽然确实发现了计算机犯罪，但是因为种种原

因它们并不提出诉讼。1985年,美国技术检查局对1406件计算机犯罪案件的调查结果表明:仅仅有11％的案件付诸诉讼。造成这种现象的主要原因之一在于人们认为诉讼并不会给被害人带来实际利益。从案件本身来说,调查、取证都牵涉到很多技术问题,需要花费时间和精力,同时,案件的公开又会给受害者所在的组织带来无形的损害,所以一般都采取"私了"。

近年来,随着我国商业金融信息化的发展,计算机犯罪的案例也逐年增多。犯罪者使用信用卡进行违法消费,有的非法窃取他人的密码,转移别人的资金等。他们中间许多人是精通计算机技术的。国外的研究表明,到目前为止,计算机犯罪的主要目标是集中在银行和金融、证券公司上。英国的B15调查结果表明:在英国,计算机犯罪的37％是与金融有关的。更有甚者,澳大利亚的计算机违法使用调查局的调查结果表明:在澳大利亚,银行和与金融有关的公司中的计算机犯罪案件占总数的50％以上。

在经济和高科技迅速发展的现代社会,手工操作的金融业务处理已经远远不能满足日益加快的经济步伐的需要,因而计算机数据处理也就应运而生。而掌握、运用计算机系统的人也就相当于拿到了一把进入现代社会管理的金钥匙。我们在研究,同时也在教授学生如何得到这把金钥匙,我们也为学生能有它而在现代社会管理中运用自如而高兴。然而,如何正确地使用它,似乎并没有许多人去研究它。

我们的管理信息系统课中似乎也很少涉及这方面的知识。而现在,到了该重视、研究这个问题的时候了。

思考题:

1. 对当前你所使的信息系统的安全问题,你是如何评价的?
2. 对加强一个信息系统的安全,你有哪些建议?
3. 计算机上的守法意识是重要的,如何培养信息系统用户的守法意识?
4. 对在计算机上实现的经济犯罪应该和普通的经济犯罪同样看待吗?

第八章

企业管理信息系统的实践与发展

引例：用友 ERP-U8 系统及其应用

步入 21 世纪,加入 WTO 后,我们的企业面临着更为激烈的国内和国际两个市场的竞争,今时今日企业的确已经到了不使用先进的信息技术来进行管理和商务运作就无法立足市场的地步,提高企业自身的管理水平,找到一种能够适应这种竞争环境的管理机制是进行现代企业管理和适应信息化发展的必由之路。

如何通过运用最佳业务制度规范,以及集成企业关键业务流程来发挥和提高企业对市场需求的反应速度? 企业如何在日新月异的市场机遇、价格和服务水平等的挑战环境中不断改变改善企业经营模式,提高企业竞争力? 这些都是处在现代竞争环境中的企业,要保持生存和持续发展所必须解决的关键性问题。

ERP(Enterprise Resource Planning,企业资源计划系统),是建立在信息技术基础上,以系统化的管理思想,为企业决策层及员工提供决策运行手段的管理平台。20 世纪90 年代初,美国高盛咨询公司在总结 MRP II(制造资源计划)软件发展趋势时提出了企业资源计划系统(ERP)的概念,同时,现代供应链管理为 ERP 的准备了理论基础,供应链管理和 ERP 技术的发展使得企业间的信息和资源集成,供应链整合成为可能,使得CIMS 的概念发生变化从原来计算机集成制造系统向今天现代集成制造系统的转变。

ERP 是基于计算机技术和管理理论的最新发展,从理论和实践两个方面提供企业整体的经营管理解决方案。ERP 超越了传统 MRP II 的概念,吸收了准时制(JIT),全面质量管理(TQM)等先进的管理思想,极大地扩展了管理信息系统的范围。

在供应链管理中,企业资源计划系统是实现供应链整合的重要工具,它将企业内部,从原材料采购,生产计划,制造订单处理与交付等环节有机地联系在一起。使得企业对供货流程的管理更加科学、规范高效,同时,由于它能够对库存的数量金额进行实时监控对于决策支持以及财务核算都带来更高的效率。

(资料来源:《中国管理信息化》2007 年 10 卷)

随着计算机技术的迅猛发展,管理信息系统的应用广度和深度上日益完善和更新,成为许多企业经营管理中不可缺少的现代化支持工具。本章主要介绍信息系统发展出现的新的应用分支,即决策支持系统、办公自动化系统、制造资源计划、计算机集成制造系统和企业资源计划管理系统等。

决策支持系统

决策支持系统(Decision Support System, DSS)是以管理科学、运筹学、控制论和行为科学为基础,以现代信息技术和人工智能技术为手段的,针对某一类型的半结构化或非结构化决策问题,通过人机交互的方式,为管理者正确决策提供帮助的人机交互系统。决策支持系统发展主要的理论基础有管理科学、运筹学、信息经济学、行为科学、信息论、计算机技术和人工智能。

一、决策支持系统的产生和发展

20 世纪 60 年代末 70 年代初,管理信息系统的开发与利用,将企业的管理水平提到了一个新的层次,但当时的管理信息系统解决企业中一些半结构化和非结构化的决策支持问题。在这一背景下,人们急于寻求能够有效地解决这些问题的新系统。于是,决策支持系统便应运而生。

20 世纪 70 年代中期 Keen 和 Scott Morton 首次提出了"决策支持系统"一词,标志着利用计算机与信息支持决策的研究与应用进入了一个新的阶段,并形成了决策支持系统新学科。期间,研发出许多 DSS,如支持投资者对顾客证券管理日常决策的 Profolio Management System、Brandaid(产品推销、定价和广告决策)、Projector(企业短期规划)、Capacity Information System(生产计划决策)等。当时的 DSS 大都由模型库、数据库及人机交互系统 3 个部件组成,它被称为初阶决策支持系统。

20 世纪 80 年代初,DSS 增加了知识库与方法库,构成了三库系统或四库系统。知识库系统是有关规则、因果关系及经验等知识的获取、解释、表示、推理及管理与维护的系统;方法库系统是以程序方式管理和维护各种决策常用的方法和算法的系统。

知识系统较难实现,专家系统发展很快。20 世纪 80 年代后期,人工神经元网络及机器学习等技术的研究与应用为知识的学习与获取开辟了新的途径。专家系统与 DSS 相结合,充分利用专家系统定性分析与 DSS 定量分析的优点,形成了智能决策支持系统(Intelligonce Decision Supporting System, IDSS),提高了 DSS 支持非结构化决策问题的能力。

近年来,DSS 与计算机网络技术结合构成了新型的能供异地决策者共同参与进行决策的群体决策支持系统(Group Decision Support System, GDSS)。GDSS 利用便捷的网络通信技术在多位决策者之间沟通信息,提供良好的协商与综合决策环境,以支持需要集体作出决定的重要决策。GDSS 研究内容广泛,难度很大,目前尚不成熟。

DSS 产生以来,研究与应用一直很活跃,新概念、新系统层出不穷。DSS 的发展与信息技术、管理科学、人工智能及运筹学等科学技术的发展密切相关。随着 DSS 研究与应用范围的扩大与层次的提高,新技术、新方法的不断推出与引入,DSS 的形式与功能会逐步走向成熟,实用性与有效性会进一步提高。近年来,国外相继出现了多种高功能的通用和专用 DSS,如 SIMPLAN、IFPS、GPLAN、EXPRESS、EIS、EMPIRE、GADS、VISICALC 和 GODDESS 等都是国际上很流行的决策支持系统软件;1983 年,R. 博奇克研制成功 DSS 的开发系统(Decision Support System Development System,DSSDS);DSS 与人工智能相结合,出现了智能化 DSS(IDSS);1984 年,DSS 与计算机网络相结合,出现了群体 DSS(GDSS)。现在,决策支持系统已逐步扩广应用于大、中、小型企业中,并开始应用于军事决策、工程决策和区域开发等方面。

DSS 的概念是 20 世纪 80 年代末引入我国的,但在此之前有关辅助决策的研究早就有所开展。目前我国在 DSS 领域的研究已有不少成果,但总体上发展较缓慢,在应用上与期望有较大的差距,这主要反映在软件制作周期长,生产率低,质量难以保证,开发与应用联系不紧密等方面。

二、DSS 的功能和特征

(一) 功能

(1) 管理并随时提供与决策问题有关的组织内部信息,如订单要求、库存状况、生产能力与财务报表等。

(2) 收集、管理并提供与决策问题有关的组织外部信息,如政策法规、经济统计、市场行情、同行动态与科技进展等。

(3) 收集、管理并提供各项决策方案执行情况的反馈信息,如订单或合同执行进程、物料供应计划落实情况、生产计划完成情况等。

(4) 能以一定的方式存储和管理与决策问题有关的各种数学模型,如定价模型、库存控制模型与生产调度模型等。

(5) 能够存储并提供常用的数学方法及算法,如回归分析方法、线性规划、最短路径算法等。

(6) 上述数据、模型与方法能容易地修改和添加,如数据模式的变更、模型的连接或修改、各种方法的修改等。

(7) 能灵活地运用模型与方法对数据进行加工、汇总、分析、预测,得出所需的综合信息与预测信息。

(8) 具有方便的人机对话和图像输出功能,能满足随机的数据查询要求,回答"如果……则……"之类的问题。

(9) 提供良好的数据通信功能,以保证及时收集所需数据并将加工结果传送给使用者。

(10) 具有使用者能忍受的工作速度与响应时间,不影响使用者的情绪。

(二) 特征

DSS 的基本特征应包括以下 5 个方面。

（1）对准上层管理人员经常面临的结构化程度不高、说明不够充分的问题。

（2）把模型或分析技术与传统的数据存取技术及检索技术结合起来。

（3）易于为非计算机专业人员以交互会话的方式使用。

（4）强调对环境及用户决策方法改变的灵活性及适应性。

（5）支持但不是代替高层决策者制定决策。

DSS 的结构特征应包括以下 5 个方面：

（1）模型库及其管理系统。

（2）数据库及其管理系统。

（3）方法库及其管理系统。

（4）交互式计算机硬件及软件。

（5）对用户友好的建模语言。

三、DSS 的结构

决策支持系统的一个可能实现的结构是把系统分为以下 3 个部分组成。

（1）对决策用的数据进行管理的决策数据管理子系统。

（2）决策知识、模型管理子系统。

（3）与用户进行对话、接收命令、提供决策结果的交互环境。

目前，对与决策支持系统的结构比较经典提法是：DSS＝三库系统＋对话系统（人机界面）。三库系统是指数据库系统、模型库系统和方法库系统，如图 8.1 所示。

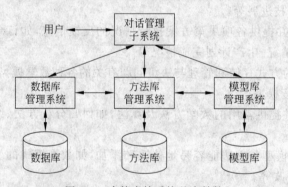

图 8.1 决策支持系统基本结构

（一）人机对话子系统

人机对话子系统是 DSS 中用户与计算机的接口，在操作者、模型库、数据库和方法库之间起着传送、转换命令和数据的作用。其核心是人机界面。

（二）数据库子系统

数据库子系统是存储、管理、提供与维护用于决策支持的数据的 DSS 基本部件，是支撑模型库子系统及方法库子系统的基础。由数据库、数据析取模块、数据字典、数据库管理系统及数据查询模块等部件组成。

（三）模型库子系统

DSS用户是依靠模型库中的模型进行决策的，故 DSS 是"模型驱动的"。由模型库及模型管理系统组成。模型基本单元在模型库中的存储方式主要有子程序、语句、数据和逻辑关系等 4 种方式。

（四）方法库子系统

方法库子系统是存储、管理、调用及维护各通用算法、标准函数的部件。

四、DSS 的研制

企业决策是如何进行的，现在尚无一套统一的理论，同时决策问题具有随机性，即决策人所面临的情况是在变化中，因此，DSS 的研制只能是一个反复迭代的试制过程。这种反复迭代过程也称"适应性设计"过程：根据用户或决策者提出的粗略的要求，大致分析系统应做什么，由用户与研制人员共同商定先解决其中的一个重要部分，着手设计出一个雏形来，然后配以必要的硬件与软件，把这个雏形系统实现出来，交用户或决策者试用，经过用户或决策者使用一段时期后，即可根据用户的意见，对这个雏形系统加以修改或扩充以及增加新的功能。如此反复迭代，一次又一次地进行分析、设计、实现与维护等过程，每迭代一次，系统就越能满足用户的决策要求，最后形成一个相对稳定的系统，用以支持一系列的决策问题。

五、DSS 与 MIS 的区别

对 DSS 与 MIS 的区别和联系主要有以下几种观点。

（1）认为 MIS 是 DSS 的一部分。坚持这种观点的人认为：DSS 的辅助决策过程离不开基础数据，而 MIS 所收集和储存的基础数据正是 DSS 最基本的数据源，是 DSS 的工作基础。所以，MIS 是 DSS 的组成部分，是组成 DSS 的基础。

（2）认为 DSS 是 MIS 的一部分。坚持这种观点的人认为：MIS 是为管理工作提供所需要的信息处理系统，除了例行管理工作所需要的信息之外，也包括了为决策服务的各种信息，因而，DSS 是 MIS 中的一部分。

DSS 与 MIS 是统一信息系统中的两个相互联系而又相互配合的不同部分。事实上，在实际工作中确实存在许多应用系统，都是既有处理例行日常事务的功能，又有某种决策支持的功能（如库存管理、设备管理等），当然，这两部分的侧重点或构成比例各不相同，但它们之间是相互联系、相互配合的。

DSS 和 MIS 是电子计算机应用于管理系统中的两个不同的发展阶段。从历史看，计算机在管理活动中的应用经历了电子数据处理阶段、管理信息系统阶段和决策支持系统阶段。由于 DSS 在管理活动的应用中有着许多独特的作用，也已经发展成为一门新兴的学科。所以，把 DSS 和 MIS 看作是计算机应用于管理系统中的两个不同的发展阶段是比较恰当的。

DSS 与 MIS 的主要区别表现在系统的对象和开发的方法上，其主要区别如下。

（1）在系统目标方面：MIS 主要完成例行管理活动中相对稳定的信息处理，它提供的报表和数据一般只与管理决策间接相关，它追求的主要目标是高效性，即提高系统中的工作效率和效能；而 DSS 主要是支持决策活动，提供决策的备选方案并给出相关结果，便于决策者探讨问题、作出判断，它追求的主要目标是有效性，即提高效益。

（2）在系统分析与设计方面：MIS 分析侧重于总体的信息需要；它强调实现一个相对稳定协调的工作系统，要求系统的客观性，使系统设计符合实际情况；而 DSS 分析侧重于决策者个人的需要；它强调实现一个有发展潜力的适应性强的支持系统，DSS 要求发挥决策者的经验、判断力、创造力等作用，使决策更加正确。

（3）在数据处理方面：MIS 着重于解决结构化的管理决策问题，要求保证数据的计算精度和传递速度，一般是考虑符合现状，满足企业内部数据处理要求；而 DSS 着重于解决半结构化或非结构化问题，考虑的是数据的总的趋向性及综合性指标，充分注重系统未来的发展，进行的是历史和外部数据处理。

办公室自动化系统

办公自动化（Office Automation，OA）是信息化时代最重要的标志之一，它将人、计算机和信息三者有效地结合为一个办公体系，构成一个服务于办公业务的人机信息处理系统。在整个系统中通过使用先进的机器设备和技术，办公人员可以充分利用各种办公信息资源，从而提高办公效率，使办公业务从事务级进入管理级，甚至辅助决策。

一、办公自动化的概念

办公自动化将计算机技术、通信技术、科学管理思想和行为科学有机结合在一起，不断使人的部分办公业务活动借助于各种办公设备，并由这些设备与办公人员构成服务于某种目标的人机信息系统。其目的是尽可能充分地利用信息资源，提高办公质量和办公效率。

与其他的信息系统相比，办公自动化较少涉及到各种科学的管理方法和管理决策模型而比较多考虑的是自动化的办公设备，随着办公设备的不断完善与革新，办公自动化将为未来的信息化的社会提供一个高效、迅速甚至智能化的办公环境。

办公自动化的主要内容包括利用现代信息技术手段进行文字处理、报表处理、数值和非数值计算、图形图像处理、语言处理、通信、信息存储与管理、日程管理和辅助决策等各方面。办公自动化系统综合体现了人、机器、信息资源三者的关系：信息资源是被加工的对象，机器是加工手段，人是加工过程中的设计者、指挥者和成果的享用者。

二、现代办公自动化的特点

现代办公与传统办公相比,有较大的区别。这不仅在内容和对象上存在差别,更主要是在方式和手段上存在区别。传统办公中有许多需要大量人工进行处理的内容,在现代办公中大都用计算机替代了,现代办公的效率更高,管理更加有序。

(1)提高办公效率,减小劳动强度,充分利用各单位、企业内部的知识资源和技能。

(2)实现办公用品、生产设备以及科技图书、文书、科技、人事、财务档案的有效管理,防止信息资源的流失。

(3)运用网络,建立经济、方便、快捷的电子邮件通信平台和网上培训基地,不仅方便交流,而且实现了资源的充分运用、反馈信息的及时收集。

三、办公自动化系统的组成

办公自动化系统是一个集成化的软件系统,它综合了文字处理、文件管理、电子邮件、日程安排、管理控制、决策分析的各种软件工具,使它们成为一体,能灵活、协调和以一致的方式运行,各种软件具有互操作性。

(一)文字和文档处理子系统

用户能建立、编辑、打印、删除和阅读文档。因此它包括了功能全面的字处理编辑软、硬件设备及其他文件柜功能。使用字处理功能编写的文档还可以附到报文中通过电子邮件发到网上任何用户。

(二)文件管理子系统

子系统可像手工的文件归档系统那样命名文件柜、柜中文件夹、文件夹中的文件。用户按照文件柜——文件夹——文件的层次来建立、加入、修改、发送、接收和查看文件。

(三)局域网内的电子邮件子系统

该子系统提供在网上交换报文和文档的手段。包括邮件系统的全部功能——选择、建立、编辑、删除、阅读、索引和查询索引等。可极大地方便局域网内工作人员之间的通信。

(四)日程管理子系统

该子系统包括在保护个人隐私原则下进行个人事务处理。如个人日志、个人活动安排、会议预约的管理、显示和备忘提醒。可以和系统中其他人员一起安排会议,向与会者发送电子邮件以确认会议计划。

(五)管理控制子系统

办公自动化系统不仅应具备以上的办公事务处理功能,而且应具备各类控制功能。包括企业单位的计划、作业、财务、物资和人事等的管理。支持管理控制层次各个部门如行政系统的委、办、厅、局,企业组织的各职能科室的工作。

（六）行政和决策支持子系统

该子系统提供分析数据、辅助政策制定、提供对策方案的能力。支持部门中高层领导部门如经理办公室、综合处、调研室和政策室的工作。

四、办公自动化系统的关键技术

（一）计算机技术

计算机硬件和软件是办公自动化的主要支柱。它包括计算机、终端、各种外部设备以及各个层次、各种功能的软件系统。

（二）通信技术

在办公自动化系统中要实现资源共享,提高系统的可用性和可靠性,加速信息的采集和传输就要利用网络和通信技术。通信是办公自动化的动脉。

（三）信息处理技术

信息技术的内容非常广泛,包括信息的采集、存储、加工、处理、传输和利用等。在办公自动化系统中,信息结构复杂,信息量大,信息以数据、文字、图形、图像和声音等多种形式出现,这就是多媒体数据,为此必须解决多媒体数据的处理技术。

（四）人机工程技术

办公自动化系统是为广大办公人员使用、服务的系统,其实质是一个人机系统。人机工程技术的目的就是要使工艺技术最适合于提高人的工作效率,把适合于人干的工作和适合于机器干的工作区分开来,各有分工。人机工程要研究人与机器的相互关系,研究办公自动化技术对人的生理、行为心理及社会的影响。应尽量避免人对机器产生的消极因素,尽可能使机器给人带来更多的好处,使人和机器处于最佳协调的工作状态,达到整个系统的最佳总体效益的目的。

五、办公自动化系统设计的一些考虑

（1）系统的定位应以实用和技术成熟为原则。

（2）系统的软、硬件运行环境的选择。系统在软、硬件运行环境及数据库的选择上允许用户根据自己的实际情况量力而行,力求达到最佳的性价比。

（3）对办公自动化系统模式的认识。从技术上来看办公自动化完全可实现无纸办公,但短期内要想完全用电子模式取代纸制办公模式也是不现实的,原因是多种多样的。既然在短期内不可能完全实现无纸办公,那么在实际实施时纸制办公模式和电子办公模式同时并存就理所当然。在这种格局下电子办公模式必须和纸制办公模式紧密配合,最大限度地为纸制办公模式服务,充分发挥电子办公模式的优点,达到减轻工作人员劳动强度,提高工作效率的目的。只有这样建设办公自动化才有实际意义,才可能在实际中得到应用,否则,只能增加工作人员的劳动强度,当成一种摆设而毫无实际意义。

(4) 系统的自动化程度与实际使用方式。系统在设计时考虑的另一个重要问题就是要使系统自动化到什么程度。

制造资源计划

MRPⅡ(Manufacturing Resource Planning,制造资源计划)。是以物料需求计划(Materials Requirements Planning,MRP)为核心,覆盖企业生产活动所有领域、有效利用资源的生产管理思想和方法的人-机应用系统。

一、从 MRP 到 MRP Ⅱ

(一) 时段式 MRP 系统

20 世纪 60 年代时段式 MRP 是为解决订货点法存在的缺陷而提出的,它首先将物料需求区分为独立需求和非独立需求并分别加以处理,其次在库存状态数据中引入了时间分段的概念。所谓时间分段,就是给库存状态数据加上时间坐标,亦即按具体的日期或计划时区记录和存储状态数据,从而解决了何时订货以及订货数量问题。

(二) 闭环式 MRP 系统

MRP 系统在 20 世纪 70 年代发展为闭环 MRP 系统。闭环 MRP 系统除物料需求计划外,还将生产能力需求计划、车间作业计划和采购作业计划也全部纳入 MRP,形成一个封闭的系统。其原理是根据长期生产计划制订短期主生产计划,而这个主生产计划必须经过生产能力负荷分析,才能够真正具有可行性。然后再执行物料需求计划和能力需求计划和车间作业计划,并在计划执行过程中,将来自车间、供应商和计划人员的反馈信息,进行计划的平衡调整,从而使生产计划方面的各个子系统得到协调统一。其工作过程是一个"计划——实施——评价——反馈——计划"的封闭循环过程。它能对生产中的人力、机器和材料各项资源进行计划与控制,这一点已大大超越了 MRP 系统的资源计划范围,从而使生产管理对市场的应变能力大大增强。

(三) MRP Ⅱ 系统

20 世纪 80 年代出现了 MRP Ⅱ。闭环 MRP 系统的出现,使生产活动方面的各种子系统得到了统一。但这还不够,因为在企业的管理中,生产管理只是一个方面,它所涉及的是物流,而与物流密切相关的还有资金流。这在许多企业中是由财会人员另行管理的,这就造成了数据的重复录入与存储,甚至造成数据的不一致性。于是人们想到,应该建立一个一体化的管理系统,去掉不必要的重复性工作,减少数据间的不一致性现象和提高工作效率。实现资金流与物流的统一管理,要求把财务子系统与生产子系统结合到一起,形成一个系统整体,这使得闭环 MRP 向 MRP Ⅱ 前进了一大步。

最终,人们把生产、财务、销售、工程技术和采购等各个子系统集成为一个一体化的系统,并称为制造资源计划(Manufacturing Resource Planning)系统,英文缩写还是 MRP,为了区别物料需求计划系统(亦缩写为 MRP)而记为 MRP Ⅱ。

二、MRP Ⅱ 的特点

MRP Ⅱ 系统具有如下特点:

(1) 管理系统性。MRP Ⅱ 把企业中各子系统有机结合起来,组成了一个全面生产管理的集成优化管理系统。其中,生产和财务两个子系统的关系尤为密切。

(2) 数据共享性。MRP Ⅱ 的所有数据来源于企业的中央数据库。各子系统在统一数据环境下工作,实现了各方面的数据共享,同时也保证了数据的一致性。

(3) 模拟预见性。MRP Ⅱ 具有模拟功能,能根据不同的决策方针模拟出各种未来将会发生的结果。如模拟将来物料需求而提出任何物料短缺的警告;模拟生产能力需求,发出能力不足的警告。因此,大大提高了原 MRP 系统的应用效果,与此同时,它也是企业高层管理机构的决策工具。

(4) 动态反馈性。MRP Ⅱ 能跟踪和反映随机多变的实际情况,使之协调、平衡。管理人员依据及时的反馈信息,分析、判断、调整、组织和生产。

三、MRP Ⅱ 的基本思想和逻辑流程图

MRP Ⅱ 的基本思想就是把企业作为一个有机整体,从整体最优的角度出发,通过运用科学方法对企业各种制造资源和产、供、销、财各个环节进行有效地计划、组织和控制,使它们得以协调发展,并充分地发挥作用。MRP Ⅱ 的逻辑流程图如图 8.2 所示。

在流程图的右侧是计划与控制的流程,它包括了决策层、计划层和控制执行层,可以理解为经营计划管理的流程;中间是基础数据,要储存在计算机系统的数据库中,并且反复调用。这些数据信息的集成,把企业各个部门的业务沟通起来,可以理解为计算机数据库系统;左侧是主要的财务系统,这里只列出应收账、总账和应付账。各个连线表明信息的流向及相互之间的集成关系。

MRP Ⅱ 是解决财务和业务脱节管理问题的信息化管理系统,MRP Ⅱ 在 MRP 的基础上增加的主要管理理念是管理会计的应用。能否做到资金流同信息流的集成,是判断企业是否实现 MRP Ⅱ 的主要标志。

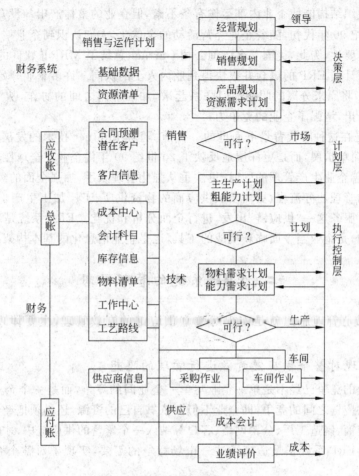

图 8.2　MRPⅡ的逻辑流程图

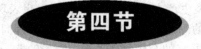

企业资源计划系统

ERP 系统即企业资源系统,是利用现代化管理思想和信息技术手段对企业的各种资源进行优化配置、综合管理的应用系统。随着国内企业改革的日益深化,将有越来越多的企业意识到原有管理方式已不能满足现代企业运作的需要,转而采用如 ERP 等国际先进的企业资源管理软件包,以实现企业运作的现代化。

一、ERP 的发展

在 20 世纪 80 年代,企业组织是按功能划分的,整个企业按不同职能分成各个独立的部门。这种组织结构能使企业内部运作有条不紊,但企业的整体产出却没有提高。

到 20 世纪 90 年代初,随着企业经营活动的全球化,人们认识到企业整体运作对提高企业效益的重要性,为此,美国著名咨询公司 Gartner 总结了 MRP II 软件的发展趋势,提出了企业资源计划 ERP 的概念并很快得到业内人士的认同。许多企业开始实施 ERP 系统,通过 ERP,将原来分离的职能部门联系起来,加强部门之间的协作,从而大大提高了企业的整体产出,增强了企业的竞争力。

ERP 就是在这种时代背景下面世的。目前,随着 Internet 技术的发展,ERP 已不再是 MRP II 的简单扩展,而是更深层地反映了 20 世纪 90 年代企业在全球性市场竞争环境下,在不断完善企业生产管理的同时,更注重从强化管理入手,加强全面的经营管理,不但要优化内部的管理业务流程,更需要从供应商的物资供应、工厂加工生产、分销与发货以及客户的售后服务这一"供应链"出发,进行全面分析和优化。ERP 系统是新的市场竞争环境下的产物,是企业当今面临新挑战的工具,也是企业信息化的基本构架。

二、ERP 系统的管理思想

ERP 的核心管理思想就是实现对整个供应链的有效管理,主要体现在以下 3 个方面。

(一) 体现对整个供应链资源进行管理的思想

现代企业的竞争已经不是单一企业与单一企业间的竞争,而是一个企业供应链与另一个企业的供应链之间的竞争,即企业不但要依靠自己的资源,还必须把经营过程中的有关各方如供应商、制造工厂、分销网络、客户等纳入一个紧密的供应链中,才能在市场上获得竞争优势。ERP 系统正是适应了这一市场竞争的需要,实现了对整个企业供应链的管理。

(二) 体现精益生产、同步工程和敏捷制造的思想

ERP 系统支持都混合型生产方式的管理,其管理思想表现在两个方面:一是"精益生产"(Lean Production,LP)的思想,即企业把客户、销售代理商、供应商和协作单位纳入生产体系,同他们建立起利益共享的合作伙伴关系,进而组成一个企业的供应链;二是"敏捷制造(Agile Manufacturing,AM)"的思想。当市场上出现新的机会,而企业的基本合作伙伴不能满足新产品开发生产的要求时,企业组织一个由特定的供应商和销售渠道组成的短期或一次性供应链,形成"虚拟工厂",把供应和协作单位看成是企业的一个组成部分,运用"同步工程"(Simultaneous Engineering, SE),组织生产,用最短的时间将新产品打入市场,时刻保持产品的高质量、多样化和灵活性,这即是"敏捷制造"的核心思想。

(三) 体现事先计划与事中控制的思想

ERP 系统中的计划体系主要包括主生产计划、物流需求计划、能力计划、采购计划、销售执行计划、利润计划、财务预算和人力资源计划等,而且这些计划功能与价值控制功能已完全集成到整个供应链系统中。另一方面,ERP 系统通过定义事务处理(transaction)相关的会计核算科目与核算方式,在事务处理发生的同时自动生成会计核算分录,保证了资金流与物流的同步记录和数据的一致性。从而实现了根据财务资金现

状,可以追溯资金的来龙去脉,并进一步追溯所发生的相关业务活动,便于实现事中控制和实时做出决策。

至此我们就完成了对整个 ERP 原理的介绍。当然,ERP 仍旧处于不断发展变化的过程中。对于它的最新发展,我们还会在以后的系列中给予详尽的介绍。最后,作为一个总结,我们可以通过表 8.1 来对 ERP 发展的几个主要阶段进行一下简要的回顾。

表 8.1　ERP 的发展的阶段

1957 年	APICS 成立
20 世纪 60 年代	第一套 MRP 管理系统推出
20 世纪 70 年代	闭环 MRP 管理系统推出
20 世纪 80 年代	MRP Ⅱ 管理系统推出
20 世纪 80 年代后期	MRP Ⅱ 管理思想和管理系统被引入中国
20 世纪 90 年代	中国大量企业引入 MRP Ⅱ 管理思想和系统
20 世纪 90 年代后期	MRP Ⅱ 逐步过渡到 ERP、JIT 等

三、ERP 同 MRP Ⅱ 的主要区别

(一) 在资源管理范围方面的差别

MRP Ⅱ 主要侧重对企业内部人、财、物等资源的管理,ERP 系统在 MRP Ⅱ 的基础上扩展了管理范围,它把客户需求和企业内部的制造活动,以及供应商的制造资源整合在一起,形成企业一个完整的供应链并对供应链上所有环节如订单、采购、库存、计划、生产制造、质量控制、运输、分销、服务与维护、财务管理、人事管理、实验室管理、项目管理和配方管理等进行有效管理。

(二) 在生产方式管理方面的差别

MRP Ⅱ 系统把企业归类为几种典型的生产方式进行管理,如重复制造、批量生产、按订单生产、按订单装配、按库存生产等,对每一种类型都有一套管理标准。而在 20 世纪 80 年代末 90 年代初期,为了紧跟市场的变化,多品种、小批量生产以及看板式生产等则是企业主要采用的生产方式,由单一的生产方式向混合型生产发展,ERP 则能很好地支持和管理混合型制造环境,满足了企业的这种多角化经营需求。

(三) 在管理功能方面的差别

ERP 除了 MRP Ⅱ 系统的制造、分销和财务管理功能外,还增加了支持整个供应链上物料流通体系中供、产、需各个环节之间的运输管理和仓库管理;支持生产保障体系的质量管理、实验室管理、设备维修和备品备件管理;支持对工作流(业务处理流程)的管理。

(四) 在事务处理控制方面的差别

MRP Ⅱ 是通过计划的及时滚动来控制整个生产过程,它的实时性较差,一般只能实现事中控制。而 ERP 系统支持在线分析处理(Online Analytical Processing,OAP)、售后服务即质量反馈,强调企业的事前控制能力,它可以将设计、制造、销售和运输等通过集成来并行地进行各种相关的作业,为企业提供了对质量、适应变化、客户满意和绩效等关键

问题的实时分析能力。

此外,在 MRPⅡ 中,财务系统只是一个信息的归结者,它的功能是将供、产、销中的数量信息转变为价值信息,是物流的价值反映。而 ERP 系统则将财务计划和价值控制功能集成到了整个供应链上。

(五) 在跨国(或地区)经营事务处理方面的差别

现在企业的发展,使得企业内部各个组织单元之间、企业与外部的业务单元之间的协调变得越来越多和越来越重要,ERP 系统应用完整的组织架构,从而可以支持跨国经营的多国家地区、多工厂、多语种和多币制应用需求。

(六) 在计算机信息处理技术方面的差别

随着 IT 技术的飞速发展,网络通信技术的应用,使得 ERP 系统得以实现对整个供应链信息进行集成管理。ERP 系统采用客户/服务器(Client/Server,C/S)体系结构和分布式数据处理技术,支持 Internet/Intranet/Extranet、电子商务(E-business、E-commerce)和电子数据交换(Electronie Data Interchange,EDI)。此外,还能实现在不同平台上的互操作。

四、ERP 系统的作用

(1) 它把客户需求和企业内部的制造活动以及供应商的制造资源整合在一起,体现了完全按用户需求制造的思想,这使得企业适应市场与客户需求快速变化的能力增强。

(2) 它将制造业企业的制造流程看作是一个在全社会范围内紧密连接的供应链,其中包括供应商、制造工厂、分销网络和客户等;同时将分布在各地所属企业的内部划分成几个相互协同作业的支持子系统,如财务、市场营销、生产制造、质量控制、服务维护和工程技术等,还包括对竞争对手的监视管理。

(3) ERP 系统提供了可对供应链上所有环节进行有效管理的功能,这些环节包括订单、采购、库存、计划、生产制造、质量控制、运输、分销、服务与维护、财务管理、人事管理、实验室管理、项目管理和配方管理等。

(4) 从系统功能上来看,ERP 系统虽然只是比 MRPⅡ 系统增加了一些功能子系统,但更为重要的是这些子系统的紧密联系以及配合与平衡。正是这些功能子系统把企业所有的制造场所、营销系统、财务系统紧密结合在一起,从而实现全球范围内的多工厂、多地点的跨国经营运作。

(5) 传统的 MRPⅡ 系统把企业归类为几种典型的生产方式来进行管理,如重复制造、批量生产、按订单生产、按订单装配、按库存生产等,对每一种类型都有一套管理标准。

五、ERP 的新技术

(一) 动态企业建模

所谓动态企业建模(Dynamic Enterprise Module,DEM),就是实际运用为客户定制的知识工具、方法和业务参考模型建立企业管理模型。动态企业建模技术的提出就是为了满足企业不断增长的动态重整过程的需求,它具有能够消除 ERP 软件与企业管理"捆绑"的功能(如同开放的计算机软件系统与计算机硬件环境间的分离),可支持企业的管理结构和流程灵活地紧跟瞬变的市场发展并不断改变,有助于动态实现企业重整过程。它必将是 21 世纪 ERP 系统改进和进一步发展的一个方向。

(二)智能资源计划

智能资源计划(Intelligent Resource Planning,IRP)是一种具有智能及优化功能的管理思想和模式,它打破了以前所有那些"面向事务处理"的管理模式。它可使管理人员按照设定的目标去寻找一种最佳的方案并迅速执行。这样就可紧紧跟踪,甚至超前于市场的需求变化,快速作出正确的决策,随之改变原有的计划,并以最快的速度执行这些变化。在现阶段所有"面向事务处理"的管理软件都是按照传统的制造业方式来进行管理,它们所能解答的仅仅是:"生产什么?"、"用什么生产?"、"已有了什么?"、"还缺什么?"、"计划何时下达?";而 IRP 则上升到了另一个高度,它除了能解答上述问题外,还能解答:什么将是市场最需要的产品,如何实现以最正确的方式,在最恰当的时间内,在最好的场所,以最好的设备,用最好的资源,由最合适的人员来进行生产,然后以最畅通的渠道将产品提交到市场,尽快完成资本循环,并且要具有最小的和可控的产品提前期。这些都是 IRP 以前的管理方法无法解决的。

企业在面向市场需求的迅速变动及其对企业生产与业务管理流程的不断重组的要求,还会要求 ERP 向 DEM 的发展。市场需求变动速度发展到甚至于人们无法事先预料的情况下,IRP 会不会从理论变成现实的管理工具尚不得而知。

六、我国 ERP 发展与现状

回顾我国的 ERP 的应用和发展过程,大致可划分为 3 个阶段。

(1)第一阶段:启动期。20 世纪这一阶段几乎贯穿了整个 20 世纪 80 年代,其主要特点是立足于 MRP Ⅱ 的引进、实施以及部分应用阶段,其应用范围局限在传统的机械制造业内(多为机床制造、汽车制造等行业)。由于受多种障碍的制约,应用的效果有限,被人们称之为"三个三分之一论"阶段,即"国外的 MRP Ⅱ 软件三分之一可以用,三分之一修改之后可以用,三分之一不能用。"

(2)第二阶段:成长期。这一阶段大致是 1990—1996 年,其主要特征是 MRP Ⅱ/ERP 在中国的应用与推广取得了较好的成绩,从实践上否定了以往的观念,被人们称为"三个三分之一休矣"的阶段。

(3)第三阶段:成熟期。该时期是从 1997 年开始到 21 世纪初的整个时期,其主要特点是 ERP 的引入并成为主角;应用范围也从制造业扩展到第二、第三产业;并且由于不断地实践探索,应用效果也得到了显著提高,因而进入了 ERP 应用的"成熟阶段"。

尽管现在 ERP 在我国呈现出了迅猛发展之势,但是仍旧有很多企业对 ERP 的应用存在着一些不正确的态度和看法,这无疑会在很大程度上影响到这些企业实施 ERP 的效果。据统计,我国目前近千家企业在 ERP 系统应用中,存在 3 种情况:按期按预算成功实施的企业中,实现系统集成的只占 10%～20%;没有实现系统集成或实现部分集成的占 30%～40%；而失败的却占 50%。并且在实施成功的 10%～20% 中大多为外资企业。低下的成功率无疑向我们表明：在成功实施 ERP 系统的过程中，怎么样实施是一个极其关键且不容忽视的环节。尤其是在市场经济中，实施的成败最终决定着 ERP 效益的充分发挥。

那么，ERP 系统究竟该怎样实施？为什么会导致失败？经调查发现，在大部分实施不成功的案例中，因选择错误的软件而失败的占 67%，因管理协调不够而失败的占 13%，因实施步骤过急而失败的占 9%，因人才流失而失败的占 8%，因软件厂商服务支持不够而失败的占 3%。总结其原因，企业在 ERP 实施中存在的问题有以下几点：

（1）缺乏系统思想，对 ERP 不能深入全面的认识。一个 ERP 系统通常都带有着自己的管理思想和管理模式，企业在准备购买和应用 ERP 系统之前，就应清楚地意识到即将应用的 ERP 系统将会对自己原有的管理思想与管理模式产生冲击，有些企业没有认识到实施 ERP 是管理模式和管理方法的变革过程，只简单地认为应用了 ERP 系统就实现了 ERP 式的企业管理。

（2）企业需求不明确，没有真正领会 ERP 管理思想，不能结合本企业的具体实际情况来论证 ERP 的可行性和实施方法。许多企业在选购 ERP 系统时，就是让软件开发商在半天、一天之内将软件演示一遍，然后决定买或者不买。一套 ERP 系统往往大到有上千个屏幕，在一天或半天之内看一看演示都让人头大，怎么能决定这套软件适合还是不适合自己企业呢？还有一点，对于企业本身的需求，企业有没有做过细致地分析？没有充分的调研，怎能确定什么样的软件适合自己？当然，企业在实施 ERP 系统之前，多少都做过一些需求分析，但往往是一些懂计算机的人和懂业务的人各自在自己的专业领域进行分析和猜测，真正知道企业管理存在的问题又懂得现代管理软件的人并不多。

（3）缺乏强有力的支持。主要表现在两个方面，一方面缺乏企业内部领导、管理人员和职工的支持；另一方面缺乏软、硬件供应商的支持，缺乏具有成功实施 ERP 经验的专业咨询顾问来协助。

（4）软件本身存在的问题，有些企业购买的管理软件不能完全适应本企业的具体情况，二次开发的工作量大，软件功能和集成性不强。

本 章 小 结

本章较详细地介绍了信息系统发展出现的新的应用分支，即决策支持系统、办公自动化系统、制造资源计划、计算机集成制造系统和企业资源计划管理系统。

近十几年，随着信息技术、数据库技术、人工智能技术、网络通信技术等相关技术的迅速发展，信息系统取得了长足的进展，管理信息系统与相关技术相结合，陆续发展出了许多用于某一领域的新型信息系统或信息处理技术，如物料需求计划（MRP）、制造资源计划（MRP）、企业资源计划（ERP）、决策支持系统（DSS）和办公室自动化系统（OA）。

决策支持系统是以管理科学、运筹学、控制论和行为科学为基础，以现代信息技术和人工智能技术为手段的，针对某一类型的半结构化或非结构化决策问题，通过人机交互的方式，为管理者正确决策提供帮助的人机交互系统。

办公自动化(Office Automation,OA)是利用计算机技术、通信技术、系统科学和行为科学等先进科学技术,不断使人的部分办公业务活动借助于各种办公设备,并由这些设备与办公人员构成服务于某种目标的人机信息系统。其目的是尽可能充分地利用信息资源,提高生产率、工作效率和质量,辅助决策的能力。

MRP II 强调的是计划和控制系统,是物流、资金和信息流的统一,是以物料需求计划为核心的,覆盖企业生产活动所有领域,有效利用资源的生产管理思想和方法的人－机应用系统。

ERP 也称为企业资源计划系统,是整合了企业管理理念、业务流程、基础数据、人物力、计算机硬件和软件于一体,对企业可利用的所有内部和外部资源进行综合运营的系统。

思考与训练

1. 说明 DSS 与 MIS 的区别?
2. 办公自动化系统包括哪些子系统?
3. MRP II 管理方法的主要特点有哪些?
4. 企业实施 CIMS 的主要因素有哪些?
5. 试述我国 ERP 实施的现状及存在的问题。

课 外 阅 读

1. 王晋龙. 办公自动化. 大连:东北财经大学出版社
2. 罗鸿. ERP 原理·设计·实施. 北京:电子工业出版社

案 例 分 析

震旦集团 ERP 系统实施

阅读以下案例,并回答问题:

初冬,上海北郊一片沉寂的田野。震旦家具的厂房在太阳的余晖下显得异常安静,一点都想象不出平日里机器轰鸣、卡车进出的繁忙景象。当埃森哲咨询的项目经理黄伟强打开一扇神秘小门时,他就像辛巴达打开了自己宝库一样得意地挥着手,"这就是我们整个项目小组的办公室"。

一间灯火通明,挤满了电脑、文件、横幅标语和人,足有标准篮球场那么大的办公室。

黄在门口不无惋惜地说,记者未能赶上项目实施的全盛时光,最高峰的时候,这间大大的办公室有 18 个埃森哲的实施顾问,30 余位震旦的部门经理整天在此厮磨,同呼吸共命运,红着眼睛跟那要命的 ERP 过不去。

其实那个神秘小门开启之前,"地狱"的感觉曾经掠过经理们的心头。"20 位高级主管,在做完第一波 BPR 以后,只剩下 6 个幸存者。"震旦的项目经理凌峰接受记者专访时脱口而出，还清晰无比地做了一个"六"的手势。"还好公司有完善的人力制度，否则我真不知道这第一道关能不能过得去。"他苦笑起来，而记者满脸惊愕。

一次革命：给自己做外科手术

回溯起来，震旦做业务流程重组（BPR）和企业资源计划（ERP）的主要原因是因为业务的极速增长。随着分销通路在全国的层层铺开，信息反馈的盲点、断点和延迟越来越严重，每次前方销售员奋力抢下的订单，却不知道什么时候才能真正给客户交货。内部集成化信息系统的缺乏，严重制约了业务的扩展。而急欲在 2005 年之前称霸市场的震旦，一定要有一个强健无比的内部骨架和灵敏的数字神经系统，才能成长为巨人。

雄心梦想和痛苦现实之间的落差，逼迫着震旦走到了业务流程重组的必经路口。但他们还是非常小心地考虑了很长时间，最后决定不借助任何外力，自己给自己先开一刀。

2000 年 3 月，当震旦的董事陈冠名授予凌峰"尚方宝剑"时，面授机宜仅 7 个字："忘掉已有的一切。"忘掉现有的流程是什么；忘掉现在的机构是什么；忘掉公司中有多少重臣老臣需要照顾；忘掉一切，从空白开始。在白纸上可以画出最狂野、最荒诞、最不可思议的构想，只要这个构想符合 BPR 的唯一原则：以最快、最好、最简单的方式做最正确的事。

于是凌峰就拿出一张空白订单，在白纸上勾勒出他必须要走的每一步，用橡皮擦掉等待、确认、核准、填写失误、部门间往返转送、互相推诿或是无穷无尽的"明天再说"。擦掉所有不必要的浪费以后，抖干净，他看到一张订单以最笔直的路线、最短的时间走完全程。一个事实让他痛苦，也让他震撼，原来，一张订单真正被处理的时间只有所需时间的 1％。其余 99％ 的时间都在各个环节上等待、停留，被忘记，或是需要打无数个电话确认。而这，就是为什么震旦的一张订单竟然要几周才能完成的原因。

不知道凌峰是带着怎样的心情把那张优化过的总流程给董事看的。其结果是革命性的，在又一次开业务会议的时候，原先坐满 20 个主管的会议室，只有 6 个人在那里紧张无比地对视——其他的 14 位因为业务被精简或合并而失去了职位。彼时彼刻会议室里那种紧张而冰凉到极点的空气，仿佛就此凝固在凌峰的心中。直到他面对记者的那一刻，仿佛那层坚冰才开始碎裂。

随后，凌峰的思路才慢慢流畅了起来。他回忆，走出了第一步之后，既然没有回头的可能性，索性走到底。凌峰在没有外援的情况下，组建震旦自己的人马，一口气梳理了 20 个内部主要流程。这件事情足足做了 3 个月。

但是，当第一代"新"震旦如愿以偿地按照凌峰设想的那样开始运转的时候，却全非纸面上的结果。凌峰发现，有些东西并非是人力能做的。举例来说，因为老的管理信息系统（MIS）中前台订单处理与后端仓库是断开的，不能实时反映存货情况。如果接订单的小姐有 10 个，就算每个人每天都以最精确的备货数字开始工作，她们在开出 1 张仓库预扣单的时候，不会知道其他 9 个人扣掉了多少的存货，也不知道自己扣的库存究竟能不能被满足。工作了 10 分钟之后，这一天随后的全部工作就已经开始模糊了。可想而知，那时是以最高的工作效率办糊涂事，实际情况与纸面上的计划还是一个天南，一个地北。凌峰发现，如果各个信息节点反馈上来的数据不实时、不准确，要想真正做好管理决策，就像新版刻舟求剑一样可笑。另外，没有 IT 系统支撑的新流程实际上达不到 BPR 的真正要求，因为在各个独立的信息系统之间，必须设立一些重复的职位来重新录入数据。信息链条，还是在这里断开了。

虽然震旦给自己做了一个大手术，总算这个病人对自己的身体极为了解，达到了预期的"减肥"目标，但是也没有把自己给变成想象中的超人。失望之下，震旦决定花上1000万人民币，邀请外脑埃森哲，借助他们的专长实施ERP系统，彻底化蛹成蝶，而不是变成一只长着翅膀的菜青虫。

BPR二次革命整军待发

"别看我们现在像是兄弟一般坐在一起，当初认识可是结结实实的大吵一场。"坐在凌峰旁边的黄伟强亲切地拍拍他的亲密战友。

当初面红耳赤的原因是，凌峰认为梦魇般的BPR已经做过了，不需要再做。而黄伟强认为还是需要把所有的流程再细化、梳理和进一步优化。争执不下之时，做过6年ERP实施顾问的黄当场指出，震旦当时把详细的生产计划交给生产经理去安排绝对是错误的，计划经理因为不会从一线生产经理这里得到反馈，永远不会知道他们在做什么。从最粗放到最细化的计划都应由计划经理来做，生产经理应该只负责领料、执行生产、反馈订单的完成情况。凌峰一愣之下，觉得这个对家具行业一窍不通的家伙似乎说得确有道理。

于是，凌峰说服了自己的老板。震旦终于同意再做一遍麻烦无比的BPR。而埃森哲的实施顾问也没有让震旦失望，他们一共梳理、优化和修改了所有的120多个流程，加上了无数个详细具体的流程控制点，这样才能保证系统在培训和真正的使用中不会走样变形。举例来说，根据新的系统，会有一张精确到毫米的领料单交给工人。详细的物料分解和计算过程，会由生产计划部门来完成，工人不需要再花时间计算某个订制的屏风要多少盖板、不同大小的面板和转接处，生产效率大幅度提高。

黄伟强和凌峰那时绝对没有想到过，正是因为有了那第一天的争论，给随后人越来越多的项目组带来了良好的气氛。大家矛头直指产生问题的原因所在，开诚布公，避免了互相推诿和不信任。基于同一个目标的痛苦磨合总比同床异梦、各行其是要强得多。

黄伟强也承认，其实有过丰富ERP实施经验的埃森哲一开始也没有预料到震旦的这个项目有这么复杂。他们的产品是系统性的办公家具，需要对客户整个办公环境整体规划，客户化要求非常高。像上海通用这样的基于流水线生产的大型生产厂家，其物料清单（BOM）中的物料有7000余种，金杯通用只有2000余种，管理起来已经很头痛，而震旦的物料居然达到6万种。

物料这么多的原因是，在高档办公楼里办公的公司当然不希望自己的办公家具看上去与其他公司一个样，都希望有自己的特色。就算是一种式样的家具，也会根据客户的具体需求和办公室场地进行修改，有高度、长宽、大小、色彩的不同。所以震旦接来的所有订单中，竟然是50%是订制化的产品。上一张订单可以与下一张订单的要求完全不一样。最令人头痛的是，订制化的家具是不能流水线生产的，只能由一个个工位按照订单的具体要求去做出来。而且据凌峰说，售后的安装也是一件非常烦琐的事情，经常有服务人员报告因为螺丝数量不对或是型号不对而无法安装的事情，而客户正等着明天全球总裁飞来上海剪彩启用新的办公室，在那里暴跳如雷……

埃森哲的顾问随着项目的深入，发现了越来越多要解决的问题。比如，把所有的订单和订制化生产的问题解决之后，一张订单所产生的物料清单在一页 A4 纸上都打印不完，需要 3 页纸。而这竟超过了 SAP 系统预置的系统配置，无法一次性处理。

非常时刻，董事当机立断，把最熟悉震旦生产流程和内部运作程序的 30 多位部门经理全部抽调到项目小组去支援。

这一决策对整个项目的快速推进起了莫大的作用，因为他们既是最熟悉平时运作情况的人，又是最能拍板决定改变现有流程的人。到项目实施的后期，50 个人的项目小组开起会来效率已经非常高了。有问题，现场开会，所有相关部门的最高领导都在。一番争论之后，问题被厘清、解决，部门经理立刻就可以拍板下令执行。问题解决，散会，做自己被中断的工作。最后的数据准备是最可怕的日子，凌峰说，这些部门主管的上班时间是早上 8 点，下班却没有时间。最艰苦的时候，大家轮流三班倒。

可怕的沉默之后豁然开朗

经过 6 个月的奋战，终于到了 2001 年 5 月 8 日系统上线的日子。

那是个阳光灿烂的初夏日子，40 辆集装箱卡车等在震旦家具厂房外。司机却都觉得有些莫名的奇怪。8 点钟工人就开始上班了，到了中午 11 点，却依然没有一批货出厂。震旦家具的人好像都睡着了。长长的车队开始有人焦躁起来，想进厂去看看。

但是其实谁也没有睡着。凌峰一回想到当时的混乱时就觉得好笑。"有三个字可以形容当时的震旦：菜市场。"震旦那时是真的闹翻了天。一线生产人员从来没有看到过那么多那多细的工单，全部乱套。人人手上捧着厚厚的一叠物料清单不知该怎么办，挤在一线经理小小的办公室里要求帮助。

而订单处理的小姐也在新的系统前手足无措，尽管经过充分的训练、考核，一到实战，遇到具体的问题，却只能束手无策。全国各地的订单像是雪片一样涌入，然而进入新系统却都出不来，打出来的清单上全都是错误的东西。客户的投诉电话把震旦所有营业总监的座机都给打爆了。那时候震旦标准的问候语是"对不起"，大老板甚至都亲自打电话给客户道歉。有些营业总监到愤怒的客户那里道歉，差点被扣下不放。

时间在一分一秒地过去，埃森哲和震旦小组的人员像是发了疯一样地到处灭火，但是出货单依然一张也没有打印出来。黄伟强说，震旦的老总甚至打电话给他，询问是否可以用以前的手工方式完成一两张订单，先发点货出去，让门口的司机不要再撺喇叭了。

"我一口拒绝，"黄回忆说，"一用手工做，我们几个月的努力就全泡汤了，这怎么可以。"

咬牙坚持。黄的死命令是，单子不清不准出货。谁也不敢违反这条最后底线，所以没有一张订单可以走完整个流程，装运上车。

从上午坚持到下午。到下午两点，终于有一张订单出货被完成。

从 5 月份上线到 6 月中旬，整整有一个半月，为了解决系统的异常状况，埃森哲和震旦项目小组的人，前线的营业代表，物流部门的员工，所有的总监、副总、老总每天晚上开会，不管多晚，一直开到问题被解决。

上线后的前两周是最难熬的时间，但从第三周开始，病症开始有消退的迹象，每一天开会反映的问题越来越少，渐渐地，伤口开始愈合了，交货开始顺畅了，员工们的信心也开始恢复了。直到有一天，会议终于不需要开了。

第一阶段走过之后，震旦一鼓作气将自己所有的 50 家销售分公司和 100 多个直销点全部挂上了系统。

做完 BPR 和 ERP 以后的直接效果是，震旦订制化家具的生产从以前的最长两个月缩短到一周。从接到订单到上线生产，以前是一周左右，现在只有两天。最重要的是，销售人员现在只需要半天时间就可以清楚地告诉客户，定制化产品的交货时间会是在什么时间，而以前根本不可能做到，客户满意度就此直线上升。50 个分公司、100 多个直销点的结账、对账、费用分摊，现在只需要四五天就可以全部完成。整个企业的内部系统被彻底集成在一起以后，信息的透明化得到了最明显的改善。以前接到的需求是手写传递的，而现在需求与产出在系统内都可看到对应关系。据震旦自己的一位最终用户写的论文，后 ERP 的快乐是因为看到了成果。拿最近几个月的缺货状况来说：7 月份十几笔；8 月份一笔；9、10 月份是零笔。这些数字终于让震旦体会到了"阳光灿烂"的快乐。

（资料来源：《21 世纪经济报道》）

思考题：

1. 通过该案例，你认为 BPR 与 ERP 之间存在着一种什么样的关系？BPR 应先于 ERP、在 ERP 之后、还是与 ERP 的实施同时进行才最为合理？为什么？

2. 从震旦集团成功实施 ERP 系统的案例中，你认为有哪些因素是保证 ERP 成功实施的关键？为什么？

参 考 文 献

1. 薛华成.管理信息系统.第 3 版.北京：清华大学出版社,1999
2. 黄梯云.管理信息系统(修订版).北京：高等教育出版社,2000
3. 陈晓红.管理信息系统教程.北京：清华大学出版社,2003
4. 李东.管理信息系统理论与应用.北京：北京大学出版社,2001
5. 张国锋.管理信息系统.北京：机械工业出版社,2001
6. 甘仞初.管理信息系统.北京：机械工业出版社,2001
7. Reaph M. Stair,George W. Reynolds.信息系统原理.北京：机械工业出版社,2000
8. 周玉清等.ERP 原理与应用.北京：机械工业出版社,2002
9. 高洪深.决策支持系统(DSS)——理论、方法、案例.北京：清华大学出版社,1996
10. 陈国青等.信息系统的组织·管理·建模.北京：清华大学出版社,2002
11. 高阳.计算机网络原理与实用技术.长沙：中南工业大学出版社,1998
12. 左美云等.信息系统的开发与管理教程.北京：清华大学出版社,2001
13. 斯蒂芬·哈格等.信息时代的管理信息系统.北京：机械工业出版社,2000
14. 周玉清等.ERP 原理与应用.北京：机械工业出版社,2002
15. 陈佳.信息系统开发方法教程.北京：清华大学出版社,1998
16. 马丁·威尔逊.信息时代——运用信息技术的成功管理.北京：经济管理出版社,2000
17. 琳达·M. 阿普盖特等.公司信息系统管理——信息时代的管理挑战.大连：东北财经大学出版社,2000
18. 岳剑波.信息管理基础.北京：清华大学出版社,1999
19. 高纯.信息化与政府信息资源管理.北京：中国计划出版社,2001
20. 王士同.人工智能教程.北京：电子工业出版社,2001
21. 小詹姆斯·I.卡什等.创建信息时代的组织.大连：东北财经大学出版社,2000
22. 李师贤等.面向对象程序设计基础.北京：高等教育出版社,1998
23. 陈晓红.工商管理案例集.长沙：湖南人民出版社,2000
24. 中国软件行业协会人工智能协会.人工智能辞典.北京：人民邮电出版社,1992
25. 陈晓红主编.电子商务实现技术.北京：清华大学出版社,2001
26. Gary P. Schneider,James T. Perry.电子商务.北京：机械工业出版社,2000
27. 方美琪主编.电子商务概论.北京：清华大学出版社,2000
28. 陈晓红.决策支持系统理论与应用.北京：清华大学出版社,2000
29. 姜同强.计算机信息系统开发——理论、方法与实践.北京：科学出版社,1999
30. 罗超理等.管理信息系统原理与应用.北京：清华大学出版社,2002
31. 李劲东等.管理信息系统原理.西安：电子科技大学出版社,2003
32. 王要武主编.管理信息系统.北京：电子工业出版社,2003
33. 苏选良.管理信息系统.北京：电子工业出版社,2003
34. 李一军.管理信息系统案例集.北京：高等教育出版社,2005
35. 黄梯云.管理信息系统习题集.北京：高等教育出版社,2005
36. 陈国青,李一军.管理信息系统.北京：高等教育出版社,2006
37. 王跃武.管理信息系统.北京：电子工业出版社,2005

38. 黎孟雄,马继军.管理信息系统及经典案例.徐州：中国矿业大学出版社,2005

39. 方勇等.信息系统安全导论.北京：电子工业出版社,2005

40. 仲秋雁.管理信息系统.大连：大连理工大学出版社,2005

41. 陈禹.管理信息系统.北京：中国人民大学出版社,2004

42. 罗伯特.管理信息系统.大连：东北财经大学出版社,2003

43. Kenneth C. Laudon. Information Systems and the Internet. 北京：机械工业出版社,1999

44. Robert A. Schultheis. Management Information Systems. 北京：机械工业出版社,1998

45. Keneth C. Laudon and Jane P. Laudon. Management Information Systems：Organization and Technology in the Networked Enterprise (Sixth Edition). 北京：高等教育出版社,2001

46. James A. O'Brien. Introduction to Information System. 北京：高等教育出版社,2003